后浪出版公司

刑警罗宋

空城 著

江苏凤凰文艺出版社
JIANGSU PHOENIX LITERATURE AND
ART PUBLISHING, LTD

目 录

迷 尸 / 1

僵 尸 / 87

白月光 / 201

疯 猫 / 291

谜 尸

一

她心里还是很忐忑。

早上告诉男友她下午要过来的时候，男友并没有拒绝，但声音冷淡。吵架已经过去近一周了，到头来还是得她主动道歉。从来都是这样。她也曾想过干脆分了算了，但终归还是有点舍不得，舍不得男友优渥的家境。理智一点考虑，他不会娶她，她心里其实很清楚，但幻想总归还是有的，不知道何时才会彻底破灭。卑微就卑微吧，想要得到什么，总得损失点什么。不就是道个歉嘛。想到这里她看了看袋子里的食材，男友爱吃她做的菜，好歹算是抓住了他的胃。

走到男友家楼下时，心情终于放松了许多。小区是新建的，她现在要去的，是男友家的第八套房子，一百二十平方米，男友一个人住，她也不那么直接地提过要搬来一起住，但男友始终没有松口。门禁还没彻底弄好，楼道门大开着，电梯里的保护板也还没拆去，一股不太友好的味道让她皱起了眉头。该走楼梯的，男友家才五楼。

出了电梯，楼道里的灯不知道为什么没有亮起来，虽然是下午，但天阴得厉害，楼道里黑黢黢的，只有男友家的门缝里透出些光。电视声音开得很大，老远就能听到。她快步走过去，刚要敲门，才发现门并没有关，只是虚掩着。她推开门，宽敞的客厅灯火辉煌，复杂的欧式吊灯洒下耀眼的光,她眯起了眼。男友正坐在沙发上,面对着电视,沙发高大的扶手遮住了身子,只看得到侧脸。她用力清了清嗓子,男友没有回应。

"喂!"她用撒娇的声音喊了一声。男友依然一动不动。

还生我气呢?又或者是电视声音过大了?她揣度着,向沙发走去,带着讨好的笑。但一种不祥的预感瞬间攫住了她,笑容在脸上僵住了,她停了下来。男友过于安静了。过了好一会儿,她才慢慢挪动脚步,来到男友对面。她看到,男友的眼睛紧紧地闭着,上身赤裸,裸露的胸口上,四个血红的数字异常醒目:1000。在男友右手边的地上,一个硕大的盆,盛满了红色的液体。

她身子抖了起来,想要喊叫,想要通过喊叫释放掉体内急速积聚的恐惧,声音却卡在了喉咙。

良久,她才发出一丝声音,像是一声叹息。

无论如何,她的幻想还是破灭了。她再也没法嫁给他了。

二

罗宋做出反应的时候,光头应该已经喊了他三声"宋哥"。

像这样沉浸在思绪之中,渐渐成了常态,成了在他人看起来多少有些怪异,或者说值得担忧的状态,他很清楚地知道,却对此无能为力。被某事或某物,轻易地拖到那样一个丝毫得不出答案的思考漩涡之中:妻子到底因为什么、去了哪里?他在这痛苦的漩涡里转了将近三年,已然习惯。或者说漩涡已经成了他的一部分。除非妻子出现,或者有十足的证据证明妻子再也不会出现,他才能从中得到解脱。

光头喊他第一声的时候,他就听见了,他并非故意不做反应,但他深陷在漩涡里，他需要时间从中挣脱。一直到第三声"宋哥"喊出口，他才筋疲力尽地从中爬出来，抬起目光，看向光头。对，就是光头此刻脸上的表情。这是关心他的人在这种情况下会流露出来的表情，微皱着眉，略带紧张，有些焦急，有些担忧。这次把他拖入漩涡的，是脚上的鞋。这鞋子看上去很像警靴，但又比常见的警靴更为时尚一些。跟脚上这双几乎相同的鞋子，他有十双，其中一双还是全新，从没上过脚。那是妻子失踪前一天才送给他的。妻子自从创立了自己的品牌以来，十分热衷于给他设计衣服，对于一个刑警而言，那些衣服都稍显花哨了。但那时的他，也乐得让妻子收拾打扮自己。妻子失踪后，他瘦了许多，那些衣服的尺寸都不再适合他了，除了鞋子。从某种程度上来说，是他自己选择要让这漩涡成为自己的一部分的。他大可把妻子相关的东西都丢掉，或者把它们放在自己看不到的地方。人要学会放弃，要学会向前看。是谁这么说的来着？不对，很多人都这么说过，直接或间接地。他是在向前看啊，前面一片黑暗，充满虚无。那漩涡反而成了他的救星。

就是这种反反复复的思考，反复肯定又不断否定，从来得不出结论，从来没有结果。如果没有人打扰，他可以在这上面折腾整整一天。

"怎么了？"他问光头。

"宋哥，兄弟几个一会儿去聚餐，一起吧？"

"算了吧。你们年轻人的聚会，我就不掺和了。"

"别啊宋哥，你都好久没跟我们一起吃饭了。"

罗宋没有接话，假装忙活了起来，拿起桌上的不知道哪个案子的卷宗。

"今天可是我生日啊，宋哥。"

"生日？"

"对啊……"

他心里暗笑。光头似乎从来都学不会，人在撒谎的时候，脸上的表情多少要做些配合。

"那我是不是要送你个礼物啊。"他站起身，说道。

"嘿嘿。也可以嘛。宋哥打算送我个什么？"

"送你个棒槌！"罗宋拿起手里的卷宗，往光头头上砸去，"你当我不知道你生日是腊月初八？你个小混蛋。"

光头嘿嘿一笑，一脸高兴的表情，像个孩子。罗宋知道，他是没想到师父竟然能记住自己的生日。

"哎呀，宋哥，晚上一起去嘛。"光头纠缠不休。罗宋准备走开，不再理会。

电话铃响了起来。

接电话的人的反应让罗宋跟光头都安静了下来。做刑警多年，对案子的敏感程度极高，甚至只通过别人的表情跟声音，就能判断案情的严重程度。这十有八九是个命案。

"南关派出所来电，说南林小区发生命案，他杀，一人死亡。"

"我去吧。"罗宋开口道。刚从漩涡之中挣扎出来，他迫切需要换一换空气。

罗宋一行人穿过围观的人群，抬起警戒线，走进楼厅。现场维持秩序的年轻民警表情严肃，规规矩矩地冲他们敬了个礼，他点头回应。电梯门一打开，南关派出所副所长刘正义急匆匆地要往外走，差点跟罗宋撞个满怀。

"你们可终于来了。"

刘正义拉住罗宋的胳膊。

"刘所，什么情况啊，让您老都舍得那张椅子了？"光头笑着说。

刘正义是毕市警察系统里出了名的爱坐办公室，轻易不出门。有人开玩笑说那张椅子是他身体的一部分。

"滚犊子。"刘正义骂道，"看了现场你就笑不出来了。"

"吓唬谁呀，再惨烈的现场也见过！"光头一脸的不服气。

刘正义白了光头一眼，没有再说话。

罗宋看到现场的第一眼，就明白了刘正义所说的笑不出来指的是什么。就像光头所说，这么多年，比这惨烈的现场见得多了。但眼前的这个现场，就古怪在它一点都不惨烈。太干净了。一眼扫过去，现场十分整洁，丝毫看不到有打斗的痕迹，也看不出有翻找物品的痕迹。死者端坐在沙发上，表情十分平静，右手侧的地上，血几乎要从盆里溢出来。如果不是胸口那四个怪异的数字，现场看起来更像是自杀。不对，难道不可能是自杀吗？

"谁判断的这是他杀？"罗宋问。

"这……"刘正义似乎被罗宋这个问题问蒙了，"这不明显的吗？谁自杀会在地上接个盆，还在胸口刻上数字？"

罗宋微微摇了摇头：太想当然了。以他从警多年的经验来看，他杀的可能性极高。但他也不是没有接触过看上去像是他杀，最后却被证明是自杀的案子。直觉是作为警察必不可少的，但结论从来都是建立在证据之上。他退到门口，让其他兄弟把手里的活先干完——还没到他真正该出场的时候。

高振一摘下手套，罗宋就知道他已经得出了某种结论。他们认识将近十年，一起经历过的命案也有十起以上，互相都很熟悉对方的脾性，从高振的表情上来看，恐怕是不太好的结果。

"估计死了得有两个小时以上了。"高振走过来，皱着眉说，"死因初步判断是出血导致的休克。右手手腕被利器割伤，也是出血的原因。胸口的数字，是用某种利器刻上的，刻字的时候，应该还活着。"

"有自杀的可能性吗?"罗宋问。

"现场一点打斗的痕迹都没有,死者也没有反抗的迹象。如果单就这两点来看,不是没有自杀的可能。但是……"高振顿了顿,"他杀的可能性更大吧。"

"理由呢?"

"现场没有发现割腕以及胸口刻字用的工具。手腕上的割伤,只有一处,很深,也没有试探伤。如果是自杀,还真是够坚决,常人难以想象的坚决。再说,谁自杀还会在自己胸口上刻字?"

尸体已经勘验完毕,罗宋得以近距离地观察。四个数字刻在死者胸口,用肉眼都能看得出来伤口很深,从伤口向下流出的血在腹部蜿蜒,早已干结,像是一条条僵死的虫子。这的确不像是一个人能对自己干出来的事情。另外,四个数字刻得十分工整,如果是自己刻的,应该多少会向某个方向倾斜。最重要的是,现场没有发现割腕及刻字用的工具,这足以说明一切。

"这四个数字下方有明显的血流痕迹,说明在刻字的时候还活着,但死者的表情又比较平静,所以我怀疑那会儿已经昏迷了。"高振说,"拉回去进一步尸检吧。"

把尸体从沙发上移开时,沙发缝隙里的某个东西吸引了罗宋的注意力。像是一张纸。他小心翼翼地把它从缝隙中抽出。是张女人的照片。透过灯光,照片背后的字若隐若现。罗宋把照片翻转过来的瞬间,屏住了呼吸。不安的感觉像吐着信子的蛇,缠住了他。

那是用血写就的四个数字:1001。

三

命案必破。

毕市近三年的命案侦破率都是百分百，没有疑案，这让大家信心都很足。但在这起案子相关的信息一点点汇总起来后，阴云开始在头顶汇聚，罗宋有一种不太好的预感。

最终尸检结果证实死者是在乙醚导致的昏迷状态下，被人割了腕，流血过多致死。没有发现凶器。现场有布置、打扫的痕迹，甚至连死者的衣服都被整齐地叠好放在一旁。

除了死者及其女友的指纹之外，没有发现第三者的指纹。当然，死者女友的嫌疑被排除了，通过死亡时间及血流速度所推测出的死者被割腕的时间范围内，死者女友有确切的不在场证明。死者包里的几千块钱跟一块据称价值在数万的名表都还在，说明不是为财。现场经过布置、打扫，说明是有预谋的，绝无可能是冲动而为。所以目前能得出的结论，这极有可能是一起预谋已久的仇杀。

但在仇杀这一点上，罗宋始终觉得，有太多地方与自己的经验不符，甚至是相违背的。他透过缭绕的烟雾扫过会议室里每个人的脸，开口说：

"这是有预谋的杀人，这一点没什么争议。但要说到仇杀，我想在场的各位多少都处理过因仇恨而起的凶手案，一时冲动激情作案的暂且不说，对那些有预谋的仇杀，以我的经验，凶手应该会留下一些侮辱性的举动。举个极端的例子，去年那起第三者插足引起的案子，预谋已久的凶手，在杀死被害人后，还硬生生地在死者脸上划了五十多刀。但这次的案子，除了胸口刻的数字之外，只有手腕上一个伤口。尸体被摆放得很整齐，甚至衣服都摆放得整整齐齐。这很反常。"

"老罗，你的意思是说这不是仇杀？"负责刑侦的吴副局开口道。

"不。我不是这个意思。现在还不能否定仇杀。我只是说，即便是仇杀，这也不同于一般的仇杀。"

这显然不是大家所希望的情形,会议室里出现了短暂的沉默。

"你们说那些数字是什么意思?"有人问。

没有人回答,沉默再度降临。关于数字,罗宋有自己的想法,但他还不确定是否要说出来。

"还有一点我很在意,"罗宋再度开口,"据死者女友说,她到死者家的时候,门没有关上,是虚掩着的。"

"走得太匆忙了吧?"光头说。

"凶手在作案后对现场如此耐心地打扫布置,怎么会匆忙到没时间关门?"

"或许是出现了什么意外情况,所以凶手匆匆走了?"

罗宋点点头,说:"这倒是一种可能。但据死者女友说,她到现场的时候,电视声音开得很大,在门外很远的地方都能听到。所以我在想是不是还有另一种可能:凶手故意没有关门,希望能被人尽快发现。"

一片哗然。从常理上讲,犯下罪行之后,人的本能是掩盖,有谁会故意把自己所做的坏事暴露出来?

"安静。"吴副局抬手示意,"老罗,你是资深的刑警了,经验丰富,我也相信你的直觉,这个案子不一般,有太多不符合常理的地方。但有没有可能,像这些数字啊,放血啊,都是凶手的反侦察手段?故意用来干扰我们的?想法可以天马行空,但做事还是要脚踏实地,我们还是按常规的做法来吧。有预谋,不为财,这两点来看,还是仇杀的可能性最大。还是先从死者的人际关系着手吧。"

罗宋点点头。吴副局说得很对,刑侦从来不是建立在任何想法基础上的,没有证据支撑,再多的想法都是无用的,甚至会成为拖累。于是关于数字的想法,他终究没有说出口。

"另外,现场走访有什么有发现吗?"吴副局问。

"目前还没有。因为是新小区，入住率还不高，死者刘桢所在的那层楼，也只有他一家入住。小区保安那边也没有什么有价值的线索。"

"监控呢？"

"小区里的监控还没正式启用，只有几个入口的地方有监控。目前排查下来还没有发现什么可疑人员，小邱还在那里盯着。"

吴副局颔首，环顾四周后问：

"大家还有什么问题吗？"

不知为何，关于数字的想法在他的脑海里不住翻滚，无论如何不肯作罢，它迫不及待要冲口而出。他不住地回想着在沙发缝隙里发现的照片及照片背后血红的数字。那是死者女友的照片，不知道为什么会上没有人提到这点。但罗宋却无法忽视，这一次他的直觉，可能关系到一条人命。但他没有开口，直到吴副局宣布散会。

吴副局向来是会议结束后最后一个走，罗宋故意留在了后面，等所有人都走出会议室后，他来到吴副局面前。

"吴局。我还有个想法。"

吴副局笑了笑，身子向后靠在椅背上，望着罗宋说：

"罗宋，别怪我不让你说太多。你的想法有时候太跳跃，当然，不是说不相信你啊。现在就咱俩人了，把你那些疯狂的想法都说出来吧。"

"现场发现的那张照片，是死者女友的。后面写着1001，死者身体上刻着1000……"

吴副局愣了一愣，随后脸色阴了下来，罗宋知道自己不用继续向下说了，吴副局理解了他的意思。

"你是说，还有可能死人？"

罗宋点点头。

"有什么其他线索能证实你的这个想法吗？"

"没有。这只是我不成熟的想法，或者是你刚才说的，这是我太过跳跃的想法。所以我没在会上提出来。"

"你这个想法可不太好啊……"吴副局无奈地笑了笑，随后皱着眉沉思，仿佛在计算罗宋这一番话成为现实的概率。片刻之后，开口说："这样吧，进一步调查死者女友那边的情况吧，盯好她。但愿你的想法是错的。"

死者刘桢女友柳晴，独自居住在城东一个老小区，距离案发的小区差不多得有一个小时的车程。罗宋想起死者居住的房子有一百多平，一个人住，他不由得猜测两人的关系并不怎么紧密。而柳晴在面对他们时的表现，更加证明了那一点。面对男友的死，要说伤心，也多少有一些，但更多的是惊吓以及惊吓过后的疲惫，她似乎迫不及待地要摆脱这件事。

"我对他的人际关系真的不是很清楚。"

"没有什么仇人吗？"光头问。

柳晴皱起了眉，声音里有些不耐烦。

"你们都问了好几遍了。我没听说过他有什么仇人，我跟他交往才不到半年。但也不代表他没有。他脾气不好，交往的也都是些跟他一样的公子哥，狐朋狗友不少，平时肯定也得罪了不少人，但谁会把他杀了，我真想不出来。"

"你们两个共同的仇人，或者有过节的人，有吗？"罗宋问。

柳晴怔了怔，罗宋的这个问题似乎出乎她的意料。这可以理解，她不知道现场发现了她的照片，而且照片上用血写了数字，所以她应该不会想到，男友的死，会跟她有什么直接的关系。

"这么说的话……三个月前，他跟几个人在酒吧里起过争执，是因为我……"

"那人是谁？怎么不早点说！"面对这看似重要的线索，光头不觉间提高了声音。

"已经过去很久了……再说，只是互相推搡了几下，也没打起来，当时高虎是放了狠话，说要找人弄死他，但谁会当真啊。也不至于因为这个真杀人啊。"

你永远不会想到，一个人会因为多么微不足道甚至可笑的理由，去杀了另一个人。罗宋在心里想。

"你说的这个人叫高虎？"

"嗯，高虎以前追过我，我没答应。我跟刘桢在一起之后，他还纠缠过我几次。那次就是在酒吧，他还要纠缠，刘桢就跟他吵了起来。"

在进一步了解了这个叫高虎的人的信息后，罗宋让光头把信息共享给正在调查刘桢社会关系的兄弟们，让他们重点查这个人。然后准备告辞。

临走前，他想要给她一些警告，但又怕会吓到她，引起不必要的麻烦。

毕竟，柳晴是凶手的下一个目标也不过是他自己的猜测。罗宋犹豫了片刻。

"在毕市有家人吗？"他问。

"没有，我一个人在毕市。"

"那有可以一起住的朋友吗？"

柳晴听了之后微微皱起了眉，一副不解的神情，片刻之后，才低下头，说：

"没有……"

声音小到几不可闻，仿佛是在说一件羞于启齿的事情，随后补充道："准备过两天回老家的。"

罗宋点点头，明白了面前这个姑娘的处境。

"不过，为什么要这么问呢？"柳晴的声音有一丝紧张。罗宋知道，她已经猜到一些了。

先是询问她跟刘桢共同的仇人，又问她是否有可以一起住的人，遮遮掩掩或许更会引起她的紧张，还是如实相告的好。

"还没有任何证据能证明你有危险，但保险起见，还是有人一起住的好。回老家是个不错的选择，在这之前就住酒店吧。找个热闹地段的酒店。"

柳晴没有回应，但明显绷紧了身体。这有关生命危险的暗示，或许比男友的死更让她恐惧。

罗宋也沉默了一会儿。

"有纸跟笔吗？"他问。

"有。"

显然，比起先前的问题来说，这是一个太好回答的问题，罗宋语音未落，柳晴就回答了出来，随后起身找来了纸笔。

罗宋把自己的手机号写下，递给她。

"有任何不正常的情况，都可以打我电话。"

柳晴接过纸，死死地攥在手里。

"宋哥，你真觉得凶手还会对那姑娘下手？"

车上，光头问罗宋。

罗宋摇摇头。

"我只是有种很不好的预感，凶手不会停手。"

"还会死人啊？"

"你也做了多年的刑警了。你有没有这样的感觉：现场会说话？"

"唔……可能吧……应该是我耳朵不好使，总听不清楚……"

光头支支吾吾地回答。

罗宋白了光头一眼。

"这次的现场,我总感觉话只说了一半。"光头沉默,没有接话。

"行了,时间不早了,先送我回家吧。"罗宋说。

有时候回家需要一些勇气。

楼道里的黑暗包围了他。走廊里的灯坏了,不知道物业要等到什么时候才能修好。

罗宋在黑暗中点起一支烟,靠在墙上,默默抽着,尽量让自己什么都不去想。然而还是有太多东西在脑海中自动浮现,这几年下来,他总算明白了,这世界上最难控制的,就是自己的记忆。他知道,妻子的脸就要从记忆的海里浮出水面了。他狠吸了一口烟,扔在地上踩灭,向残缺的家的方向走去。

远远地,他看到有光从门底的缝隙里透出来,他停下脚步,心脏开始剧烈跳动。

从妻子失踪开始,女儿就跟爷爷奶奶一起去住了,罗宋也没听父亲或母亲说要过来。

现在家里有灯光,也就意味着……

他冲到门前,把钥匙从口袋里掏出来。钥匙掉在了地上,他捡了好几次才终于捡起。手颤抖着,钥匙却怎么也插不进锁孔里。

房间里传来脚步声,他停下手里的动作,侧耳听着。里面的人走到了门的另一边。里面的人手放在了门把手上。里面的人将门把手向下按。门要开了。

他闭上眼。房间里的灯光洒在脸上。他不敢睁眼。

"你怎么了?"

母亲的声音传来。

他睁开眼,母亲正皱着眉,不无担忧地看着他。

积聚在体内的某种东西瞬间消散了,像是被猛然扎破的气球。

"没什么。有点累了。"他靠在门框上,努力不让自己向下滑去。他筋疲力尽。"你怎么过来了?"

母亲从门口闪开身,示意他进门。

他看到桌上放着的蛋糕。

"谁过生日?"他问。

"你啊。"母亲回答。"我就知道你不会记得。蕊蕊一直记得。她不让我告诉你,说要给你个惊喜。没等到你,这会儿已经睡了。"

罗宋这才想起自己差不多有一个月没有见女儿了。他走进女儿房间,女儿此刻正安稳地睡着。跟上次见,似乎又长大了些。

这一刻罗宋才觉得自己错过了女儿太多。妻子还在的时候,他工作忙,妻子失踪后的这三年,他又四处寻找妻子。转眼女儿就长大了。

他蹲在床边,看着女儿熟睡的脸。他想起别人安慰他时说的那句话:要向前看。他向来很抵触这句话,他始终觉得,那是对妻子的背叛,他拒绝向前,他想停留在过去。

但这一刻,他第一次觉得后悔。向前看并不代表着对妻子的背叛啊,他意识到。他没法在过去找到妻子,妻子应该在未来的某一刻等着他。等见到妻子的时候,他应该紧紧牵着女儿的手。他轻轻地抚摸着女儿的额头。

电话猛地响了,他赶忙挂掉,但女儿还是被吵醒了。

"爸爸。"

女儿揉了揉眼,轻声喊道。

罗宋眼眶一阵发热,握住女儿的手。

手机再次响起。屏幕上显示的是个陌生号码,他没有理会,然而对方却固执地不肯挂断。

罗宋突然想到柳晴,想起自己留给柳晴的号码。已经十一点了,不会是推销或者骚扰电话,他松开女儿的手。

"爸爸接个电话。"他轻声对女儿说。

"警官!"女人压抑但紧张的声音从话筒里传来,罗宋被这声音所感染,绷紧了身子。

"柳晴?"

"对!是我!高虎……高虎在跟踪我!"

罗宋站起身,从女儿房间走了出去。

"你现在在哪?"

"我在出租车上!刚才你们走了之后我就收拾东西,准备去住酒店。出门的时候就看到高虎的车在小区门口停着,我想到你问我的那些问题,是不是就是高虎杀了刘桢?"

"不,我们还没有任何证据能证明……"

"他在跟着我!我躲着他走的,可还是被他看到了,我上了出租车,他开车在后面跟着我呢!我该怎么办啊?"

"放松。让师父直接送你去市公安局城东分局。我马上到。"

挂了电话,刚转过身,他就看到女儿光着脚站在他身后,手里捧着点燃蜡烛的蛋糕。

"爸爸,生日快乐!"

他意外地发现,女儿长高了许多。上几年级来着?该死,他竟然想不起来了。

"谢谢。"

"爸爸吹蜡烛呀。"

罗宋深吸一口气,刚要吐出,女儿又开口了:

"等等!吹蜡烛的时候要许愿哦。"

罗宋笑了,再次吸气,吹灭了蜡烛。

"爸爸许的什么愿望？"女儿问。

还没等罗宋回答，女儿又说道：

"爸爸许的肯定是让妈妈赶紧回来。"

笑容在罗宋脸上凝固了。但他努力让自己继续笑下去，不能再让女儿看到他的痛苦了。

"妈妈会回来的。"罗宋说，"爸爸还要去局里一趟，你乖乖睡好吗？"

女儿点点头。她早就习惯了爸爸的突然离开。罗宋摸了摸她的头，转身离去。

一出门，罗宋就给光头打了电话，还请示了吴副局，请求控制高虎。等他赶到局里的时候，柳晴已经在了，但让他意外的是，高虎也已经在局里了。

"宋哥，我们找到他的时候，他并没有反抗或者试图逃跑。很配合。"光头说。

这倒让罗宋感到意外，他看了看审讯室，高虎正百无聊赖地坐着。

"还没开始审？"罗宋问。

"吴副局指定要你来审。"

进门前，罗宋思索了片刻，想着该怎么审高虎，刚拉开审讯室的门，一个急迫的声音从身后传来：

"老罗！雷子！"

罗宋转过身，正在值班的田力急匆匆地走了过来。

"刚接到派出所电话，说是北亭那边死了个人。他杀。"田力说。

罗宋瞬间警觉了起来。连着两天两起命案，这对这个小城来说有些不太寻常。

"能确定是他杀？"他问。

"能！而且……"说到这田力压低了声音，"打电话的民警说，搞不好跟昨天的案子有关系。"

"有什么关系？"

"死者身上也有数字！"

四

　　如果在今天之前问她，她这辈子最恐怖的经历是什么。她会告诉你，最让她感到恐怖的，是她多年前做过的一个噩梦。其实梦的内容本身并没有什么异常恐怖之处，并不比她看过的最为恐怖的电影吓人，然而在梦里所感受到的恐怖，却是她清醒的时候从来没有体验过的。

　　但这最恐怖的经历在今天怕是要被刷新了。她切切实实地感受到了比那个噩梦所带给她的更为强烈的恐惧感，以至于让她怀疑这依然是一个梦。但眼前的这个男人却真实地存在，他就这么定定地看着她。在以送快递的名义骗她开门时说了几句话之后，他再也没有发出过声音。没有告诉她他想要干什么，更没有告诉她是为什么。她当然想要问，问个清楚，但此刻她嘴里的毛巾塞得紧紧的，她甚至连呜呜声都难以发出。

　　他就这么看着她。一开始她还会回望，嘴巴说不出话，便试图用眼神来表达。恐吓、哀求，所有她能用眼睛所表达所传递的，她都尝试了，她甚至还给他抛过几个媚眼。她长得漂亮，身材也好，这一点她还是有自信的。如果他要的是钱，她或许难以满足他。但如果他想要一个女人的温存，她能给他许多。但他似乎什么都不想要，或者说他想要的不是活着的她所能给的。她知道，她看过很多这样的小说或者电影，这个世界上存在一些变态，以杀人取乐。一开始男人只是沉默地忙碌着，忙着把她绑了，忙着把她的嘴巴塞了，忙着准备着什么东西。等忙完了，他就坐到她的对面，定定地看着她。

她无法从他的眼神里读出什么，那眼神太冷静，甚至冰冷。她以前从没见过这样的眼神。跟他对视的时候，那恐怖的感觉就像是冰冷的蛇，吐着信子从她的脚踝处盘旋而上，用它冰冷湿滑的身体缠绕着她，渗透着她。她再也没法看他的眼神了。她甚至再也不挣扎了。像所有要面对死亡的人一样，在最后一刻，都会安慰自己。如果死亡是不可避免的了，那就找一个接受它的理由。我做过什么，以至于走到今天的地步？她无论如何也想不起来。我并不是个坏人啊，她回忆自己所做过的坏事，点点滴滴。我撒过不少谎，背后说过别人不少坏话，伤过不少男人的心，这些算是坏事吗？好吧，就算是，那也罪不至死啊，我还是值得享受漫长的人生啊。她想。

啊。她终于想起来了，她终于明白为什么有今天了。应该就是因为那件事吧？她深深藏在心底里的那件事。她挣扎着，想要跟眼前的男人确认，想要做某种解释。但男人只是冷冷地看着她，片刻之后，男人把手伸向放在地上的包里，手从包里拿出来的瞬间，她看到寒光闪过。她闭上眼，颤抖不已，尿意充盈。

或许一切真的是报应吧。想到这，她深深地叹了口气。

或多或少，她能接受自己的死亡了。

五

罗宋的确见过不少惨烈的现场，所以对那种鲜血四溅、尸体残缺不全的现场多少有了些免疫。但像眼前这样的，还是让他忍不住倒吸一口凉气。跟第一起命案的现场一样，太整洁了。但比上一个死者更为怪异。死者为女性，全身赤裸，衣服被整齐地叠好放在一旁。与上一起一样，胸口刻着数字，但这次两个数字是被对称地刻在左右乳房上侧，左侧1100，右侧1000。看到这两个数字，罗宋不禁皱眉。之前发现的两个数字是1000、1001，让罗宋以为是连续的数字，但现在看来，似乎另有他意。如此一来的话，柳晴与这两起案子的关系，应该也不如他曾以为的那般紧密？但他依然不敢大意。

死者笔直地坐在沙发上，头抬起，脸色紫红，表情狰狞，失神的双眼直直盯着前方。双臂上举，双拳微握。死者的右脚失踪，切口看上去很整齐。

高振跟罗宋对视后，苦笑着摇了摇头。明显这个资深的老法医也没有见过这样的情况。

"老罗，这下有你们受的了。"

"别说得跟你不是刑警队的一样。"

"抓凶手可不是我的活儿啊。这次怕是碰到了个硬茬儿。"

罗宋沉默片刻，对高振说：

"少废话，那就赶紧干你该干的活儿吧。"

罗宋从警戒线里退出来，抽一根烟，等待法医尸检及证据固定。此刻现场四周已经聚集了不少的人，有些人的眼神里透露着兴奋。这两起案子，对于毕市这样一个小城来说不啻惊天新闻，从明天开始，想必街头巷尾都会谈论这个话题，谣言也会漫天飞。

"窒息死亡。"简单尸检后，高振说。

"窒息？"

"对。"

"从死者的表情跟脖子上的痕迹来看，是被活活勒死的吧？"

"没错。"

"上一起案子，死者死前是昏迷的吧？"

"对，乙醚。"

"如果是同一个人干的，这次怎么没用？"

高振耸耸肩。

"这就是你们的活儿咯。死者手腕及双脚处有被捆绑的痕迹。右脚切口比较整齐，看样子像是用小型手锯干的。"

"锯的时候人是死是活？"

"死了。而且死了有些时间了，死者并没有失血过多的迹象，说明凶手在锯脚的时候，血液应该已经凝固了。你知不知道人的骨头其实是很硬的？尤其是正值壮年的成人。在家用砍刀砍过肉骨头吧？很费劲。凶手用的是锯，切口还很整齐，知道这说明什么吗？"

"凶手很耐心地一点点把脚给锯了下来。"

"对，这个凶手啊，在现场待了很久。初步推断的死亡时间是今天上午，凶手在现场等了很久。哦，对了，死者手不是举着的嘛，凶手肯定是在尸僵开始形成之前，用什么方式把死者手臂抬了起来，搞不好是他自己举着呢，等尸僵真正形成。然后再等血液凝固后把脚给锯了。给我根烟？"

罗宋诧异地看着高振。高振戒烟有几年了。

"看什么看，赶紧的。"

罗宋递了一根烟给高振，点燃后自己也又续上一根。两人沉默地抽着烟，没人再说一句话。

现场没有遗失财物，也没有性侵痕迹。从作案手法上来看，两起案子是同一个凶手这点毋庸置疑，因此接下来的调查方向就转向了两个死者的关系上。高虎因为在两起案子案发期间有确切的不在场证明被排除了嫌疑，他对柳晴也的确是一个男人对女人怀有执念时的纠缠。而柳晴也明显松了口气，罗宋甚至从她的表情中读出了些许高兴。

案情分析会上的气氛很不好。第一起命案的时候,很多人并没有意识到它有什么特别,还只把它当作是一起普通的仇杀命案,要不了多久就能侦破。但面对一天之后的第二起命案,似乎再也没有人那么乐观了。因病住院的城东分局刑警大队长张亮也出现在了会上,甚至还看到了市局的人,其中有张陌生的面孔。

"在开始之前先说一句,连续两天发生了两起命案,而且这两起案子跟我们以前碰到的都不太一样。为了不造成不必要的社会影响,对于这两起案子的细节,严禁外泄。"吴副局说这句话的时候往市局来人的方向望去,想必受到了一些来自上面的压力,"接下来,说说都有什么新发现吧。"

"第一起案子的受害人刘桢的社会关系排查得差不多了。调查下来,死者得罪的人似乎不少,但目前为止没有发现跟刘桢仇大到想杀他的人。"资深刑警任达说,"吕秋伊的社会关系还在排查中,吕秋伊非毕市人,身份证上的信息显示是节山市人——我们正在跟当地警方及其家人取得联系。吕秋伊是毕市某外企文员,独居,单身,似乎没什么称得上朋友的人。"

在这一点上,似乎跟柳晴有点像,听到这罗宋想。

"吕秋伊居住的小区算得上毕市比较高档的小区了,监控很多。但是,我们在调取监控的时候,发现小区监控在案发前一天坏掉了,大规模故障,几乎所有的监控都瘫掉了,一直到案发之后才终于恢复,原因不明,我们怀疑这是凶手干的。另外之所以发现吕秋伊被害,是因为110接到了报警电话。报警人男性,匿名。我们根据号码调查发现,报警的号码是吕秋伊的。凶手应该是在离开时拿走了吕秋伊的手机,并在那之后用这部手机打电话报警。"

现场一片哗然。

罗宋禁不住想起第一起命案中虚掩的房门，他当初推测凶手是希望死者尽快被发现，现在他更加坚定了这种想法。

"凶手报的警？"吴副局问。显然，这与他们的经验太不相符。

"几乎可以肯定……"任达似乎也不太想接受这一点。

"刘桢跟吕秋伊之间的关系呢？"

"目前为止没有发现。还在进一步调查中。"

"孙局，"吴副局转向市局来的人，"市局有什么指示吗？"

孙局放下手里的案情资料，没有开口，而是转向旁边那位看上去只有二十多岁的年轻警察，冲他微微点了点头。

"两名被害人都是独居，凶手应该很明确知道这一点，所以才毫不忌惮地在现场待了很长时间，说明凶手并不是随机选择被害人。最起码在下手之前对被害人有了充分的了解。没有强行入侵的痕迹，所以不排除熟人作案的可能。但伪装成快递员或者其他身份入室也不是没有可能。凶手有很强的反侦察能力以及很好的心理素质。第一起案子，凶手用乙醚使死者昏迷，但第二起案子则没有使用，说明凶手知道自己无法直接控制第一名死者，但对第二名死者则比较有信心。两名死者都全身赤裸，但却没有丝毫性侵的痕迹，说明凶手有性功能障碍，或者——"说到这他顿了顿，环顾四周，"凶手是名女性。"

这句话一落音，现场喧哗了起来，大家七嘴八舌，显然不太同意这个观点。

"可是报警人是男人啊。"

年轻的警察顿了顿："或者还有一个可能,凶手不是单独作案。"

"说到凶手可能是女人，"任达开口道，"在调查吕秋伊社会关系的时候，有一个情况，我们也没有太在意，两年前，吕秋伊曾跟一个有妇之夫有过不正当关系。对方的妻子曾经到吕秋伊所在的公司大吵大闹。"

　　"我不认为跟这起案子有关系。"年轻警察斩钉截铁地说，不论是语气还是表情，都透露出自信。

　　"为什么？"

　　"如果是因为这个原因杀人，必定会对死者做出侮辱性的举动。但现场没有发现。"

　　"脱光了死者衣服不算是侮辱吗？"

　　"对活人而言是巨大的耻辱，但对死人而言则不同了。再说，侮辱还能把衣服叠得那么整齐？说到衣服整齐这个细节，我觉得凶手有强迫症的可能性较大。"

　　"凶手报警这个怎么解释？"

　　"从凶手对现场的布置，以及亲自报警这两点来看，这个人有着很强的表现欲，甚至有可能是对警方的挑衅。"

　　现场出现了短暂的沉默。

　　"我倒不觉得是挑衅。"罗宋终于忍不住要把自己的想法说出口。

　　年轻警察转向罗宋，没说话，但微微皱起了眉。

　　"我觉得，凶手更像是在传达某种信息。"罗宋说。

　　"哦？"

　　"第一起案子，凶手故意没有关门，还把电视的声音开到很大，我觉得是希望能被人尽快发现。第二起打电话也是。"

　　"那为什么第一起案子没有打电话呢？"

　　"我有两个猜测。凶手知道死者女友稍后会来，所以就没有打电话报警。或者是，第二起案子需要现场尽快被发现。"

　　"什么意思？"年轻警察皱眉，有些不解。

　　"第二起案子，死者被摆成双臂前举的姿势，是借助尸僵来实现的。如果时间久了都没有被发现，那尸僵缓解之后，死者的身体就不会保持我们发现时的姿势了。"

年轻警察沉思着,似乎在思考罗宋的这个说法。片刻之后,他点点头,看来他接受了。

"按照你的说法,凶手在跟我们传达信息,通过尸体的处置方式?"

"还有数字。"

"对,还有数字。如果这么说来,死者是谁或许就不那么重要了?目前是不是还没有发现两个死者之间的联系?或许他们俩本来就没有联系,但是他们有共同点:独居。这是不是就是凶手挑选受害人时的条件?独居,就不会有人来打扰他作案,所以他才能在现场待那么长时间。"

罗宋没有回应,这也是他的想法,但他不敢相信这是真的,因为如果真的是这样,那就意味着……这时年轻警察再度开口了。

"也就意味着,我们碰到的这个,是个变态的杀人狂。如果我们不抓住他,他还会继续杀下去。"

沉默瞬间笼罩了现场,这是只有在墓地才能体会到的安静。冰冷,让人恐惧。

六

如果这种说法成立,他们面对的,将是毕市自1949年以来第一个连环杀手。

虽然罗宋做刑警将近二十年,但连环杀手这个想法出现在脑海的时候,还是让他难以适应,仿佛某个曾以为难以触及的东西骤然出现在眼前,太过突兀。会上,没有人把连环杀手这四个字提出来,罗宋也没有。人的潜意识里,多少都还是会存在自欺欺人的想法,仿佛某事或某物不被说出口，它就不存在。

关于数字以及尸体摆放方式的理解，出现了两种不同的态度：一些人相信这是关键点，只有尽快解开这个谜，才能阻止凶手继续行凶，也有一些人相信这些都是障眼法，是凶手的反侦查手段，还是倾向于仇杀。但不管是哪一种观点，在有一点上似乎可以达成共识，那就是：凶手极有可能再次犯案。而这一点让所有人都心情沉重，头顶的乌云越积越厚。

罗宋的手机震了起来，陌生的号码，罗宋没有接起。吴副局向来讨厌有人在会上接电话。

"关于这几个数字，会不会是二进制呢？"

大家向声音传来的方向望去，是刑警队新来的年轻刑警。罗宋还叫不上名字，只知道姓刘。

"二进制？"吴副局问，一脸的不解。

下面又响起一阵讨论之声。罗宋也只知道二进制是数学上的概念，再深一点的就一无所知了。

"对。我们常用的是十进制，这个大家应该都了解。二进制是计算机上常用的一种数制，只有0跟1。"

"那这又有什么意义呢？"

"既然我们常用的是十进制，那把这些二进制数字转换成十进制试试看呢？现场发现的四个数字：1000、1001、1100、1000我换算了一下，分别是8、9、12、8。或许也可以组合起来换算，但无法确认两个数字的先后顺序。"

"看上去对我们并没有什么帮助。"吴副局说。

小刘一脸沮丧的模样。

"小刘，既然你怀疑可能是二进制，那你就沿着这点继续查下去吧，看看有什么发现。其他人，在走访调查的时候，也可以留意一下这些数字，看能不能跟案子关联起来。但是，不要在这上面花费太多的精力，要提防这是凶手故意搅乱我们视线的把戏。不管怎么说，我们这次面对的是个硬骨头，但无论如何也不能失了士气，再硬也要把它啃下来！明白了吗？！"

吴副局想要鼓舞大家的士气，罗宋明白。如果事情真像市局来的人所说的那样，凶手的目标是随机，只有独居一个条件的话，那锁定目标就无异于大海捞针，形势很不乐观。这样的案子面前，最怕的就是让凶手占了上风。

"罗宋，你还有什么想法吗？直觉也可以，百无禁忌。"吴副局转向罗宋说。

罗宋愣了一愣，上一次会议的时候，吴副局还特意提到"想法可以天马行空，做事要脚踏实地"，当时这句话明显是针对罗宋，担心罗宋的想法会给侦查工作带来不必要的干扰。但今天，吴副局居然主动要听罗宋天马行空的想法。当然了，再天马行空的想法，又会比市局来的警察所讲的那些坏多少呢？

这时罗宋的手机再度震动起来，他没有理会，思索片刻后说：

"刚才市局来的同事提到，凶手似乎是以独居的人为对象，甚至有可能这是凶手在选择作案对象时唯一的条件。但如此一来的话，有一点我就想不太通了。毕市虽然不像是北上广那样的大城市，但外来务工人员也不少，独自租房居住的人也不在少数，另外，独居的空巢老人更是大有人在。为什么凶手第一次下手就选择了刘桢？刘桢身高一米七五，看样子体质也不错，凶手明显没有信心能制服他，所以选择了用乙醚。总感觉有点不合常理。如果是我，我可能会选择老人或者女人，起码不会选择刘桢这样身强体壮的年轻人。"

市局来的年轻警察微微点了点头。吴副局也点头，他应该很乐意看到罗宋把局面挽回一点,把这个案子从高高的空中往下拉,让它尽可能地接近地面,现实一点。罗宋直觉,这个案子还是跟两个受害人本人有直接的关系,并非只因为他们独居。

"所以,我觉得……"

手机短促震动,是短信提醒。罗宋无意间低头看了看手机,有一条短信。他边说边点开,看到了短信的内容。他僵住了,口中的话没再能说出口,甚至连呼吸都停顿了,他握紧拳头,然后猛地站起身,冲出了会议室。

七

那是某种重要的东西从身体里被剥离的感觉,罗宋能清清楚楚地感觉到。三年了,他还没有适应。每次有妻子的消息,在确认消息不实后,他都要再次体验一遍这样的感觉。这次也不例外。按理说他早该放弃了,就像《狼来了》的故事里,孩子再喊"狼来了"的时候,村民早已不再相信。但那个故事里,最后狼还是来了啊。所以他每一次都必须相信,只有他真正去相信,才有找到的可能。但这次狼还是没有来。

联建商场里发现疑似嫂子的身影。

这是短信的内容。就是这几个字让他不顾一切地从会议室奔出。

从会议室出来后,他马上拨打了那个发送短信的号码。

"罗哥?"接通后对方问。罗宋没听出对方的声音。

"你是谁?"他的声音因为紧张而有些颤抖。

"青谷派出所的小宋啊。"

罗宋隐约有些印象了。三年前妻子失踪后,他疯狂地寻找,把妻子的照片分发给毕市所有警察系统,派出所、交警队,甚至城管、联防。尽管警察系统里有人因此不满,但少有人对此说什么。相反,大部分人都很热心地提供线索。第一年里,他接了无数类似的电话或短信,但渐渐地,电话少了起来,终至于无。就像所有盛开的都会凋零,所有热闹的都将沉寂。没有人再关注一个女人的失踪。所有人都放弃了,除了他。

"你看到她了?"罗宋迫不及待地问。

"嫂子失踪后,我一直都很关注,你发给我们的照片,我都牢牢记在脑子里了。今天我到联建商场处理一件盗窃案的时候,远远地看到了像是嫂子的一个人。但因为公务在身,没有马上追上去,等再找的时候就不见了,我现在还在商场监控室,看看能有什么发现。"

罗宋有些感动,不管这条消息最终被证实是真还是假,仅凭一个并不十分相熟的人还记得这件事这一点上,就值得让他致以最真诚的谢意。

"谢谢。"他说,"我马上过来。"

罗宋最终根据监控找到了小宋说的那个疑似妻子的女人,背影及侧面上,那个女人的确让他难以抑制地激动起来,甚至于见到女人正面的第一眼,他还以为终于找到了妻子。但仔细打量后,失落像是冬天里吸满了冰水的棉袄,挂在他的身上,沉重又冰冷。他面无表情地跟女人道了个歉,又跟小宋道谢后转身离去。

冰冷的雨落下,他站在路边,想要点燃一支烟。烟被雨水打湿,无论如何也点不着。他把烟跟火机狠狠地扔在地上,周围的人远远避开他。

"宋哥!"

一辆车停在他面前,光头从摇下的车窗探出头来。

"上来吧!"

他沉默地上了车。光头递过来一支烟，又给他点燃。显然光头看到了刚才那一幕。

车子走了起来，光头没有问他要去哪，也没有说任何话，两个人只是沉默。罗宋十分感激此刻光头的沉默。他的这个徒弟平时大大咧咧又口无遮拦，他很怕光头会说几句安慰的话。对罗宋而言，那是他最不需要的。罗宋回想起来，妻子失踪后，光头似乎从来没有像很多人一样，对他说：放心，会找到她的，她会回来的。但也正是他最为努力地帮助罗宋寻找妻子。光头无疑明白罗宋为何突然从会议中跑掉，此刻又为何如此失落。罗宋扭过头看了看光头，此刻的沉默严肃，让这个愣头小子显得异常成熟起来。

"后来有什么情况吗？"罗宋问。

光头看了看罗宋，先前的严肃瞬间褪去，又变成了罗宋所熟悉的那个光头。

"嘿，吴局快气疯了，都拍桌子啦。市局来的几个人也都莫名其妙。不过现在都顾不上这个了，就在半个小时前，我们查到了刘桢跟吕秋伊之间的关系！"

"哦？查到了？"

"对。五年前，吕秋伊跟刘桢的一个叫马世豪的狐朋狗友短暂地交往过。现在已经有人去找这个马世豪了。"

罗宋点点头。这多少证实了他的猜想，能够找到两个人有联系，随机杀人的可能性就小了许多。上百万人口的城市，随机杀了两个人，而两个人之间还存在某种关系，罗宋不太愿意相信有这样的可能性。

"还有一个好消息。但是这个也不能称得上是消息，顶多是一个猜测。"

"什么？"

"小刘不是推测那些数字是二进制数字嘛，但是直接转换成十进制的也没什么发现，于是就把它们两两组合起来，第一个现场的一组，第二个现场的一组，你猜发现了什么？"光头转向罗宋，神秘地说，一脸的狡黠相。

"少在这卖关子。"罗宋给了光头一个爆栗子。有案情转移注意力，他的心情终于平复了下来。

"疼！第一个现场发现的1000、1001，组合起来转换成十进制的话，是137。"

"电话号码？"

"对啊。很像电话号码的开头吧？第二个现场的两个数字，因为是对称，所以不好确定前后关系，所以转换成了两组数字，分别是200、140。所以就是137200或者137140，跟电信局确认了一下，两个号段都是有的。现在正在这两个号段上排查号码呢。"

这可不妙。罗宋心想。

"如果是电话号码，麻烦就大了。"

"麻烦？什么麻烦啊。"

"你们没有人想到吗？"

"想到什么？大家都很高兴呀。这一下就发现了两个有用的线索。"

罗宋摇了摇头。人总是容易被一点点成就蒙蔽了双眼，这么显而易见的问题都没有发现吗？不过也难怪，如果罗宋在现场，也难免会被那种因发现线索所带来的兴奋给感染，但此刻他作为一个"局外人"，却看得清清楚楚。

"如果是号码，那后面还有几个数字，也就是说，还有可能会死人！"

光头猛地踩下刹车。

"×!"

八

"你的账,等这个案子破了我再跟你算!"

再一次的案情分析会开始前,吴副局指着罗宋说。罗宋只是沉默。从如此重要的会议上跑掉,无论如何都算不得是一个称职的警察,他心里清楚。但有些事情,总是无可奈何。

马世豪没有找到,因为他已经出国了,而且出国的时间就在吕秋伊被害的第二天,这让他的嫌疑急剧攀升,成为这个案子的头号嫌疑人,而且也是唯一的嫌疑人。

"目前了解下来,五年前这个马世豪跟刘桢走得很近,富二代们的小圈子,泡泡妞飙飙车,日子过得很潇洒。好像就是在那段时间,马世豪跟吕秋伊交往过,但不知道为什么,俩人突然就分了手,马世豪跟刘桢也不再来往。"

"不知道为什么?"罗宋问。

"对啊。问了他们那个圈子里的人,没有人知道为什么。"

"有没有可能是知道不说?"

"这……就没法判断了。"

"两个男人一个女人,从关系上来看,感情纠葛的可能性比较大吧?刘桢第三者插足?"吴副局开口。

"但是从现场的样子来看,不太像是感情问题引起的。再说,哪怕是因为感情纠葛,都过了五年了啊。"张队说。

"你们不要忽略了一点,我们并不了解马世豪的心理状态。"市局来的年轻警察说。

"你是说他心理变态,记了五年的仇?"

"并不能排除这种可能。"

"有调查过这方面吗？马世豪的就医记录之类的。"吴副局问负责调查马世豪的人。

"没有。之前没有想过这种可能性嘛。"

"不管怎么说，马世豪在吕秋伊被害之后出国这一点，就足够我们传唤他了。不管他在不在国内，传唤证照下，发到他家里去！罗宋，你去！"

罗宋点点头。

"这会不会打草惊蛇啊？"光头说。

"打什么草？惊什么蛇？他人都跑了！"吴副局愤愤地说。罗宋理解他所肩负的压力，不由得对昨天的行为产生一丝歉意。吴副局接着说："另外马世豪的就医记录也查一下，看看有没有精神疾病就医的记录。"

"嘀，你别说，我还从来没来过这富人区。这是不错呀。"光头望着成片的别墅，感慨道。这是毕市环境最好的地方，是人人都心向往之的富贵之地。

"想住？"罗宋问。

"想住。"

"那先把身上这层皮扒了。当警察，这辈子都甭想住。"

"那我可舍不得。"

"舍不得放弃当警察？"

"当然。"

"有什么好的？又累又苦，还没钱。"

"那你又为什么当！"

光头一句话把罗宋噎住了。他为什么当警察？这个问题如果放在十年前,他会毫不犹豫地回答出来。但此刻,我为什么要当警察?他甚至反问起了自己。

"宋哥你家不是拆迁了好多套房嘛,按理说你也可以卖几套,来这儿买套别墅住住呀。"

"滚犊子!"

"你们怎么又来了?"

罗宋亮明身份后,开门的保姆皱起眉,露出一脸的不耐烦,并且似乎没有要让他们进屋的意思。

"老太太刚睡下。"

罗宋掏出传唤证。

"我们是来送这个的。"

保姆凑近了看,看清楚上面的字后,长大了嘴巴,紧张起来。慌慌张张地转身进去了,进去之前还不忘把门关好,把罗宋跟光头两个人留在门外。

"真没礼貌!不愧是大户人家,连保姆都这么大架子。"

几分钟后,保姆又开了门,不情愿地让两个人进去。一个头发花白的老太太正襟危坐在沙发上,不怒自威。

"请坐。"

"不用了,"罗宋说着把传唤证递过去,"我们是来送这个的。"

老太太久久地盯着手里那张纸,仿佛纸上写的是某个噩耗,让她眉头紧皱起来,一丝伤心的表情出现在脸上。

"豪豪到底出什么事了?上次你们来人问东问西,也没说出什么事情,这次直接送传唤证了?"

看来之前来的人没有把马世豪可能跟两起命案有关的事情告诉老太太,他也不打算告诉她。看上去没有什么必要。

"只是想跟他了解些情况。"

"什么情况？"

"您孙子还在国外？"罗宋没有正面回答。

"对。昨天才走，不能那么快回来。"

"去国外做什么了？"

"这些你们都问过了。"老太太语气强硬，有些不厌烦，但更多的，应该是不满，对警察就自己孙子的事情问东问西而感到不满。

罗宋刚要开口，转念一想，又放弃了从老太太口里套话的打算。以他的经验来看，很难从一个奶奶身上套出关于孙子的有用信息。

"总之，希望您能联系您孙子，让他尽快回国，配合我们调查。"

"豪豪，是不是干了什么坏事？"老太太语气突然软了下来。

"目前还不能透露任何信息。抱歉。"

"这孩子是我从小看大的，他爸妈做生意忙，根本没时间管他。我是有点惯着他；他脾气虽然不太好，但我相信他不至于会干出什么坏事。"

每个人都不会相信自己的亲人会做出坏事。然而做坏事的人，总会是某个人的亲人。

"您知不知道，您孙子五年前出过什么特别的事情吗？"罗宋问。

"五年前？"

"对。尤其是跟一个叫刘桢的人有关的。"

有那么一瞬间，罗宋察觉到老太太的脸阴了下来，但随即又恢复了正常。

"没有。"老太太平静地说。

"宋哥，不打算跟老太太套套话？"出来后，光头问。

"你觉得套的出来？"

"试试总可以嘛。刚才老太太说了,这个马世豪是她带大的,肯定很了解他。"

"你是谁带大的?"罗宋反问。

"我妈啊。"

"如果我去问你妈,你是个什么样的人,你觉得你妈会怎么回答?"

"烂泥扶不上墙啊。"

罗宋忍不住笑了起来。

"以我的经验,一个人看待至亲之人,总是会带着滤镜。像是母亲对儿子,而隔代的奶奶对孙子就更加严重了。被奶奶带大的孙子,感情上很亲密不可否认,但要说了解就不可信了。奶奶不会看到孙子的缺点,退一步讲,哪怕真觉得是缺点,也是微不足道的,是小时候不懂事,是可以原谅的。而孙子在长大之后,渐渐地就不会再跟奶奶说自己的真实情况了。你觉得马世豪会跟奶奶说,奶奶昨晚我在哪个酒吧又泡了个妞,我又跟谁打了一架?"

光头点点头。

"所以说,好好孝敬你妈吧,你妈还真是难得。"罗宋拍拍光头的肩膀说。

"宋哥你这话什么意思?"

"难得有母亲如此透彻地了解又能如此清醒地看待自己的儿子。"

"宋哥你过分了啊……"

"不过,"罗宋说,"如果凶手是马世豪,那倒有一点可以放心了。"

"什么?"

"他人到了国外,也就意味着不会再杀人了。"

"也对。"

"但是，他真的去了国外吗？"

"他可是坐飞机出国的啊，这可做不了假吧？跟航空公司都核实过了。"

罗宋沉思。

"保险起见，再确认下机场监控，看看上飞机的那个人究竟是不是马世豪。我总觉得，如果马世豪就是凶手的话，不太可能就这么一走了之。"

从监控上确认，马世豪的确登上了飞机出了国。马世豪是两名死者的唯一联结点，但也仅限于此，除了他出国的时间点有些可疑外，没有任何证据能把他当作嫌疑人进行通缉。警方也多次联系马世豪的家人，要求马世豪回国，却没有什么效果。三天过去了，马世豪丝毫没有要回来的迹象。而在对马世豪的进一步调查中，并没有发现他有什么精神上或者说心理上的问题，周围人对他的评价是：脾气大了点，但为人还不错。至于五年前他跟刘桢还有吕秋伊发生了什么，没有人知道。案子陷入了僵局。

可以想象两起性质恶劣的命案给刑警队带来的压力，尤其是保持了三年的命案百分百侦破率眼看着有了被打破的可能。一开始的乐观氛围早就不见了，就像是毕市这个时节常见的天气一样，阴云密布，但你不知道什么时候雨才会落下来，可能在下一刻，也可能是后天。

罗宋脱下被汗水打湿的衬衫，空调还没让温度降下来，他光着膀子，从冰箱里取出一瓶啤酒。脑子里有两件事在纠缠，命案跟妻子的失踪。每一次有命案发生，他都会想起妻子。有无数次，在前往命案现场的途中，都会有一个场景在脑海里自动浮现：他到了现场，发现被害人正是自己的妻子。这不过是毫无道理的妄想，但他对此无可奈何。他瘫倒在沙发上，呷一口啤酒，冰凉感沿喉而下，终于为他带来了片刻的微不足道的却也难得的欢愉。

电话在他喝下第二口啤酒的时候响了起来,打断了他的享受。

"罗宋,来局里一趟。"吴副局的声音传来。

罗宋抬头看了看时钟,晚上十一点。

"现在?"

"现在。"

又死了一个人。在吴副局回答的那一瞬间他想到。于是他问:

"又死了一个人?"

"对。但是,不是发生在我们这里。"

这倒有些出乎他的意外,一起发生在别处的命案,如何会跟罗宋牵扯上关系,并让吴副局在夜里十一点直接打电话给他?他猛地坐直了身子,手里的啤酒洒了一地。妻子。他想到。

"刚刚接到山宁市警方的联络,山宁市一家酒店发现了一句尸体,"随着吴副局的讲述,罗宋的心跳加剧,呼吸也急促了起来,"有两个原因让他们联系到我们:第一,死者是我们毕市人,去山宁市出差;第二,现场发现跟我们这边的案子相同类型的数字。"

罗宋长长地松了口气,再次瘫倒在沙发上,他竟然感受到一丝的愉悦。

九

陌生人凑近了看他,他知道对方是在察看他是不是已经死了。

他还没死,还有一丝气息,但他知道血即将流尽。他竟然想起了儿子的足球,那个足球是在儿子四岁的时候买的,过了近一年,球已经缺气,瘪了下来。儿子跟他说了许多次,让他给足球充气。他也答应了儿子好多次,但一次都没有办到。为什么没有办到?是太忙了吗？还是因为从没把这件事放在心上？此刻他就像是被戳破了的球，气就要散尽，再也没有什么能让他充盈起来了。想到这里，他知道今年该送儿子什么礼物了，一只足球，或者充气筒。但他再也没有机会了。我都要死了，为什么还在想着这些微不足道的事情？我应该要挣扎着活下去啊。他如此想着，努力想要动一动手脚，他失败了，此刻他只能转动眼球，眼球是他全身唯一能驱动的部分了。

他转动眼球，看向那个陌生人。为什么？在他与眼前的陌生人搏斗并失败之后，他才终于想起来要问一问他为什么。记忆中他并没有得罪过什么人，他为人一向谨慎，信奉的人生哲学是多一事不如少一事，路遇不平事就扭过头去。他不过是个卑微到甚至于没什么人会注意到的人而已，为什么会有人对他痛下杀手？陌生人应该没有想到会遭到如此激烈的反抗吧？那块不知道沾了什么的手帕捂住他嘴巴的瞬间，他是愣了一会儿，但求生的本能立即就起了反应。他是如此激烈地反抗，甚至连他自己都惊讶不已。从小到大他都没有真正打过架，向来都是被打，今天是他第一次还手，想到这里他竟然有些许骄傲。他想问陌生人原因，就算死，好歹也死个明白。但嘴巴动不了。陌生人没有费力再给他一刀，只是把手伸向从他身体内流淌出的血泊之中蘸了些鲜血，走到墙壁前，在墙上涂抹着。写的是什么？他的视线有些模糊了，看不清。他疑惑不解，努力想要看清。人即便死到临头也还是有好奇心，这是他这一生所学到的最后一个知识。

终于，他不再看陌生人，他也不再想要动自己的手或者脚，甚至连眼球都不想动了。他太累了，不只是此刻，一直以来都太累了，工作、生活，他必须竭尽全力才能维持，才能让他的人生看起来像个样子。如果活着是件如此困难的事情，那就轻松地死去吧。

他放弃了一切，闭上眼。好冷，又好暖。

他听到男人打开房门匆匆离去的声音。他听到走廊里有人喧闹的声音。他听到自己最后一口呼吸的声音,这一呼之后,就再也没有吸了。

他听到的最后的声音,是尘埃落定的声音。

十

山宁市是距离毕市约一个小时车程的地级市。户籍为毕市安亭街道的名为刘文远的男子,死在了山宁市的一家酒店里,现场发现了两组用血写就的数字:1100、0000。但就这起案子与发生在毕市的两起命案之间的关系上,出现了明显的分歧。

"我不觉得这起案子跟发生在我们这边的案子有关系。"张队说,"光从现场来看,我们这边的两起案子,现场都异常整洁,但山宁市的这起案子里,现场可称得上混乱了。"

的确,罗宋看过现场的照片,在现场的地板上、墙壁上,都有不少血迹,凶手根本没有打扫现场。据目前的调查情况,死者身中并不直接致命的数刀,失血而亡。现场还发现了几组不属于死者的脚印。更为重要的是,这次甚至在死者的指甲缝隙中,发现了一些皮肤组织——极有可能是在与凶手搏斗的过程中留下的。虽然发现了数字,但数字不是刻在死者身上,而是用血涂写在了酒店的墙壁上。如果是同一个凶手,那作案手法差别也大了些。

"可是现场也发现了数字啊。"光头说。

"有可能是模仿作案。我们这边的案发现场出现了数字也不是什么秘密吧?现在这个社会,想保守个秘密可难咯,一天都没过,这网上就铺天盖地地出现了案情相关的信息。"张队说。

罗宋思索着这种可能性,他没有特别关注外面的报道,不知道外界对现场发现的数字究竟知晓到何种程度?

"的确跟我们这边的两起案子不太一样,"罗宋说,"有差异点。但相似点也足够多。首先,现场出现了数字。当然,不是没有刚才张队所说的那种可能。第二,案发当天,酒店的监控被用技术手段破坏了,这跟吕秋伊被害时的情况类似。第三,死者被挖去了双眼,刘桢被放干了血,吕秋伊被切掉了脚,这三起案子都有很强的仪式感。最后,虽然现场没有前两起整洁,但是现场没有发现除死者以外的指纹,相信凶手是戴了手套的。另外,死者是我们毕市人,因公出差才去了山宁市,人刚到就被杀了。"

"正是因为他是毕市人,我才更怀疑是有人模仿。有人故意让他跟我们这起案子扯上关系!"张队明显不同意罗宋的观点。

"那为什么不在毕市动手,而是要特意跑到山宁去?在毕市的话,很明显就能跟前两起案子关联起来,但要是在山宁,则有可能不会被发现。"

"刚才也说过了,我们这里发生的两起案子,又不是什么秘密,山宁市警方不可能不知道啊。你看对方在案发当天就联系到我们了。再者说,调查下来,这个刘文远,是个普通的销售,卖的是五金产品,据说人也挺老实,跟前两个死者根本就不是同一个世界的人。到现在也没有发现他跟刘桢还有吕秋伊,对了,还有那个嫌疑人马世豪有什么关系。"

罗宋不语。的确,他们好不容易查出来刘桢跟吕秋伊之间的关系,从而否定了随机作案的可能,还出现了重大嫌疑人马世豪。但如果证实这第三个死者的确是同一个凶手而为,那他们就又回到了起点。刘文远死的时候,马世豪在国外。如此一来,他们就失去了这起案子唯一的嫌疑人。这是任何人都不希望看到的情形。罗宋内心也不希望这是同一个凶手而为,但直觉却与他的希望相悖。吴副局的一句话，终于平息了这场争论。

"刚接到电话，山宁市的那起案子，要跟我们并案。"

"为什么？"

"案发那天，山宁市警方其实接到了两个报警电话。第一个来自酒店里的工作人员，因为死者房门没关，所以发现了尸体，报了案。第二个报警电话是在那之后不久，因为刚接到前一个电话并已经安排出警，单纯以为是重复报案，没有太在意。山宁市警方在调查中发现了这个问题，第二个报警是匿名的，又因为现场发现的数字，在了解到我们这边也接到匿名报警电话后，调取了两个报案录音，做了声音比对，"说到这里吴副局顿了顿，环顾四周，"是同一个人。"

案情会暂时中止。

接下来最紧要的，是进一步了解第三起案子的案情，寻找与前两者之间的联结点。会后，市局来的年轻警察主动找到罗宋。在这之前罗宋已经多少了解了些年轻警察的情况：省厅某位领导家的公子，叫林天栋；来毕市，也不过是下基层锻炼一段时间，早晚会回省厅。看样子，林天栋想要单独跟罗宋探讨一下案情。

"现在确定三起案子的凶手是同一个人，关于第三起案子中凶手所起的变化，你怎么看？"林天栋问。

"这让我更加坚定了凶手所行凶的对象之间存在某种关系的看法。"

"哦？"

这个一个字的问句，并非表示对方对罗宋的这句话质疑。罗宋感觉得出来，林天栋跟他有相同的看法，他只是想要听一听罗宋的想法。罗宋心里感到有些不快，他总觉得，此刻他像是一个被老师提问的学生。他皱了皱眉。

"初步了解下来，这第三个死者刘文远，不是独居。他跟家人一起生活,有妻子有孩子。所以这就否定了我们之前推论的,凶手选择受害人的条件是独居这个想法。刘文远一开始就是目标,只不过,他有家人,要对他下手,只有在他出差的时候,才是最好的机会。但在酒店作案,肯定没有在独居者家中作案来得从容,他必须速战速决,所以没有时间仔细打扫现场。"

"嗯。"林天栋点了点头,罗宋又有了学生答出问题老师给予赞扬时的感觉。

"这一点我同意。"

"你有什么看法?"罗宋点燃一支烟,问。同时递一根给林天栋,对方摆摆手拒绝了。

"三个死者肯定在某个地方存在着关联。只有找到这个关联点,才能明确凶手的动机,也才能找到凶手。另外,单纯从第三起案子的现场来看,仇杀的可能性更大。"

仇杀。罗宋思索着这两个字。单就前两起案子的现场来看,他还是不太愿意相信仇杀的可能,因为这实在与他的经验相违背。但第三起案子,的确又有些仇杀的样子。这让他困惑不已。另外,凶手并非随机选择被害人这一点也可以确定,但动机如果不是为了复仇,又会是什么?

但接下来的两天里,在寻找三名死者之间的联系上,又陷入了僵局。无论如何也查不到刘文远与吕秋伊、刘桢的关系,与嫌疑人马世豪看似也毫无关联。就在大家一筹莫展之时,接到了出入境管理处的联络,嫌疑人马世豪回国了。

十一

他到底是如何分辨一个人是在说实话还是在撒谎?如何判断一

个人是否有所隐瞒？有不少刚做刑警的人，会向罗宋问这个问题，仿佛有某种方法或者技巧可以传授。在这个问题上，罗宋深刻体会了那句话：只可意会不可言传。是直觉或者经验，或者说是两者的结合：在大量的经验基础上而产生的直觉。很多人不满意这个答案，因为这没有帮助，最起码不实用。所有人都想有一个简单有效的工具，罗宋觉得这就是为什么会有测谎仪。经验或直觉太主观了，对个体之外的他者而言太不可靠，并且没有人敢保证自己的直觉永远都是对的。

但罗宋还是感觉得到马世豪在隐瞒什么，而他所隐瞒的这件事，很可能跟命案有关。在问到他跟吕秋伊及刘桢的关系时，马世豪并没有隐瞒。吕秋伊曾经是他的女友，他也曾经跟刘桢在一起混过一段时间，但还算不上朋友。马世豪说，跟女友分手，跟一个算不上朋友的人不再来往，是再普通不过的事情。但在说这句话的时候，他转移了视线，看向一旁。

"那你怎么解释两个你都认识的人被人杀了这件事？"光头问。

马世豪耸耸肩，说：

"听说过六度空间理论吗？这个世界任何两个人之间，至多通过六个人就能联系起来了。再说毕市才多少人？同时认识吕秋伊跟刘桢的，肯定不止我一个。"

"但我们只查到了你。"罗宋问。

"所以我就有罪咯？"马世豪不屑地说，"你们查到谁谁就有问题？你们警察一向是这么办案的？"

"注意你的态度！"光头喝道。

"我觉得吧，两个我都认识的人死了，这就是个巧合。"

"你知道我做了这么多年警察，最不相信的是什么？"罗宋凑近了，盯着马世豪问。

"不相信被你们盯上的人是好人的可能?"马世豪讥笑道。

"我最不信的,就是巧合。"

"得了。我也不跟你们说那么多了,我也看过不少电影电视,我只要提供他们俩死的时候的不在场证明就行了吧?"

罗宋有些许泄气。两起案子发生时的马世豪的不在场证明,早就在之前的调查中得到证实。

他没有回答马世豪的问题,而是掏出刘文远的照片,问:

"这个人认识吗?"

马世豪盯着照片看了好一会儿,摇摇头。

目前还没有查到刘文远与马世豪以及与前两个死者之间的关系,再加上马世豪有确切的不在场证明,这就意味着,对这起死了三个人的案子,他们又丢掉了唯一的线索。

在这件案子上,从某种程度而言,他们已经到了走投无路的地步。压力来自多个方面:有来自上的,同一个凶手跨地域制造了三起命案,这件案子受到了省厅的关注;也有来自下的,大量的警力放在了调查这件案子上,广撒网似乎是唯一能做的了,由此导致了其他相对不那么严重的案情缺乏警力对应;还有来自四周的,尤其是案子在民众间造成了不小的影响,流言四起,人心惶惶;最重要的,压力来自每个人的内心。在这之前,还没有人亲身经历过如此棘手的案子,多年来积攒下来的信心坍塌了,每个人都在想,如果案子破不了会怎么样?但人又从来都不会轻易承认自己走投无路。大家从各个角度出谋划策,提出各种可能性,比如马世豪虽然有不在场证明,但有可能是雇凶杀人,毕竟马世豪是他们目前发现的唯一线索,他们不想轻易丢掉。又或者有人说凶手想杀的只是其中某一个人,另外两个不过是用来扰乱视线。罗宋则把重点放在了数字上,他想起了一个人。

林明是毕市学院数学系的教师，去年一起案子受害人的家属。在那起案子的侦破过程中罗宋跟他打了不少交道。罗宋打电话给林明，原本他以为，对方早已经忘了他，但林明一下子就听出了罗宋的声音，快到让罗宋都感到意外。他们约在一家咖啡馆见面。

罗宋似乎从林明眼睛中看到了与他相似的眼神，两个男人都失去了妻子。但又有些许不同：林明的妻子死了，罗宋的妻子失踪了。所以林明眼里更多的是悲伤，而罗宋的眼里，多少还有些希望。

"好久不见了，林教授。"罗宋寒暄。

"是副教授。"林明冷冷地回答。

林明看起来并不太希望见到罗宋。这可以理解。他们因为林明妻子的死而认识，这是他们两个之间共同的话题，并且是唯一的话题。"看到我，让他想起的就只有妻子的死。"罗宋心里想。林明的直接让罗宋免去了尴尬。

"是最近发生的那两起案子吧？"林明问。

看来第三起案子与前两起是同一个凶手这个消息还没泄露出去。

罗宋点点头，说：

"你应该也听说现场发现了数字吧？"

"听说了。所以你跟我说有事情想咨询我，我就知道是这个案子。能帮上你什么忙？"

罗宋把现场发现的数字告诉了林明。

"三组数字？"林明问。

罗宋思索片刻，决定如实相告：

"下面我说的话，希望你能保密。其实有第三个受害人，不过不在毕市。细节不便透露。所以到现在，有三个受害者，三组数字。"

林明点点头，说："二进制。"

"对。我们有人想到了这一点。"

"8、9、12、8、12、0。"林明看着数字嘟囔道。

罗宋愣了一愣,随即反应过来林明说的是转换成十进制后的数字。

"我们的人也想到转换成十进制数字了,但是并没有发现什么含义。"

"密码学不是我的专长,但我可以让我这方面的朋友帮忙看看。"

"这些数字,是以每个现场两组的规律出现的,我们的人,把在每个现场发现的两组数字放在一起,转换成十进制,发现像是号码,我们正在向这方面排查,但截至目前没有什么发现。"

林明沉思,过了一会儿,说:

"你这么一说,倒是给我了些启发。知道二进制应用最广泛的是什么领域吧?"

罗宋摇摇头,说:

"我高中毕业就参军了。"

"计算机。"

"计算机?"

"对,二进制可以说是计算机技术的基础了。最开始看到这几个数字的时候我也想到过计算机方面,但没想出什么来。不过你说到这些数字以两个为一组,也就是八位数的二进制数字的话,就有点头绪了。"

"哦?"

"IP 地址。"

"这就是关于网络的一些知识了。IP 地址呢,就是给每个连接在网络上的主机分配的一个地址,是用二进制表示的,共 32 比特,比特换算成字节,就是 4 个字节,也就是一个字节有 8 位二进制数字。为了方便,人们就把二进制转换成十进制。就成了我们现在经常见到的 IP。"林明一板一眼地说道，就像是老师在给学生上课。

这倒算是一个新的线索，但如果是 IP 地址，又意味着什么呢？他想象不到 IP 地址与案子以何种方式发生联系。

"如果是 IP 地址，你能给出什么建议吗？"

"唔……可能是电脑的 IP 地址，不过……"林明顿了顿，"也有可能是网址。"

"网址？网址不都是三 W 点什么那种吗？"罗宋问。

"这就是另外一个计算机知识了。你刚才说的三 W 那个，叫做域名。每个网站都会有一个或者多个 IP，在访问的时候通过 IP 访问。但是一般 IP 一串数字不好记，所以就把它转化成一个域名，域名跟网站中间通过服务器连接，当你访问某个网站的时候，服务器会把域名指向该网站的 IP 地址，你就能打开网页了。"

罗宋皱了皱眉，这一番话听得他一头雾水。但总算是有了一个新的方向。他突然想到一个重要的问题，他问：

"我们往电话号码这个方向查的时候，有一些担心，因为号码不完全，也就意味着还有数字会出现，也就是说……"

罗宋省略了后面的话。

林明表示理解似的点了点头。

"如果按照 IP 地址这个想法来看，目前出现的数字，能不能拼凑出一个完整的 IP 地址？"罗宋问。

林明皱起了眉，罗宋明白了。

"如果是一个 IP 地址，那还缺两组数字。"

这句话之后，两个人都没有再开口。沉默持续了两分钟后，罗宋起身，伸出手：

"十分感谢你的协助。"

林明跟罗宋轻轻地握了握手，没有说话。

罗宋走到门口时,后面响起了林明的声音。

"等一等。"

罗宋停下脚步,林明追上来。

"每两组数字需要考虑下先后顺序,但是最后一个数字,只要从 1 试到 254 就行了。"

"为什么?"

"详细的就不跟你解释了,你们的人应该也会知道的。总之是 IP 地址话肯定不会超过 254。"

"谢谢。"罗宋说。

林明难得地笑了一笑。

"这句话该我说,我还一直欠你一个谢谢。谢谢。"说着林明再度伸出手,与罗宋紧紧地握了握。罗宋注意到,与一年前相比,林明多了皱纹,白了鬓角,苍老已经爬上了他的脸。他应该与我同龄,才四十多岁吧?现在的我是什么模样?他好久没有仔细照过镜子了。想到这里,他松开手,转身离去。

十二

罗宋把从林明那里得到的信息告诉给小刘后,小刘的眼睛一下亮了起来。

"对啊。我怎么没早想到!比起电话号码,IP 地址的可能性的确要更高!"小刘懊悔地说。

罗宋拍了拍小刘的肩膀。

"不管是手机号码,还是 IP 地址,都只是一种可能。其实就我个人而言,我不希望真的是这两种可能的任何一个,因为这两种可能都意味着还会出现新的受害者。电话号码那边的排查不要停下来，IP 地址这一块也着手开始吧。"

小刘迫不及待地在纸上写写画画起来，罗列出一长串的数字。罗宋在一旁看着，他意识到在这上面他一点忙也帮不上。一股倦意突然袭来，他迫切地想要躺一会儿。

"我去会议室眯一会儿，有什么发现叫我。"

头一靠在沙发的扶手上，罗宋就睡着了。吵醒他的是一阵敲门声。他挣扎着起身，摇晃着走向门口，手扶在门把手上，却怎么也用不上力。突然，门打开了，他看到妻子站在面前。他激动得说不出话，妻子对他笑了笑，他这才注意到妻子裸着身子，胸口上刻着血红的数字：1001、0001。他愣住了，一动不动，妻子伸出手，扶住他的肩膀，摇了摇，说："我回来了。"

罗宋猛地睁开眼，一个面孔出现在眼前。光头正摇着他的肩膀。

"宋哥，有发现了！"

光头眼神炽热。

罗宋挣扎着起身，比梦里更加费力。过了足足有一分钟他才从梦境中彻底解脱出来，妻子的样子却久久不消散。他揉了把脸，说：

"我这就来。"

光头离开后，罗宋才站起来，梦里摇晃着走向门口的感受还很真切，但现实中的脚步，好歹比梦里稳得多。

小刘正坐在电脑前，身边围了不少人，对着电脑屏幕议论纷纷。罗宋走过去，几个人侧身让了让，一片血红色映入眼帘。血红底色的网页上，有三张黑白照片，正是三个受害者：刘桢、吕秋伊、刘文远。根据他们的受害顺序从左向右排列着。但罗宋的视线却长久地停留在了最右侧，有一个与三张照片尺寸大小相同的黑色方框。这很明显了，不论是谁因为何种目的杀了这三个人，他都还要再杀一个。

"看这里。"小刘的声音打断了罗宋的思绪,罗宋看向小刘手指的地方,浏览器上的地址栏:www.deserve2die.com.

"该死。"小刘说道。

"嗯?"罗宋疑惑地看向小刘。

"我是说这个网址的意思……"小刘怯生生地说。罗宋恍然大悟。

"凶手的目的很明显了,这摆明了是复仇。"在紧急召开的会议上,张队说。

"但这并没有什么帮助。复什么仇?我们甚至都查不到三个人的关系!"从声音里能听得出吴副局心里的不甘,"但现在最让人担心的,是随时可能出现下一个受害者。我们必须在他下手之前抓住他!"

"我们有没有能力追查到这个 IP 地址?"罗宋问。

"我们的网监大队才刚成立……"吴副局沉吟,"说实话不知道能力怎么样,凶手反侦察能力很强,应该没那么容易查到。不行直接找上级部门协助吧,时间不等人。"

"吴局,"小刘急匆匆地冲进会议室,手里抱着笔记本电脑,"你们看!"

刚才的网页上,在照片的下方,出现了一行字:

看来你们比我想象的要能干。但愿你们在所有事情上都这么能干。

吴副局狠狠地拍了拍桌子,说:

"赤裸裸的挑衅!一定要把他查出来,我现在就去打电话!"

等调查结果的时间里,罗宋思索着那句话:但愿你们在所有事情上都这么能干。凶手的目的是复仇,这一点毋庸置疑,但复仇的对象究竟是每一个受害者个人,还是其他?凶手所说的"你们",

指的是警方吗？从那句话里还能感觉到某种羞辱，凶手的目的是羞辱警方吗？罗宋不禁揣测，凶手或许是某个遭受了冤案，或者说自认为遭受了冤案的人。他把这个想法告诉了吴副局。

"或许我们可以查一下近期刑满释放同时又具有计算机技术的人。"

吴副局表示了认可，与此同时，上级网监部门的初步调查结果也反馈回来了，吴副局说：

"目前查出来这个网站的服务器在国外，只要付钱，谁都可以用，而且不会有什么身份验证。也就是说，网站的注册信息也可以随便填。所以从这条线索查不出什么来。现在正在查访问过这个网站的 IP 地址，除了我们局里那台电脑，其他的还没查出来。我不太懂，但是据说这个人很狡猾，好像技术还不错，使用了层层代理，还有什么跳板，所以一时半会儿查不出来。你刚才说查一下具有计算机技术的人，我觉得可以再缩小一下范围，精通计算机技术的。"

就在罗宋与吴副局说话的时候，光头急匆匆地走了过来，说：

"吴局、宋哥，马世豪来了。"

"谁？"

"马世豪！他说有人在跟踪他！"

十三

一个人在极端情绪下，会变成另外一个人。这道理罗宋明白。所以看到马世豪，他便能感受到对方此刻正承受着巨大的恐惧。之前的倨傲与轻浮，那些公子哥的虚张声势通通不见了，只有因恐惧带来的焦躁不安。

"警官！"看到罗宋后，马世豪走上前一把抓住了罗宋的胳膊，"有人在跟踪我！"

罗宋推开马世豪的手。

"是吗？"罗宋故意装出一副不在意的表情。

"对啊，所以你得救救我啊！"

看着马世豪通红的双眼以及干裂的嘴唇，罗宋禁不住想起了之前马世豪对警察冷嘲热讽时眼里的得意，以及嘴角的那一抹笑。

"在你没有遭受实质性的损害前，我们也无能为力啊。你这不好好的吗？"

"实质性的损害？那时候我就没命了！"

"凶杀案的确归我们刑警队负责。放心吧，到时候肯定给你的家人一个满意的交代。"

"你……"

"行了行了，"一旁的吴副局开口，"罗宋你别逗他了。谁跟踪你？"

"我不知道……"马世豪垂下头。

"那换个问法，"罗宋说，"你怎么断定有人跟踪你？"

"连着两天了！自打我从国外回来的那天晚上，我就感觉有人在跟踪我，但没太往心里去。昨天我从公安局出去后，又感觉到有人在跟踪我，我没敢回家，住了酒店。今天早上，有人在我房门前敲门，我从猫眼往外看，什么都看不到，有人把猫眼堵了，我问是谁，又没人说话。我不敢出门，后来是给我一朋友打了电话，让他来酒店接我，这才出来，就直奔这来了！那人肯定是想杀我！"

"你怎么知道那人想杀你？"

"刘桢跟吕秋伊都死了！我肯定也活不了！"

罗宋跟吴副局对视片刻。罗宋知道，关于五年前跟刘桢与吕秋伊之间发生的事情,马世豪终于肯开口了。

"抽根烟?"罗宋抽出根烟递给马世豪。

马世豪摆了摆手,咬着手指甲,不住地抖着脚。

"为什么你这么肯定你会被杀?"罗宋问。

马世豪抬起头,看了看罗宋,像是需要很大的决心才能说出口。过了好一会儿,马世豪才叹了口气,认命般,开了口。

"五年前,我跟吕秋伊还没分手,跟刘桢还时不时地混在一起。那天,刘桢买了辆新跑车,约我出去兜风,我就带了吕秋伊一起去。我们都喝了点酒,路上吕秋伊突然兴起,想要开车——她那会儿都还没有驾照。正好开到一段没什么人的路,刘桢也高兴,就同意了吕秋伊。吕秋伊开车,撞死了一个人……"

说到这马世豪停了下来,眼里似乎有些许悔恨。

"你是说刘桢跟吕秋伊的死跟这起车祸有关?"

"我不知道。刘桢跟吕秋伊死了之后,我就怀疑跟这件事有关,所以我出了国,就是为了避这个。但后来听说凶手又杀了一个人,那个人我又不认识,所以我就想跟那件事应该没关系,就回国了。"

"等等,你怎么知道凶手又杀了一个人?这件事儿应该没对外公开,我们刚确定第三个死者是同一个凶手干的没多久你就回来了,你消息怎么那么灵通?"

"我爸在局里有认识的人……."

"原来如此。"罗宋看了看吴副局。吴副局眉头紧皱,似乎对马世豪消息如此灵通感到十分不满。他继续问马世豪:"那当年那起车祸是怎么处理的?"

"出车祸后我们逃逸了。我打电话给我爸,我知道我爸在交警队有些关系,后来都是我爸跟刘桢他爸处理的,把这事儿压了下来,从那以后，我就跟刘桢还有吕秋伊没再来往了。"

"所以说当时这件车祸并没有查到你们头上？"

"对。"

"知道这件事儿的都有谁？"

"我爸特意嘱咐我们不要跟任何人讲。知道这件事儿的，除了我们三个跟我爸还有刘桢他爸，我不知道还有没有其他人知道。我爸是怎么处理的我也不知道，他没告诉我。"

"我们调查过程中也询问过刘桢父亲，怎么没听他说起这件事儿？"

"这事儿能随便说出来吗？再说，刘桢他爸不认识吕秋伊，所以也想不到刘桢的死跟那起车祸有关。我跟我爸说过，但我爸也不信，所以第三个人死后，他就说可以放心了，就让我回国了。要不是这两天有人跟踪我，我也不会相信真跟那件事有关！"

"你怎么看？"吴副局问罗宋。

罗宋回想着刘桢跟吕秋伊被害时的现场，他感觉到一些地方关联起来了。

"还记得吕秋伊死的时候吗？身体坐直，双手前举，像是在干什么？"

"开车？"

"对。吕秋伊的右脚还被锯了，右脚是用来踩油门跟刹车的，这应该就是凶手想要传达的信息。"

"那刘桢的死呢？"

"那起车祸，受害人是怎么死的？"罗宋问马世豪。

马世豪摇摇头。

"光头，跟马世豪详细了解下五年前那起车祸的时间、地点，然后去查一查当时的情况。罗宋，联系下马世豪的父亲跟刘桢的父亲，看看从那边能不能查出什么。"吴副局不住地摩挲着双手，命令道。罗宋能感觉到吴副局的激动，走进死胡同的案子，开了一扇门。阴云密布的天空，闪过一道闪电，雨就要落下来了。

"这起车祸发生在城西，我去城西分局了解了下：一开始因为不知道是交通事故造成的死亡，当作刑事案件调查的，现场有一个摄像头，但是坏掉了，没有录像，后来现场调查了很久才判断是因交通事故导致的死亡，但没有监控也没有目击证人，就不了了之了。死者名叫王慧，不是毕市本地人，在毕市工作，当初来处理后事的是她的哥哥，也不在毕市，人现在还没联系上。具体的情况还在进一步调查中。"光头报告道。

"死亡原因呢？比如是脑部受伤还是失血过多？"罗宋问。

"失血过多导致的死亡。"

又一块拼图拼上了，罗宋心想。

"刘桢的死，也是因为失血过多。"

众人默然。

"所以能确定这几起案子都跟这起车祸有关？但刘文远的死又怎么解释？"吴副局问。

罗宋摇了摇头，关于刘文远这块拼图，还不知道该如何放置。

"有没有侧面打听过，当初这起车祸没有查出来，是真的缺乏证据，还是因为别的原因？"吴副局问光头。

"别说侧面打听了，城西分局刑警队里，我正好有个很熟的哥们，我直接问他当初是不是有人把这事儿给压下来了。据他说的确是证据不足，但是有个比较奇怪的地方是，不只是事发现场的监控坏了，附近几个路口的监控，都坏掉了。但我们市五年前那时候，监控设备的维护都不是很好，坏掉几个监控也是正常的，没人太在意。"

"照你这么说，当年马世豪父亲并没有做什么动作把这件事儿压下来，因为根本就没查到他们头上嘛。但从马世豪所说的看来，当年他父亲的确做了什么才让这事儿过去了。刘桢父亲跟马世豪的父亲那边呢？"吴副局扭头问罗宋。

"当年的确是走了关系才压下来的。我联系过刘桢父亲了，据他说，当年他只是出了钱，具体怎么操作的他一概不知，都是马世豪父亲办的。但这个马世豪的父亲不太配合，以生意忙为借口，到现在都还没有来。我去了他的公司也没有见到人，说出差在外。"

"实在不行就采取强制手段！儿子都要没命了还不管不顾！"

"估计他还是不相信这案子跟那起车祸有关吧。再说，这势必要说到五年前他是如何把这件事压下来的，可能会牵扯到一些人，他还是有所忌惮吧。"

"不行，无论如何都得把他'请'过来！"

"行吧，我再……"罗宋话说到一半停了下来。自从发现了那个网址以来，刑警大队办公室里的一台电脑一直显示着那个页面，好随时关注它的变化。此刻罗宋注意到屏幕上起了变化，照片不见了，底色变成了黑色，上面慢慢出现了一行血红的字：

没想到你们真的挺能干的，当年如果也有这个劲头就好了。现在已经太晚了，你们应该明白，命运是个巨大的齿轮，这齿轮一旦开始转动，就再不会停下来了。我们每一个人，为了避免被这无情的齿轮碾压，都必须得顺着这个齿轮的方向往前走！别无他路！

文字显示完之后，最下方出现了一个按钮，提示点击。罗宋搓了搓手，像是拆弹手在面对一枚即将爆炸的炸弹，他深吸一口气，小心翼翼地点下鼠标左键。一个视频窗口弹了出来，视频开始播放。罗宋长长地呼了口气。

那是一段监控视频。

十四

十字路口,一个女子正等待红灯结束过马路。绿灯亮了,女子向前走去,走到路中央时,被一辆疾驰而过的车撞飞,落到了监控所能看到范围的最边缘,一动不动。几秒钟后,刚才那辆车又驶回到女子身边,敞篷车上走下来三个人,在倒地女子面前站了片刻,似乎起了些争执,随后匆匆离去。车子离开后,倒地的女子动了,试图爬起来,但尝试了几次都没有成功后,再次一动不动。十五秒后,又一辆轿车驶过,在女子前面一个急刹车,车上走下一名男子,俯身看了看地上的女子后匆匆上车,绕过女子离去。轿车离开之后,女子的胳膊又动了一动,视频中剩下的五分钟里,女子再也没有动过。

视频放完后有好一会儿没人说话。

刘文远这块拼图终于可以拼上了。罗宋心想。虽然视频上看得不是很清楚,但后面驶过的轿车上下来的人,应该就是刘文远。刘文远死后被挖去的双眼,代表着视而不见。

"看来已经很清楚了,凶手就是为了给被撞死的那个女人,也就是王慧复仇。那凶手肯定是王慧的家人或者某个跟王慧关系很亲密的人。现在集中往这个方向调查。"吴副局说,"王慧的家人找到了吗?"

"我之前跟王慧家乡的警察局确认过了,十年前王慧的父母因车祸去世,家里就只有王慧跟他哥哥王海林,那会儿他们兄妹俩还在上学。因为家里没人了,兄妹俩基本上也没回去过,跟家里的亲戚也没什么联系了,现在还没查到这个王海林目前在哪。"光头说,"我有个事情想不明白,假如说这个凶手就是王慧的哥哥,那他有事发时的视频,为什么没有提供给警方?还有,他是怎么拿到视频的啊?"

"还是先找到这个王海林再说吧!"吴副局说,"罗宋,再跟马世豪的父亲联系,一定要问清楚当年是怎么把这事儿压下来的,谁手上可能会有这个视频,从这个方向查一查。"

罗宋心里焦躁不安。

他早已不是当年的毛躁小伙子,在见识了数不清的人之后,他已能安然面对每一种类型的人。如果是在平时,他或许还会花费些心思,根据对方的性别、身份、性格选择不同的谈话方式,看人下菜。比如马世豪的父亲马国富这种小有成就的商人,赚了点钱,有那么一点地位,很喜欢被人捧着,叫人哄着。与他打交道最合适的方式就是说点恭维的话,给对方倒一杯茶,点一根烟,让对方觉得这不是在讯问,而是在向他寻求帮助。但在已经有三个被害人而且即将出现第四个被害人的重大刑事案件面前,哪怕是罗宋也再也无法心平气和地面对眼前这张脸,一张看似儒雅和善,实则高傲固执的脸。

"我想你最好能明白你尤其是你儿子现在的处境。"罗宋直言,"他极有可能是下一个受害者。你就这一个儿子吧?"

听到罗宋的话,马国富狠狠地瞪了罗宋一眼,但依然一副不打算开口的模样。罗宋皱起眉,搓搓手,点根烟,然后把凶手放在网页上的视频放给马世豪父亲看。

看得出来,马国富对这个视频的存在感到很惊讶,也有些紧张。看完后,他迫不及待地说:

"车是刘桢的,开车的是那个女的,跟我儿子没关系。"

"我们现在不是追究当年那起车祸的责任!你知道第三个死的是谁吗?就是这个视频上后来经过的那个人。这下你该相信你儿子可能会没命了吧？你早一点告诉我们当初你是怎么压这件事的，我们就能早一点抓住凶手。"

马国富沉默了一会儿，终于开口：

"那天晚上我听我儿子跟我说了车祸的事之后，我是不想管的。就像我刚才说的，车是刘桢的，开车的是那个女的，追究起来也没有我儿子的责任。但那小子跟他奶奶说了，老太太逼着我，我也没办法。我那天晚上打电话给交警队里的熟人，把情况告诉他，让他给想个办法，过了好一会儿，那人打电话给我，提出了一个方案。"

说到这里马国富顿了顿，皱起了眉："他告诉我说，现场有监控，都拍了下来，但是他能让那些监控视频消失，但是要花六十万。刚才也说了，这事跟我儿子没有直接关系，车是刘桢的，所以我联系了刘桢的父亲，转告他这个方案。他同意了，把钱给我，我转给那人。后来这案子就不了了之了。"

"你说的这个交警队的人是谁？"

"张佩。但是现在已经不在交警队了。"

"你手上有这个视频吗？"

马国富摇摇头，说：

"那时候我也没想到他会保留这个视频。"

"那你还能跟这个张佩联系上吗？"

"早就没有联系了。"

罗宋注意到马国富说这句话的时候，移开了视线，看向右上方。

"这个张佩五年前就辞职了，时间正好是在那起车祸发生后不久。但是，张佩两年前死了。城西分局负责的案子，定性为酒后失足落水。"在从马国富口中听到张佩这个名字后，光头马不停蹄地调查了这个人，"我跟城西分局的负责这个案子的人聊了聊，我提到了我们现在在办的案子，还提到了马国富的名字。你知道他怎么说吗？他说张佩死前最后一个电话，就是打给马国富的。"

　　罗宋难以入眠。他在这漆黑的夜里瞪大了眼睛，想着张佩的死。他不住地回想张佩死之前最后一个电话是打给马国富这件事，同时回想起马国富在说跟张佩没联系时的反应。马国富在那之后跟张佩联系过，从他的表情中可以猜测得出。视频的源头，无疑来自张佩，张佩没有把视频删除，而是留了下来，这其中的原因并不难猜测。一段值六十万的视频，不可能被轻易丢掉，总要物尽其用。他突然想起马国富说的一句话：那时候我也没想到他会保留这个视频。为什么用"那时候"？难道马国富早就知道张佩保留着这个视频吗？想到这里，罗宋坐起身，他忍不住设想这样一种可能：张佩试图勒索马国富。

　　张佩死前联系的最后一个人是马国富，那张佩的死，真是意外吗？但马国富不至于会杀了张佩，毕竟这件事他儿子没有直接责任，该紧张的是刘桢的父亲。罗宋闭上眼，皱眉思索。张佩的死是意外还是谋杀，这是一个值得进一步探讨的问题。但，问题的关键在于，有谁会在乎？这个案子早已了结，不可能只是因为他的猜测就重新调查。不过，张佩既然死了，那这视频又是如何到了凶手手里的呢？像是一道突至的闪电，一个想法瞬间袭来，罗宋在黑暗中睁大了双眼，眼前除了黑暗一无所有，但他总觉得有某种东西即将从黑暗之中浮现出来，那个想法让他不寒而栗。

　　张佩，也是被这个凶手给杀死的！

十五

　　罗宋睁开眼，他甚至能感觉到嘴角尚未彻底消失的笑意。他试图抓住梦里的片刻，他知道，梦境消失得太快，就像是日出后的晨露。

他以前很少做梦，经常一夜无梦到天亮。妻子刚失踪那会儿，他经历了很长一段时间的失眠，后来失眠消失了，但睡眠中却被塞满了各种各样的梦，噩梦居多。昨夜竟然做了个难得的好梦，但转眼间，他又有些搞不清，那些到底是虚假的梦，还是过去的美好记忆。但愿是后者，又但愿是前者。

他坐起身，下床。腿上的旧伤又有些痛了起来，他看了一眼窗外，又是个阴天。电话像是在等待他醒来似的响了，他接起来。

"宋哥！"光头响亮的声音让罗宋把手机远离了耳朵，"查到访问那个网站的 IP 地址的所在地了！宁川市西乡先锋村，离王海林老家不算远！还有，王海林曾经担任过某公司的网络工程师，凶手就是这个王海林没跑了！"

就像是拼图拼到最后，当大部分拼图都被放置到合适的位置上之后，剩余的该放在哪里，便一目了然了。剩下的，就只是找到这个王海林了。

宁川市距离毕市约四个小时车程，罗宋已经很久没有经历过异地抓捕了。他回想起年轻时跟师父驱车十个小时赴外地抓捕一个犯人时的经历。那时的他，即便再劳累也目光灼灼。他知道，自己再也不会有那样的眼神了。他总觉得，人最先老去的，是眼睛。

到达宁川市的时候已经是傍晚，出发之前特意叮嘱当地警方在他们到达之前不要有任何举动，以免打草惊蛇。跟当地警方会和后，他们又得到一个新的信息，这个先锋村是王海林外婆家所在的村子，这更加坐实了王海林的嫌疑。他们匆忙吃过晚饭，在当地派出所民警的带领下，向先锋村奔去。

天渐渐黑了下来，半明半暗之间，路两侧的树像是瘦长的怪物急速向后退去，没有路灯，没有月亮，也没有星星，于是黑暗一点点吞噬了四周的一切。一片寂静，只有轮胎摩擦地面的声音有节奏地传来，罗宋眼皮越来越沉，终于忍不住睡着了，去迎接或好或坏的梦。

他被一阵嘈杂声吵醒，睁开眼，发现车停了下来，眼前变得明亮，仿佛朝霞一般。他揉揉眼，往窗外望去。远远地，他看到冲天的火光。着火了。

"操，好像就是我们要去的村子！"陪同他们前往的派出所民警说。

消防车鸣叫着从身后驶来，他们赶忙让开。

他们原本想要先到村支书家，但因为火灾的缘故，先锋村已经混乱得不成样子。火烧掉了一户人家，并多少波及了周围的几家。罗宋皱起眉，有一种十分不好的预感。他们并没有对任何人表露此行的目的，好让人们觉得他们是因为火灾而来。费了好大劲找到村主任后，他们把王海林外公的名字告诉给了他，村主任听到名字后，愣住了，过了好一会儿才说：

"你们要找的这户人家，就是着火的那家啊。"

"什么？"

"这个宅子就是你说的那户人家的，但是老两口早就去世了，这其实是个空宅子。半年前，老两口的外孙住了进去……"说到这村主任愣住了，像是想起了什么重要的事情。"我操！那小伙子住进去后足不出户，时不时地会出趟远门，一开始大家还有点兴趣，后来都没人管他了，都忘了他在不在了。那……那谁，刘国发家的外孙子，"村主任揪住旁边一个村民的胳膊，"刘国发家的外孙子这会儿在家吗？"

被问到的村民也愣住了，随即人群中响起此起彼伏的询问声。

"在！今天下午还见着他了！"有人远远地回应。

"那他人在哪呢？！出来了吗？！"

没有人回应，只有火焰中传来的噼里啪啦的声音。

"你们说的那个刘国发家的外孙，是这个人吗？"罗宋拿出王海林的照片问。

"对对，就是他。不过这是多年前的照片了吧？他小的时候常来这里，半年前来的时候可不是这个模样了，看上去老了不少，人阴沉沉的。也难怪，爹娘都死了，也没个亲人……"

原本就老旧的房子根本经不起这样的大火，坍塌了大半。消防队在得知房间里可能有人后，对现场进行了仔细搜索。罗宋刚掏出一支烟，还没点燃，看到废墟里尚未完全熄灭的一小簇火，将烟收了起来。他仔细打量起四周围观的人来，如果起火的时候，王海林正好在房间外面，那此刻他就有可能在这围观的人群中。刚才村主任呼喊没人回应，不代表他不在。他喊来光头，对他耳语，然后两个人分散开，不动声色地在人群中搜寻。罗宋扫过一张张因眼前的这场火而多少有些兴奋的脸，脑海中回想着王海林的照片。从照片上看，王海林是个瘦弱的年轻人，面相中甚至透露出一丝懦弱。但罗宋早已过了以面相人的阶段，他早就明白，没有一种人会是天生的罪犯。但从另一个角度而言，任何一个人都有可能是罪犯。

人群中起了一阵骚动，有人大声喊叫，有人低声咒骂。人们脸上的表情变了，有些变作惊讶，有些变作恐惧。罗宋回过头，向那片废墟中望去。他看见，两个消防员从废墟中走出来，手里抬着什么。

那是一具已然焦黑的尸体。

十六

货架上的货早就积了一层灰了，是不是该擦擦了？

这个想法刚一出现就又被她自己否定了。有什么好擦的？反正也没什么人来。村里的人越来越少了,大都外出打工,一年到头难得回来一趟。有不少人甚至在外面定居,再也不回来。这个小卖店算是开不下去了,再这么干守着也不是办法,还不如外出打工。但她这个年纪了,出去能干些什么呢?也就是打扫卫生、洗个碗什么的吧。那也比待在这死气沉沉的破地方强。

屋外路旁的树荫下,几个打牌的人围在一起,叽叽喳喳喊喊叫叫,她觉得聒噪极了。一群好吃懒做的家伙,已经在这里待了整整一下午了。不过也好,好歹会进来买包烟——哪怕是最便宜的那种。

门口闪进来一个人影,屋子里没开灯,有些暗,她一下子没看清来人是谁。

"姨,拿瓶酒。"

这声音听着有些陌生,她睁大了眼看了好一会儿才看清是谁:刘国发家的外孙子。在村子里住了近半年了,这是他第二次来。叫什么名字来着?她一下子想不起来了。她还记得他小时候,老来他姥姥家,调皮得不行,还时不时地往她小卖店跑,手里捏着些零钱,买东买西。但眼前的这个小伙子,丝毫看不出跟曾经的那个调皮小子是同一个人。皱着眉,死死地抿着嘴,脸阴沉沉的。要是不开口,会让人以为是来寻仇的。

"哦哦,要什么酒啊?"

也难怪。爹娘都死了,听说妹妹也死了吧?好好的一家子,就剩这么孤零零的一个人了。

"你们最好的酒是什么酒?"

最好的酒?她卖的最多的,是十几块一瓶的本地大曲。最好的是什么来着?她往货架上去找,看着货架上贴的小小的标签,找金额最大的那个。

"你看这个行不?"

她把一瓶泸州老窖从最高的货架上拿下来，问他。

"行，就这个吧。"

刚要递给他，她又缩了回来。

"我给你擦擦。"

灰实在太多了，早知道刚才就擦擦了。

"不用擦了，把外面的盒子拆了吧。反正马上就要喝了。"

"行吧。"

她笨手笨脚地把盒子撕开，小心翼翼地拿着酒瓶递给他。

"就这一瓶？"

"你要几瓶？"

"来三瓶吧。"

"家里来客了？"

"没有。我喝。"

一个人喝那么多？她忍不住想，但没好意思问出口。

他不再说话了，只是打量着货架上的东西。

"再给我拿两包花生米，一包鸡爪子，两盒玉溪吧。"

她高兴了起来，一下子卖出去那么多货实在是太难得了。她把他要的东西收好了，装在塑料袋里，递给他。

付钱找钱的时间里，他没再说一句话。她倒是想找个话头，但实在不知道该说什么好。他走出去后，她跟到门口往外看。看着他的背影，她想起来他也就二十多岁吧，但那背影怎么看都像是四五十岁的样子，佝偻着，迈着有气无力的步子。他走到那片树荫下，在那群围在一起打牌的人群外围站定了，默默地看着。打牌的人都停下来，抬起头看了看他，但没人跟他打招呼，又叽叽喳喳地因为谁出错了牌吵闹起来。他就那么静静地站着看了一会儿，就又迈着缓慢而无力的脚步离开了。打牌的人甚至都没有注意到他的离开。

她叹了口气，抹了把眼睛，回屋了。

十七

"宋哥，你说这太巧了吧？就在我们来的这个节骨眼上着火了？"

宁川市公安局招待所里，罗宋躺在床上，嘴里叼着一根没点着的烟。已经过了夜里十二点，人早已极度疲倦，但身体内依然有一股力量顽强地抵抗着睡意。

罗宋向来不相信什么巧合。他认为，大部分的巧合，都是人为的，出现真正巧合的概率极低。因此对于那些看似巧合的事情，必须要仔细辨别。

对于刚才光头说的，罗宋也早已经在心里反复思考过了。

抓捕王海林跟王海林住处失火两件事几乎同时发生，能称得上巧合吗？罗宋在心里问自己。

从王海林在网站上放出视频来看，他应该知道自己的身份已经暴露了，但他能知道自己所在的位置也已经被警方知道了吗？罗宋对计算机所知甚少，王海林能知道自己的IP已经被定位到了这件事吗？不过，王海林知不知道也无所谓了，既然知道了他的身份，总有一天会摸排到这里。

"调查的时候，听小卖店的老板娘说的，下午王海林去她那买了三瓶酒、下酒菜还有烟，而且样子很消沉。不会是想不开自杀了吧？"

没有等到罗宋的回答，光头又自言自语道。

的确，对王海林而言，有三条路可以选：逃跑，被捕，或者自杀。

所以放火是自杀？如果是，那这样的方式未免过于惨烈了。罗宋回想着不久前看到的那具焦黑的尸体。

"等明天调查结果出来再看吧,早点睡吧。"

"唉!"光头一声长叹,不知所叹为何。

罗宋把嘴里叼着的烟拿下,脱掉鞋子,和衣而眠。

一闭上眼,睡眠便跟着追了上来,但还没等到睡眠追上他,就听到了光头打呼的声音。

下一秒,睡眠追上了他,带着无尽的梦。

宁川市公安局的解剖室里,罗宋跟光头一脸愁容地看着面前焦黑的尸体。

"这个你们应该需要吧?"负责跟他们对接的宁川市公安局刑警大队刑警侯正宇走了进来,手里拿着一个装在证物袋里的黑色物体。

"什么玩意儿?"光头问。

"笔记本电脑啊。火灾现场发现的。"

"电脑?这东西没被火烧了啊?"

"在一个抽屉里比较深的地方发现的,多少被烧了点,开不了机了,不过看样子硬盘什么的应该没问题。"

光头接过来,又仔细打量了一番。

"起火原因已经初步查明,起火点在西侧屋子床侧,床侧发现了若干花生大小的物体,检测下来是烟蒂,所以应该是在床上吸烟引发的火灾。"侯正宇把了解到的火灾的情况做了说明。

"人呢?是在床上发现的吗?"罗宋问。

"对。"

"那起火的时候人还活着吗?"

"呼吸道、食道、胃都发现了大量的炭灰。肯定是活着被烧死的。"

"那怎么还在床上啊？没有试图跑吗？"光头的声音里透着不可思议。

"据调查人员说，在床上发现了一个酒瓶，床周还发现了两个空酒瓶，尸体胃内容物里酒精的含量也不低，所以起火那会儿，他应该已经深度醉酒了，基本上等于半昏迷状态，等他察觉到着了火，估计也来不及做什么了。床上发现的那个酒瓶，在死者胳膊下面，我估摸着，是在床上喝酒了。酒可以助燃，因为这个，你看，"侯正宇指着死者身体的上半部分，"死者的上半身损毁比起其他部分而言较为严重。"

罗宋看着面前损毁严重的尸体，面容已经很难辨认了。他看了看手里王海林的照片，隐约看着相像，又有些不像。

不过，结合村里小卖店老板的说法，王海林昨天傍晚的时候买了三瓶白酒两包烟，所以王海林昨天晚上喝了不少酒，醉酒躺在床上抽烟的时候不小心引燃了什么东西，引发了火灾？

巧合。这个词再次蹦了出来。对于那些看似巧合的事，务必要多加小心，罗宋再次在心里叮嘱自己。随后他问在现场的法医：

"死者身高多少？"

"175 厘米左右吧。有一定的误差。"

罗宋看了看手里资料，王海林的身高也是 175 厘米。

光头疑惑地看着罗宋，问：

"宋哥，问这个干什么？"

"你说，"罗宋指了指尸体，"这个人真的是王海林吗？"

十八

出发之前，他们所能想到的最坏结果，也无非是扑个空，或许王海林早已逃跑。不过，如果有足够的证据证明王海林是凶手，而王海林又死于一场火灾，那倒省去了后面公诉、审判的环节。死亡了的嫌犯，这个结果也算不得坏。罗宋知道，真正让吴副局脸色阴得好比外面的天气的，是他刚才的那一番话。

"你什么意思？你是说这具尸体不是王海林？"吴副局问。

"只是说可能不是王海林，我们需要证明他的身份。"罗宋回答道。

吴副局皱着眉，指节不停地叩敲着副局长办公室里的办公桌。

"不是说那个院子里只有王海林一个人住吗？"张队问。

"对，我们调查到的结果是这样的。除了王海林，没人见过有其他人出入过那个院子。"

"现场发现的笔记本，硬盘里不也发现了车祸的视频还有几起杀人命案受害者的照片吗？"

"对。"

"那还有什么地方值得怀疑的？"

"巧合太多了。"

"巧合？"

"我们去抓捕王海林的当天，王海林居住的地方就着了火，这是第一个巧合。在着火的房间里发现了一具尸体，而尸体的容貌毁坏严重无法辨别，这是第二个巧合。"

"这算是巧合吗？"从吴副局的语气里，能感觉到明显的不满。

罗宋看了看吴副局，看到对方紧咬着的牙齿让两侧的下颌骨都突了出来。其实他可以理解吴副局的心情，作为这起重大刑事案件的负责人，想必承受了不少来自上面的压力。更为关键的是，城东分局局长韩启明还有几个月就要退休了，尽管还没有公布，但所有人都在说，下一任局长就是吴副局。如果在那之前不能解决这个案子，究竟会有什么影响，谁都说不好。

不过，此刻罗宋想到一个问题，究竟一件事算不算是一个巧合，其实是一件十分主观的事情。当然，或许有些事情在几乎所有人眼里算是巧合，但又有些事情，在很多人眼里是理所当然、不足为奇的。一具在火灾现场发现的尸体被火损坏了容貌导致无法辨识，这难道不是一件理所当然的事情吗？罗宋还有一些想法，还有一些觉得属于巧合的地方，但他把接下来的想法咽回了肚子。是因为年纪大了的缘故吗？现在的他，越来越不愿意与人争论了。但这不代表他不再坚持自己的观点。

"我并没有任何目的，只是，"罗宋在这两个字上加强了语气，"想证明我们发现的这具尸体，是王海林。"

罗宋定定地望着吴副局，几秒钟后，吴副局眼里露出些许妥协的意思，然后轻轻叹了口气，说：

"不过我们该怎么证明呢？王海林的爷爷奶奶外公外婆早就去世了，父母跟妹妹也死了，所有已知的直系亲属都不在了，也没有王海林的血液样本，没办法做 DNA 对比。"

"山宁市的那起案子，不是在受害人指甲里发现了属于凶手的皮肤组织吗？"罗宋说，"我们可以拿那个跟火灾现场发现的尸体做 DNA 比对。"

吴副局沉思了一会儿，然后像是无奈地放弃了某件难以舍弃的事物般，扬了扬手，说：

"去吧。"

罗宋没有动，等所有人离去。

"还有什么要说的？"吴副局皱着眉问。

罗宋无奈地笑了笑。他跟吴副局认识已经超过十年了，十年前他从基层派出所调到分局刑警队的时候，吴副局还只是刑警大队的副大队长。说起来,在领导班子里,就属吴副局的官僚气最轻,并且对罗宋一向不错。罗宋知道,像自己这样的人,有时候是招人讨厌的。如果这起案子以疑犯死亡结案,应该不会有任何人有意见,除了罗宋。但有些事情是不得不坚持的,罗宋心里有自己的准则。

"吴局,刚才还有些话没说完,如果你想听,我就继续说说。如果不想听,那我就走了。"

吴副局看着罗宋,过了好一会儿,笑着用手指着罗宋,说:

"你啊你。"

"那我可就说了。刚才说的巧合,或者说我认为的巧合,不只那两个。火灾现场发现了几乎完好的笔记本电脑,这在我看来也是个巧合,笔记本应该是常用的东西,怎么会放到一个隐蔽的抽屉的最里面呢?还有,在村里调查的时候,小卖店老板娘告诉我,加上火灾那天那一次,半年里,王海林总共就去过她小卖店两次。最重要的是,起火那天,王海林在小卖店买完东西,还在树荫下看了一会儿打牌,因为这个,那天有很多人都看到他了。但是在调查过程中,所有人都说,王海林在的这段时间里,跟村民很少有接触,所以那天打牌的人都说,想不到他会在那儿看他们打牌。我有种感觉,王海林那天是故意想让别人注意到他。如果顺着这个想法……"

"罗宋啊,真不知道该怎么说你。我知道你直觉很强,而且很多时候你的直觉是对的。但刚才你说的这些,如果换一个角度。如果王海林那天已经有了寻死的想法呢?所以他买了很多酒,想要大醉一场,去看看打牌,算是找些乐子。很多人在寻死之前都会有些不寻常的举动,这一点你应该也清楚吧?"

"吴局,你说的这个,我也考虑过。但这也只是许多可能性中的一个。但让我最想不通的,也就是最让我想要百分百确定这个人是王海林的是,王海林是个心思缜密的人,从种种迹象上来看,他很偏执,为了复仇搞了这么大的动静,按照他的计划,还有一个马世豪没有得手,他会就这么一死了之吗?就算死,也得死之前拼一拼吧?你知道我最担心的是什么吗?"

"你担心什么?"

"如果这个死了的人是王海林,那一切好说,盖棺定论。如果不是王海林,那就意味着王海林金蝉脱壳,跑了。那他会做什么?他一定要做的,是去杀了马世豪。如果我们结了案,过了一段时间,他又用相同的手法杀了马世豪,那不是在证明我们的无能吗?羞辱我们,一直以来也是他的目的,想想看他在那个网站上留下的话。我们所面对的这个王海林,不同于我们以前见过的穷凶极恶的凶手,他要冷静缜密得多,也危险得多。我还怕他会不满足于只把那起车祸的当事人杀完,他早已经不是单纯地对害死他妹妹的人复仇了,他是在对整个社会复仇。我怕他会在这条路上越走越远。"

听完罗宋的这番话,吴副局低头沉思了好一会儿。

"我果然没看错你。"

吴副局抬起头,看着罗宋说。

罗宋回之以微笑。

那天夜里,罗宋做了个梦。他梦到有人告诉他,妻子在城南的尼姑庵里,他赶到时,尼姑庵早已被火烧成了一片废墟,废墟里的一具尸体无法辨别。他拿了女儿的一些头发,与那具无名尸体做对比。在经过了漫长的等待之后,他拿到了鉴定报告,他的心脏剧烈跳动,或许是因为他无法面对报告里可能会出现的结果,在他打开报告的那一瞬间,醒了。醒来之后,他依然能感觉到心脏的剧烈跳动。

第二天一早,当吴副局让他到副局长办公室去的时候,他的心跳加剧,一如在梦里。

一打开办公室门,看到吴副局满脸愁容地坐在办公桌后看着手里的资料，罗宋便有了极其不好的预感。

"还真让你给说中了。"吴副局把手里的资料扔在桌上，脸上带着一抹无奈的笑，那笑里又透着些愤怒，"DNA 鉴定结果，不匹配。"

罗宋握紧了拳头。虽然这是可以预料的结果，但难以抑制的怒气依然窜上心头。

"操！"

他一拳锤在办公桌上，随即愣住了。因为又一个想法突然冒出脑海：

受害人指甲内发现的属于凶手的皮肤组织，与火灾现场发现的尸体 DNA 不一致，或许并不能说明火灾现场的尸体不是王海林。因为还有一种可能：

凶手不是王海林！

十九

厕所里，罗宋用双手捧了些水泼在脸上。虽然天热得连自来水管流出的水都是温的，但这多少让他冷静了些。人总是很容易在冲动之下做出一些错误的判断。他看着镜子里的自己，意外发现鬓角竟然有些白了。每个人都会经历这样一个瞬间：意识到自己老了。这个瞬间的到来因人而异，尽管对大多数四十多岁的人而言，老，或许还是件遥远的事情，他们在酒桌上笑着说自己老了，但那不过是笑话，很少有人在四十多岁的时候，就真正意识到自己老了。但罗宋此刻就经历了这样的瞬间，在他四十三岁的年纪。人们对这件事的反应各不相同，大多数人，或多或少，都会感到一阵失落。不过比起失落，罗宋更多感受到的，是惊讶。他能坦然接受自己已经老了这个现实，只是，没想到头发会这么早就白了。他突然想起了林明，想起几天前看到林明已显苍老的脸时的反应。五十步与百步而已。他揉了把脸，走出厕所。

回会议室的路上，他已经能冷静思考这一切了。之前关于凶手不是王海林的想法，在种种分析之下，都显得不太现实。如果他们再晚一点查到王海林所在的村子，如果在他们赶到之时王海林的尸体就已经被火化处理掉，那么王海林就真的能金蝉脱壳了。罗宋心想。

一推开会议室的门，连他这个老烟枪都被呛得咳了起来。

"也就是说有两种可能：凶手是王海林，火灾现场发现的尸体不是王海林；凶手不是王海林，火灾现场发现的尸体是王海林。"

"但从我们所发现的种种线索上来看，还是凶手是王海林的可能性最大啊。这个王海林太过狡猾了，找了一个替死鬼。"

"但我们不能排除王海林不是凶手这个可能。对，凶手很聪明，所以有没有可能凶手故意把一切线索引到王海林身上，让我们以为凶手是王海林，然后再放火烧死王海林，这样凶手不就可以一走了之了吗？火灾现场发现的尸体，我觉得就是王海林！村子里的人不是都说只有王海林一个人住在那里吗？"

"但除了王海林，谁还有这么强的动机啊？"

…………

罗宋静静地听着大家讨论。讨论很激烈，每个人都有自己的想法，而吴副局只是皱眉思索，看样子并没有听进这些对话，也没有制止的打算。

会场上突然沉默下来，看来每个人都已经把自己的想法说了出来，再没有什么要说的了。所有人都望向吴副局。吴副局被这沉默打断了思考，抬起头，看向罗宋，说：

"罗宋你觉得呢？"

"我还是倾向于王海林是凶手的看法。"罗宋说,"现在这起案子里出现了两个身份待确定的人,一个是凶手,一个是死于火灾的那个人。这两个人中有一个是王海林,这一点应该没有什么疑问。不过,既然鉴定报告中提到,两个样本Y染色体基本相同,考虑来自同一父系家族,我想我们还是从这个着手吧。"

吴副局颔首,说:

"我咨询了技术部门,他们说,这个也只能作为参考,只能说这两个人存在属于同一家族的可能性。但是,目前来说,我们也只能从这个地方下手了。去调查一下王海林家族里的男性吧,在不能排除凶手是王海林以外的人的前提下,这些人都有可能是凶手,叔叔啊堂兄弟啊之类的,统统采样回来,做DNA比对。"

从户籍调查的结果上来看,王海林的父亲有两个兄弟,也就是王海林的大伯跟二伯,大伯家有两个儿子,二伯家一个儿子。把范围再扩大一点,王海林爷爷的兄弟有三人,其子孙中男性有九人。调查从王海林大伯二伯两家开始。王海林大伯年轻时参军,后来就定居外省,王海林二伯跟王海林父亲则一直在村子里生活。他们兵分两路,罗宋负责调查王海林二伯王天金一家。

"说实话,你们要查的这几个人,我还真有点印象。"接待他们的镇派出所民警刘凯说。

"哦?"

"虽然事情过去很多年了,但我印象很深。这个叫王天金的,那时候跑到派出所来,说要告他儿子。"

"告他儿子?"

"对。告他儿子赌博。王天金的儿子好赌,原本好端端的一个家也被他弄得鸡飞狗跳,我们调解了好多次。对了,说到这个,我还想起一个事儿。你们现在在找的这个王海林的父母,也就是王天金的弟弟跟弟媳,差不多十年前车祸去世了,肇事方赔了二十多万,那时候,二十多万可是个不小的数目。据说,这钱后来被王天金的儿子差不多连骗带抢,弄去了得有十几万。"

罗宋脑海中警铃大作,最后这句话触碰了他用经验与直觉所构筑的警戒线。

"这个王天金的儿子,现在在哪?"罗宋问。

"这个倒不清楚了,我们去查查看?"

王天金看到警察之后,原本带着些笑意的脸,一下子就黑了下来。

"那个混账又做了什么事儿了?"王天金问。

"没啥事。"刘凯说,"就想跟他聊聊。他在家吗?"

"他敢回来我就打断他的腿。"王天金恨恨地说。

罗宋注意到,王天金的妻子在一旁似乎欲言又止。

"老王,说真的,知道你儿子现在在哪吗?"

"不知道。"

"真不知道?"

"四五年没回来了,估计死在外面了吧。死了也好。"

说到这里,王天金不满地瞟了妻子一眼。而王天金妻子鼓了鼓气想要说话,但最终还是放弃了。

从王天金那里,他们没有得到什么更多的消息。他们取了王天金的口腔黏膜样本,准备离开。

刚走出大门口,一个声音在后面喊:

"等等!"

王天金的妻子小步跑着跟了出来,回头看了看后,小声说:

"我儿子是不是出了什么事儿?"

"为什么这么问?"

"这些年,"说到这她又回头看了看,仿佛怕被谁听到,"我儿子在外面没回来过，但是我跟他有联系，我会时不时地给他打电话。"

"哦？你跟你儿子有联系？他现在在哪？"罗宋问。

"他从来没跟我说在哪。但是能联系上，能听到他的声音我也就放心了。但是，差不多有半年了，我一直联系不上他，开始是不接电话，后来电话就关机了，再后来就停机了。我担心他是不是真的……"说到这里，她哭了起来。

二十

在排除同卵多胞、近亲和外源干扰的前提下，根据DNA分析结果，支持样本A与样本B为样本×生物学上的父母亲。

看到鉴定报告上的结论，罗宋松了口气，随后又叹了口气。

松了口气，是因为这一切终于水落石出了。在鉴定结果出来之前，罗宋便确定火灾现场发现的尸体，就是王天金的儿子王海源，也就是王海林的堂哥。王海源母亲最后一次联系上他，跟王海林搬到先锋村的时间吻合。所以推测如下：

王海林抓了王海源，囚禁在先锋村他姥姥家的宅子里。抓他的目的有两个，第一是为钱的事情复仇，第二则是作为脱身之计。一举两得。王海源身高与王海林相同，面容上也多少有些相似，王海林囚禁王海源长达半年，在发现自己所在的位置暴露后，他便执行了脱身的计划。故意让村民知道起火当天他在宅子里，还买了大量的酒，所以因醉酒没能逃出来也就理所当然了。他逼迫王海源喝下，王海源醉酒后，点火。为了保证面部不会被人认出，还特意把酒洒在脸部，导致脸部烧伤比其他部位烧伤严重。电脑也是故意留下的，所有的一切，都是为了要让人认为死在这场火灾里的就是王海林，而且也是犯下几起命案的凶手。

而第三起命案中所留下的凶手的皮肤组织，被证明与王海林家族中的所有男性成员都不匹配，这也就间接证明凶手就是王海林。再结合动机以及其他证据，这个案子基本上可以就此了结了。

而叹气，是因为一直到现在，他们都没有找到王海林。罗宋对此并不很乐观，王海林心思缜密，如果不是因为在第三起命案时留下了皮肤组织，他们也就没法证明在火灾现场发现的尸体不是王海林。而当他得知自己所做的一切都已经暴露之后，他势必会将自己隐藏得更深。而最让罗宋担心的，是他会继续作案。

"王海林的通缉令已经下来了。"副局长办公室里，吴副局告诉罗宋，"你的个人三等功的申报，我也提了上去。"

罗宋感到有些惊讶，刚要开口，吴副局做了个手势，制止了他。

"你也不要说什么了。要不是你，在发现那具尸体的时候应该就结案了。如果真是那样，这个王海林就真他妈的逍遥法外了。另外……"说到这里，吴副局站起身，绕过办公室走到罗宋跟前，递给他一根烟，"张亮身体不好，这个大家都知道，他差不多三年前就申请过调岗了。两年多前，我提过让你接张亮，不论资历还是能力，让你做这个刑侦大队长，不会有人说什么。但因为小岚的事儿……"

说到这里，吴副局停了下来，罗宋也不语，两个人沉默地抽着烟。

"我知道你心里放不下，我也能理解你为了找她所做的努力。那天你从会议室跑了，我是很生气，但我理解你。张亮前段时间又提了调岗的事情，估计他也实在是坚持不下去了。我又提了你，但是……"

吴副局没有把这句话说完，但他也不必再说下去了，罗宋心知肚明。上面有人不喜欢他，或许是因为不满他当初为了找妻子不惜动用全市警察系统里的所有关系，甚至包括周边城市的。如果是三年前,听到这样的"但是",他无疑会怒火中烧,但此刻他丝毫感觉不到愤怒,心里甚至没有一丝波澜。三年前他想要的有许多,想要干好工作,想要立功,一步步往上爬,大队长、副局长,甚至于局长。现在他什么都不想要了,起码不再认为那些对他而言是重要的东西了。他现在只想要妻子回来。

他抬起头,正好迎上吴副局带有歉意的目光。

"吴局,这个个人三等功的申请就撤了吧,申报个集体三等功。兄弟们都挺拼命的。"他开口,不管怎么说,他能感受到吴副局的那份真诚。说起来,吴副局还算是他跟妻子的半个媒人。

"集体的我也申请了。"吴副局看上去松了口气,"你没事儿?"

"没事儿。不过,想跟你请几天假。"

"没问题。最近大家都辛苦了,你还跑了好几次外地。这假我准了,好好休息休息。"

刚从吴副局的办公室走出来,光头就迎面走了过来。

"宋哥。"光头一下子挽住了罗宋的胳膊。

"你干吗?"

"哥几个晚上要跟你一起吃饭,这次你可别想跑了。"

"行行行,我不跑,你松开。"

"不行,不信你,等你上了车我再松开。小刘的车在外面等着呢。"

罗宋像是犯人一样被押送着上了车,上车的时候光头还真像押送犯人一样按下罗宋的头。

"你个混小子。"罗宋笑骂。

"对不住宋哥,习惯啦!"

酒桌上,刑警队里几个年轻的小伙子轮番向他敬酒,对他说些恭维的话,他没有太过推辞,不一会儿便觉得有了些醉意。

"你说王海林这个混蛋，为了复个仇搞这么大动静。"

席间，有人谈论起了案子。

"不过他也真够可怜的。父母出车祸死的，赔偿款还被堂哥骗去十几万。最后妹妹也出车祸死了，肇事者还逃逸了。"

"你同情他？可怜之人必有可恨之处。"

"对他来说，这句话反了吧？应该是可恨之人必有可怜之处。"

"宋哥，你怎么看？"光头问。

"什么怎么看？"

"这个王海林啊。"

罗宋又喝了一口酒，随后把手指伸进酒杯，蘸了点酒，在桌上划了一条直线。

"人真的是很复杂的动物，永远没办法用一句话或者一个词概括一个人。好人或者坏人，都是相对的。从个人遭遇上来说，这个王海林真的很值得同情。看到这条线没？"罗宋指着刚才用酒划的线说，"我们每个人心里都有这样一条线，但划在什么地方每个人都各不相同。光头，如果说王海林拿了那段视频，去跟视频里的那几个人要几十万上百万，你能接受吗？"

光头思索了片刻，点点头，说："能！"

"那如果王海林把那几个人都打了一顿，你能接受吗？"

"也能！"

"打成重伤，住院了。"

"这……"

"打成植物人了。"

"……"

"看，一定程度的报复，你还是可以接受的，但随着报复程度的升级，接受起来，就不是那么容易了。你或许能接受他跟那几个人要钱，打那几个人一顿。但有些人就不能接受，比如咱局里的王政。"罗宋说到这，大家都笑了起来，每个人都知道王政以在道德上严格要求自己及他人著称。"所以在你跟王政心里，你们这条线所划的位置就不一样。但是，不管是谁，心里的线，都不能低于整个社会共通的一条线，我们可以把这条共通的线叫作底线。对于王海林的遭遇，我同情。对于他想报复的心，我理解。但他超过这个底线了，超得太多了。"

说到这，罗宋一下子想起了王海林的样子，照片上那个瘦弱的年轻人。他突然感到一股悲凉，他端起酒杯，一饮而尽。

第二天早上醒来的时候，他头疼无比。昨晚是怎么回到家的他已经记不得了，他所记得的最后的事情，就是一杯杯往自己嘴里灌酒。他很久没有如此醉过了，妻子失踪后，他甚至都不太敢喝酒，唯恐因醉酒而错过了关于妻子的消息。他看了看时间，已经到了下午三点。他艰难地起身下床。

喝水的时候，看到电视柜上女儿的照片，他突然想去接女儿放学。自打女儿上学以来，他一次都没有接送过。他匆忙洗了把脸就出了门。

在女儿学校大门口，他注意到门口的保安不住地打量他，眼神里带有些敌意。放学铃声响后，学生们陆续从门口走了出来，他伸长了脖子寻找。第一眼看到女儿，他甚至有点不敢相认了，女儿似乎就在这几天里长大了许多。

"蕊蕊！"

他大声喊。

女儿往他这边看过来，愣了好一会儿后，才向他这跑过来。

"爸爸。"

罗宋注意到，门口的保安听到这两个字后，终于松了一口气。

"你胡子怎么这么长了！"女儿揪住他的胡子说。

罗宋这才意识到，自己已经好几天没有刮胡子了，无疑一副邋遢样，他终于明白保安为何会对他抱有敌意了。想到这里，他有些不好意思了起来。

"这几天太忙了。"

"不过，你留胡子也挺帅的！"女儿说着挽起了他的胳膊。

那一瞬间，他仿佛感觉到妻子回来了，他回想起跟妻子逛街时，妻子总是像这样挽着他的胳膊。他侧过脸，看了看女儿，不知不觉间，女儿已经差不多跟他的肩膀一样高了，长大了的女儿，有了妻子的几分模样。

向前看。

他突然想起很多人直接或间接对他说的这句话。过去，他对所有说这句话的人怒目相向。但此刻，他终于能坦然。他早就明白这个世界并不是非黑即白这一道理，但发生在自己身上的事情总是难以理性地去看。向前看，并不意味着必须得背叛过去。过去与将来，并非对立面。想到这，他回忆起了妻子的笑。

三年来，第一次，他没有因为想到妻子而难过痛苦。

他终于能从那痛苦的漩涡中解脱出来了。

二十一

那种身后有人的感觉再度袭来。

他猛地转身，动作幅度很大，周围的人都远远地避开了他。

没有看到异样，只是错觉而已。他松了口气。随后疲倦的感觉袭来。像这样子要到什么时候？为什么警察还没抓住那个人？那个人应该已经不会再杀他了吧？毕竟，当时车不是他的，开车的人也不是他。况且，在警方的通缉之下，自保都已经很难了，怎么还会来杀他？不会不会，他不断安慰自己。

但那个人连一个不过只是过路的人都杀掉了，又怎么会放过他？想到这里，他的身体一下子又紧绷了起来。他又回过头，四处寻找。似乎每个人都在盯着他看，似乎每个人都形迹可疑。那个人就在人群中窥视着他，跟着他，寻找下手的时机。他每一个毛孔，都像是破掉的自来水管，汗水从中涌出。

到现在他终于明白什么是安全感了，但他永远都不会再体会到那种感觉了。那可能存在的危险，像是一把用细线悬在头顶的剑，时刻带给他恐惧。

恐惧来自一人独处时的寂静。恐惧来自人群中陌生人的眼神。

恐惧在白天在夜里，在清醒中在梦里，在空气中。

恐惧无处不在。

僵 尸

一

有用的人。

怎么才算是有用？对什么有用？对谁有用？这段时间里，他时不时地会想这个问题。

他是个没用的人。从小爸爸就这么说他。

真他妈没用。

爸爸说这句话的时候的眼神他也记得清清楚楚。

他已经满十八岁了。三个月前，他度过了除了他自己再没有人记得的十八岁生日。对于一个已经成年的人而言，应该能养活自己了。如果能养活自己，对他人有用或者没有用，又有什么关系呢？养活自己并不困难，他吃的不多，需要的也不多。他虽然笨，但有力气。

但那次意外之后一切就都不一样了。那次意外之后，他拿到了一千五百块钱。正好赶上妹妹的生日，他用那些钱，加上之前攒下的不多的零花钱，给妹妹买了一个 iPad mini。妹妹笑得很开心，他很久没有看到妹妹那么笑过了。

如果说第一次是一场意外，那这一次，却是他自愿的。妹妹明年就要上高中了，到时候他要送她一个大礼。他喜欢看妹妹笑。所以今天他们再次提出这件事儿后,他很快就答应了。

但他还是紧张。一滴汗从额头滑下,滑过鼻尖,滴到鞋子上。

这可是冬天啊!

"快动手啊!"有人催促。

他抬头环顾。从几双眼睛里看到了什么?不屑。嘲笑。他知道自己的头又开始轻轻摇了起来。这么多年了,按理说他应该已经习惯这样的眼神,但为什么心里还是很难过?他不喜欢别人这么看自己。

他低下头,看着手里握着的东西。

"快点啊。"有人喊道,"不行就滚吧!"

他心脏剧烈跳动。

他咬咬牙,闭上眼睛,努力在心里寻找叫作勇气的东西。他想起妹妹的笑,这笑容带给他一丁点儿勇气。他抬起手,却在半空中停顿。要快,要在勇气消失前落下去!

或许是错觉,他听到了一声清脆的断裂声,像是瓷器掉落在了水泥地上。

他突然觉得胸口刺痛,呼吸困难起来。他张大嘴巴呼吸。

他看到周围的人在肆无忌惮地嘲笑他。

我终究还是个没用的人。倒地的那一瞬间,他如此想到。

二

入冬以来,连续起了三天的雾。雾大的时候,能见度不过十几米,一切都被笼罩在迷茫的白色之下。

罗宋向来不喜欢雾天,他有慢性咽炎,雾天的时候尤其难受。当然,还有更深层的原因,他不喜欢这种可以提供遮掩的天气,像是大雾或者大雨。这样的天气条件下，容易有罪恶发生。似乎总有人觉得在这样天气下，他们的罪行会被遮掩，从而肆无忌惮。

一直到十点，阳光终于在这场战斗中占了上风，雾气开始消散。罗宋站在阳台上，看着对面的楼渐渐变得清晰起来。十年前他刚搬进这座房子的时候，楼房还是新的，外立面还光滑明亮。现如今，颜色灰暗且布满裂纹。那是岁月留下的痕迹。岁月把同样的痕迹留在他的脸上，以及心里。喉咙突然干痒，咳嗽抑制不住，因为雾，因为手里的烟，还因为没有好彻底的感冒。

因为感冒而休假，对他而言实属难得。但发烧达到三十九度，他甚至因此出现了幻觉。昨天，在最难受的时刻，他感觉到了在他后背上轻抚的手的触感。大脑真的是奇怪的东西，那里面储藏了各种各样的记忆，琐碎的、无关紧要的，那些本以为早已被遗忘的记忆，会在不经意的某个时刻跳出来，鲜活无比。他甚至能分辨得出那双手的形状，细长的手指，以及掌心的温度，一切都如此熟悉。在那个时刻，他想要感谢在他体内繁殖不休的病毒，他甚至希望这烧永远都不要退下去。

烧终究还是退了，幻觉消散，回归真实。他把烟熄灭，回到客厅。电视里说雾天还要持续一段时间。他拿起茶几上的药，一颗颗仰头吞下，水都不喝。吃完药，他突然有些茫然。生活被这场突至的病打乱了节奏。

电视里说雾天还将持续一段时间，但强冷空气正在北方形成，不久将南下。他靠在沙发上，闭上眼，回想背上那双手的触感。那感觉在逐渐消散，他试图抓住它，但他知道，这是徒劳，他只能寄希望于下一次高烧。

他站起身，开始在房间里踱步。走到女儿房间门口时，他停了下来。他轻轻打开门，仿佛女儿在里面。他很久没有走进女儿的房间了,这房间里的时光停在了六年前。自从妻子失踪后,女儿便去跟爷爷奶奶同住。想到女儿,他心里便涌起一阵复杂的情感。有思念,他已经有些日子没有见女儿了;有懊悔,他陪伴女儿的日子太少;还有深深的失落感——这失落来自女儿对他的疏远。女儿曾经很依恋他,尽管陪伴的时间少,可每次见到他,迎接他的都是女儿的笑脸。可不知道从什么时候开始,女儿的笑脸突然不见了,变得有些冷漠。

女儿变得敏感。他还记得最近一次见到女儿的情景。他不记得自己具体说过什么了,应该是件无关紧要的事情,起码在他看来无关紧要,但女儿突然就站起身回到自己的房间,摔上门。那是他第一次感觉到,自己已经开始失去女儿。他已经许久没有听到女儿喊他"爸爸"了。是因为青春期的叛逆吗?他记得女儿有一次气冲冲地喊道:我已经不是小孩子了!她已经十四岁,无论如何都不能算是孩子了,但在他心里,女儿还是那个牵着他的手,奶声奶气地喊他爸爸的小丫头。

看着已经闲置的房间,他回想起当初跟妻子布置这间房子时的情形,又回想起女儿小时候肉嘟嘟的模样,回想起女儿叫他第一声爸爸。他闭上眼,允许自己短暂地沉浸在过往的美好记忆中,直到这记忆让他开始感到痛苦。这些年他明白了一个道理,美好的记忆所带来的,并不一定是快乐。

他一直觉得,每个人在一生中都会不可避免地迎来一个转折点。在这个点之前,得到大于失去。过了这个点,就只有不断地失去了。他从没想过自己的这个点会来得这么早。这些年来,他除了失去,什么也没有得到。

抑制不住的咳嗽再度袭来,咳嗽让他喉咙干疼,腹部疼痛。然而也多亏了这咳嗽,让他从自怨自艾中摆脱出来。他知道自己不能再一个人无所事事地待在家里。他顾不得感冒还没好,往局里去了。

还没走进办公室，罗宋就跟急匆匆往外冲的光头撞个满怀。

"你小子急着去哪？"他揪住光头的胳膊，问。

"宋哥你回来啦？病这么快就好啦？"

"嫌我病好得快？"

"嘿嘿，我没这个意思……"光头摸着头说。他刚度完蜜月回来没多久，头皮被海岛的阳光晒得又黑又亮："情人坡那边发现两具尸体。已经有兄弟过去了，我正要往那里赶呢。"

"正好，一起。"罗宋没来由地感到一阵兴奋。

情人坡是位于毕市东南一座公园里一片带有坡度的树林。情人坡这个称谓不知是从何时开始叫起，也不知是因为什么原因被叫起，但自从被称作情人坡之后，来此地的人突然多了起来。人是善于想象的生物，仅仅因为这个地方被叫作情人坡，这片树林里仿佛就氤氲起了情欲的气息。真正让这个地方出名的，是有人在此地假借情人之名行真正情人之实。扫过几次黄后，这个地方就安静了许多，但让这个地方荒芜下来的，是城市的重新规划，公园以及周边地区已经变成了待开发区。这次如果不是因为几个孩子无意间钻进了这片树林，尸体估计要过很久才会被发现。

说起来，在情人坡最具人气的时候，罗宋还来过一次，他是被彼时还是女友的妻子硬拖到这里来的。妻子喜欢冒险，他因此留下了一段说不上难忘但与众不同的回忆。想到这儿，脑海里关于妻子唇间味道的记忆突然变得清晰，仿佛片刻之前他才吻过。

雾已经散了，但空气中依然饱含水汽，潮湿无比。罗宋一向讨厌这个季节的天气，如果说有什么让他想要逃离这个城市，这算得上一个原因。他穿过树林间，脚下落叶厚厚地积着，针叶松向下伸展的枝叶扫过他的脸，又痒又痛。远远地，他看到高振抬高警戒线，从下面钻了出来。

"老罗你还活着呢？"法医高振边脱手套边问，"没想到你也会请病假？这么多年还是头一回。"

"一时半会儿死不了。"罗宋在警戒线外站住脚，让光头先进去，然后掏出烟来，点上，深吸一口，烟只从一个鼻孔里喷出来。鼻塞还没好彻底。

"烟囱都坏了，就别生火了吧。"高振讥笑道。

"少他妈废话。你的活干完了？什么情况？"

罗宋递了一根给高振，高振接过来点燃。高振原本已经戒烟了，三年前王海林案的时候复吸，就再也戒不掉了。

"现在能干的都干完了。男女尸体各一具，死亡估计超过二十四小时。女性尸体符合机械性窒息的特征。这男性尸体，身上有几处外伤，但死因不太好确定，里面光线不好，得拉回去进一步尸检。最近天真他妈潮，尸体都腐败得比平时要快。再晚点，一些痕迹都看不到了。其他的，你自己进去看吧。"

罗宋点点头，熄灭手里的烟，拍拍高振的肩膀后钻进了警戒线内。

尽管外面雾气已散，但林子里依然氤氲着若有若无的雾气。罗宋能感觉到脚底落叶的柔软，漫步在这片树林之间倒也惬意，如果不考虑此行的目的，如果不是有两具尸体在这柔软的落叶之上。

"宋哥，两个死者身上都没有发现钱包跟手机，身上也没有首饰，你看这耳朵上有伤口，像是被人扯掉耳钉或者耳环造成的。看样子是抢劫。"光头说。

罗宋蹲下身子，看了看光头所说的女性死者的耳朵，的确有被撕扯的痕迹。目光随后从耳朵转到脸上，女人应该在二十岁到三十岁之间——化了妆的女人，往往看不准确年龄。不过，如果妆容没有被毁掉的话，应该是个漂亮的女人。但此刻，两道黑色的痕迹从双眼下方开始蜿蜒而下，嘴唇四周，口红被涂抹到了脸上，还有大片的淤青，红色紫色黑色交杂在一起。高振说是窒息而死，看样子，应该是被人捂住了嘴巴。上身穿着黑色外套跟粉色毛衣，虽然已经入冬，却依然穿着裙子，裙子向上翻起，内裤跟黑色丝袜向下褪到大腿根部。粉色的高跟鞋，一只挂在脚上，一只落在了不远处。

"有没有被性侵？"罗宋问。

"没发现明显的性侵痕迹，还得进一步尸检。"旁边一个年轻法医回答道。

罗宋站起身，往男性死者那边走去。一看到男性死者，罗宋就皱起了眉。看样子不到二十岁，或者更小。瘦削，脸色黑青，身着羽绒服牛仔裤加球鞋，看上去学生气十足。他又扭头看了看女性死者，疑惑开始在脑海中积聚。他抱起双臂，皱眉闭眼，牙齿咬起下嘴唇。

"宋哥，怎么了？"光头问。

罗宋睁开眼，但并没有将他心里的疑惑说出来。

"还有什么发现吗？"他问。

"这里叶子太多了，搜了一圈也没发现什么有价值的东西。"

罗宋点点头。脚下厚厚的落叶的确会对证据的搜集造成困难。

"你刚才说钱包什么的都不见了？"罗宋问。

"对。"

"那死者的身份也就确定不了了？"

"是啊。"光头的声音里透出些无奈。

一声布谷鸟叫。阳光突然透过树木的间隙洒了进来。

罗宋环顾四周，法医正在准备敛起尸体，黑色的尸袋已被打开。有几个兄弟还在弯着腰，仔细寻找着或许有用的痕迹。

罗宋闭上眼，思考此刻所面临的处境。

无名尸体。两具。

三

太阳躲在云后面不肯出来。

操场上有人在上体育课，起跑线后的几个人弯着腰，膝盖弓起，双手指尖触地，一声哨响后，他们拼了命地向前跑。

啄木鸟在啄树，笃笃笃的声音传来。

"注意听讲！"

老师狠狠地敲了敲黑板。

罗佳蕊把视线及注意力从窗外收回，看向老师，正好迎上老师严厉的目光，她赶忙低下头，吐了吐舌头。

"罗佳蕊，你来回答这个问题。"

她站起身，看向老师手指着的地方，然后在心里默默计算。勾股定理。长、高、面积。

"四个。"

她快速计算出结果，回答。

老师的眼神柔和了下来。

"坐下吧。"老师说。

坐下后，她努力把注意力放在老师所讲的内容上，但不知不觉之中，她又看向窗外。窗外有什么？其实窗外什么都没有。她看的不过是一片云飘过，不过是一阵风吹动树梢，不过是雾起或雾散，不过是操场上的空旷或热闹。

其实她并非为了看窗外，而是在思考。思考什么？她也说不清楚。没有什么特定的主题，只是任凭一个个问题在脑海里随意浮现。有些问题很小，譬如她最近循环播放的那首歌歌词的含义。有些问题很大，譬如人生的意义是什么？人活着到底是为了什么？

她是在某一天突然意识到自己已经长大的。所以才会思考那些乱七八糟的问题，那些得不到答案的问题。那些问题仿佛形成了一道墙壁，把她围在里面，跟其他人隔绝开来。她变得沉默，不爱与人交谈。长大并不像她小时候所盼望的那样。很多时候她宁肯自己没有长大。她原本以为，长大是主动的，只要她愿意，她可以一直保持不长大的状态。可后来她才发现，长大是被迫的，而且是迅速地。这一天突然就来临了。同样的人，同样的事，她用同样的眼睛去看，看到的却是不同的情形。用同一个头脑去回忆去思考，却得出全然不同的结论。这变化太快，她觉得像是被猛然推到了边缘，脚下是悬崖，她不知道自己会坠落下去，还是能找到一条能缓缓下行的路。

一阵哄笑声打断了她的思绪。她看到大家的视线都集中在一处，她扭过头，看到何苗正低头站着。何苗的一只手抓着桌子的边缘。从泛白的指节看来，她一定抓得很用力。老师黑青着脸。

"这么简单的问题……你到底在想什么？"老师说。

何苗依然低着头，嘴角动了动，想要说什么却没有说出来。

就这么僵持了好一会儿，老师长长地叹了口气，无奈地说：

"坐下吧。"

何苗迫不及待地坐下。罗佳蕊注意到，泪水从何苗的眼里涌了出来。

下课后，同学们在教室里打打闹闹，罗佳蕊只是趴在桌上，出神地看着窗外。她突然想起何苗，坐起身子往身后望去。何苗趴在桌上，身子像是在抖动。罗佳蕊明白过来，何苗正在哭。她跟何苗的关系算不上好。其实何苗跟班里任何一个人的关系都不好，她总是独来独往，总是冷着一张脸，看上去很刻苦但成绩并不好。

不知道为什么，此刻趴在桌上哭泣的何苗，让罗佳蕊心里有些难受。她或许遭遇了什么事情，不可能因为一个问题回答不上来就痛哭如此。何苗似乎停止了哭泣，身子的抖动停了下来。不一会儿，何苗坐起身，从桌洞里掏出一包手帕纸，抽出一张擦了擦脸，然后起身向教室外走了出去。

她跟在了何苗身后。何苗往厕所的方向走去，却又在厕所门口停了下来，扶着走廊的栏杆呆呆地向外望着。她走过去，站在何苗身边。

"你没事儿吧？"罗佳蕊问。

何苗猛地扭过头，眼睛瞪得大大的，像是受到了惊吓。

"没……没事……"她又低下头，小声说。

"哦。"

罗佳蕊没再说话，两个人只是沉默地站着。

不经意间再扭过头时，罗佳蕊看到何苗胸口剧烈地起伏着，大滴大滴的泪水，从何苗的双眼涌出。看到这场景，罗佳蕊有些不知所措，她不知道该怎么面对这场景。是该转身离开吗？还是该说些什么？

"我哥哥失踪了。"何苗突然说。

罗佳蕊完全没有想到何苗会开口告诉她这样一件事，她更加不知所措了。

"啊……啊？"

"我哥哥已经两天没回家了。"何苗深吸了口气，说，"电话也打不通，不知道去了哪里。"

"他的朋友之类的有联系过吗？"

"我……"何苗仿佛难以启齿，"我不知道他有没有朋友。"

"每个人多少都会有几个朋友的吧？"罗佳蕊说，但随即又有些后悔说这句话。她侧眼看了看何苗，看看她有什么反应。

"嘟嘟……你知道的吧？"何苗说。

"嘟嘟？"罗佳蕊不明所以。

"就是……我们学校那个……"

罗佳蕊恍然大悟。何苗说的是那个嘟嘟，学校里的知名人物，不过好像已经毕业了。

"你是说那个嘟嘟啊。"但她想不清楚他跟何苗哥哥的失踪有什么关系。

"他就是我哥……"

罗佳蕊愕然。

"想不到吧？应该没有人知道我是嘟嘟的妹妹吧。"何苗自言自语似的说道，"我进初中之前就跟他说好了，在学校里，我不会承认他是我哥哥，他也别来找我，不要让别人知道我们的关系。"

"为什么？"

"为什么？"何苗仿佛难以相信罗佳蕊会提出这个问题，"你看不到在学校里别人都怎么对他的吗？"何苗的声音听起来有些愤怒，"小学的时候，就是因为我是他的妹妹，被别人笑被别人指指点点。我受够了！"

罗佳蕊不知道该如何回应，尴尬地沉默着。

上课铃声响了起来，罗佳蕊松了口气。

"先回去上课吧。"她说。

何苗点了点头，用手里的纸巾擦了擦眼泪，深吸一口气。

"对不起。"

回教室的路上，何苗突然开口说。罗佳蕊轻轻地摇了摇头。

这一节课因为老师临时有事改成了自习。罗佳蕊依然盯着窗外，但这次，脑海里想的却是何苗的哥哥。她不知道何苗哥哥叫什么名字，估计大部分人都不知道，但几乎全校的人都认识他，而且都知道他的绰号叫嘟嘟。据说是因为当他紧张起来的时候，比如突然被老师叫起来回答问题时，会因为紧张而说不出话，一直轻轻摇晃着头嘟着嘴巴。

罗佳蕊见过几次，嘟嘟被一群人围在中央，不知所措，嘟着嘴巴。所有人都在笑，除了他。罗佳蕊感觉他是要说些什么，但无论如何也说不出口，所以才嘟起嘴巴。罗佳蕊不喜欢这种场景，但她也只是皱着眉从一旁走过。

没想到嘟嘟竟然是何苗的哥哥。想到这儿，她扭过头，看向何苗。何苗呆呆地望着眼前的书，但明显没有看进去，她的思绪还在哥哥失踪这件事上。

罗佳蕊从本子上撕下一张纸。

报过警了吗？

她在纸上写道。然后折三折，写上何苗的名字后，她扭过头，轻轻敲了敲右后方同学的桌子，同学抬起头来，她把手里的纸递给他，然后冲何苗努了努嘴。同学接过来看了看纸，又扭头看了看何苗，这才不耐烦地把纸条丢给隔了条走道的何苗。

正出神的何苗似乎被突然丢过来的纸条吓了一跳，抬起头往纸条传来的方向看。

罗佳蕊正好迎上何苗的目光，冲她笑了笑。何苗一脸疑惑。

不一会儿，罗佳蕊感觉到有人在用笔轻轻戳她，她回过头，一张纸条递过来，她扫了一眼何苗，何苗又一副要哭的表情。

她展开纸条，上面的字写得密密麻麻的：

今天早上我爸下夜班后，我跟他说我哥两个晚上没回来了，电话也打不通，要不要报警。我爸根本不在乎，他说我哥又不是第一次晚上不回来，其实是他根本不在乎我哥，巴不得他不回来了。我打了110，但是警察说人都那么大了，都成年了，又不是孩子,时间也不长,没法定性成失踪,不受理,让再等等或者自己再找找。我也没有什么办法了。我爸不管,警察也不管,我该怎么办啊……

罗佳蕊看完后,陷入了沉思。

家人消失不见后的那种心情,她再熟悉不过了。这也是她不想长大的原因之一。在以前,她时刻盼望着妈妈回来,尽管左等右等都等不到,却总还是在盼望。但突然有一天,她开始担心起妈妈来。那种担忧跟小时候做错了事情害怕被骂时的担忧完全不同,她感到异常焦虑,甚至害怕,她觉得妈妈再也不会回来了。也就是在那一天,她觉得自己长大了。

想到这里,她的心情也不免沉重了起来。剩下的两节课,她都没有心思听了。她想念妈妈,也替何苗担心她的哥哥。

放学铃响起,大家都迫不及待地冲出教室。何苗低着头,走出了教室,罗佳蕊匆忙收拾好书包,跟了上去。

"何苗!"

走廊里,罗佳蕊喊道。

何苗站住脚步,转过身来。

罗佳蕊赶上去,她紧紧地拉住何苗的手,向前走去。

"走,我带你去找警察!"

"可是……"何苗被她带动着向前走,"警察不管啊。"

罗佳蕊停下来,用坚定的眼神望着何苗,说:

"我爸是警察!"

四

不要指望这个世界会对你仁慈,它想方设法地让你痛苦,让你难受，没有人能幸免，大到身患绝症痛失亲人，小到被一只蚊子叮咬让你怎么也忍不住去挠。在他强忍着就要忍不住地咳嗽的时候，他突然回想起这句话。他不记得是谁在什么时候说的了。

咳嗽最终没能忍住，他咳了起来，长久而剧烈。会议室里的人都看向他。他抱歉地冲大家挥挥手。

"罗宋，不行就回去歇着。"吴局说。

他摇摇头，然后摆摆手，示意正在汇报情况的高振继续。

"……死亡时间在尸体被发现前三十六小时到四十个小时之间。也就是在前天夜里九点到凌晨一点之间。男性死者年龄在十八到二十岁之间，女性死者在二十四到二十六岁之间。对男性尸体进行了解剖，基本可以确定为心源性猝死。死者左前臂尺骨骨折，右手小指陈旧性骨折。另外在死者后背靠近臀部的位置，有长宽各约五厘米的淤青，形状不规则，可以判断为钝器伤，但无法判断是哪种器械造成的。女性死者死因为机械性窒息，无性侵痕迹。左右两侧耳垂有撕裂伤，怀疑是所佩戴的首饰耳环或者耳钉被暴力撕扯所造成的。另外，"说到这里，高振皱起眉，"有一点值得注意的地方。两具尸体被发现的时候，都是呈仰卧姿势，但在尸体的右侧都发现了尸斑，尸体应该是被移动过。"

"你是说发现尸体的地方不是第一现场？"吴局问。

"有这个可能。但也有可能死者死亡的时候，是呈右侧卧，但凶手在事后返回过现场，移动过尸体。要结合现场的痕迹来判断。不过发现尸体的那片林子里落叶太多，痕迹残留不明显，没能找到能明显判断尸体转移的证据。但是，刚才说的左右两侧耳垂上的撕裂伤，伤口没有生活反应，所以饰品是在死后被扯下的，而且是在死亡一定时间后，所以我倾向于凶手在事后返回现场移动过尸体。"

吴局点点头，问：

"死者的身份确定了吗？"

这是最让人头痛的。现场没有发现任何能证明死者身份的东西。每次发现无名尸体，确认身份都是件比较耗时的事情。

"已经在走访和摸排了，也发布了协查通告，目前还没收到有用的反馈。"光头说。

"死者的手机、钱包都不见了，刚才高振说耳环也是被暴力撕扯掉的，是不是可以往抢劫这方面来考虑？"

"我觉得差不多。"光头回答道，"两人在情人坡幽会时，遭到抢劫，过程中男人受伤猝死，凶手见色起意，然后失手杀死女人。"

"幽会？在那种地方？"齐队问。

其实齐队的这个疑问合情合理。然而对于好怒的公牛而言，红布的存在本身就是一种挑衅，不管它有没有被挥动。光头就是那头好怒的公牛，而红布则是齐伟空降到城东分局担任刑侦大队队长这件事儿。这跟齐伟究竟是怎样一个人、能力如何无关，仅仅因为光头觉得齐伟抢夺了本该属于他师父的位子。他在为师父鸣不平。起码罗宋是这么觉得的。所以这一年多的时间里，罗宋不止一次直接或间接地对光头表达过，自己对这个队长的位子毫无兴趣，也丝毫不介意是谁来坐这个位子，况且齐伟不论是能力还是人品，都担得起队长一职。但这并没有让光头释怀，他时不时地会顶撞齐队。所以此刻光头说话的语气不免又有些咄咄逼人了。

"那个地方可是叫情人坡，不是去幽会去那儿干什么？"

齐队瞥了光头一眼。

罗宋倒觉得齐伟还是有些肚量，这一年多来，并没有因为光头或大或小的顶撞而刻意为难他。为了让光头闭嘴，罗宋抢在齐队开了口。

"我说两句,"他意味深长地看了光头一眼,"两人的年龄有不小的差距,而且从衣着上来看,男性过于休闲随意的打扮跟女性时尚的着装,十分不般配。所以我觉得,两人是情侣的可能性很小。不过,即便两人不是情侣,在确定两人的身份以及关系之前,也没法排除两人是在情人坡幽会的可能性。"

"你是说,这个女人有可能是性工作者?"齐队问。

"不排除这种可能。"但这个可能性太低。即便是在情人坡最有人气的时候,人们也不过是在春秋时节气候适宜的时候才去往那里,哪怕是被爱情或情欲冲昏了头,情人们也不会在大冬天钻到那片树林里。但他没把后面这些说出口,部分原因是尚没有证据能排除这种可能,还有一部分原因,是想要为光头挽回些面子。

"但是,即便两人是在幽会,那个公园这些年已经荒废,两个人怎么会在晚上到那样一个地方去幽会?说不通。"齐队摇摇头。

"还就有人喜欢到荒郊野地里寻找刺激呢!"光头说。

"你说的是你吧?"高振揶揄道。

众人笑了起来。光头白了高振一眼。

"行了。"吴局阴着脸说。虽然他已经做了分局局长,但刑侦这块暂时还是由他负责,双尸命案,也算是不小的案子,如果是抢劫杀人,影响就更坏了。"管他是不是幽会,是不是幽会影响这个案子的性质吗?现场有什么发现吗?"

"发现了一些零散的脚印,但还没发现什么有用的线索。那片树林落叶积得很厚,给取证造成了不小的困难。哦,对了,在周边走访的时候,有人提到见过一个流浪汉一直在公园附近徘徊,但到目前为止并没有发现这个流浪汉。"

吴局皱起眉。

"现场附近有没有监控?"

"那本来就是个开放式公园,没有监控,再加上这两年重新规划,都在等着重建呢,那地方也就荒了起来,只有附近的几个路口有交通监控。也在查着呢,目前没发现有什么线索。"齐队说。

"继续去查!"吴局铁青着脸说,站起身要走,"查查刚才说的那个流浪汉。还有,赶紧确定死者的身份!"

"这个齐伟,何德何能做大队长?"一从会议室里出来,光头就抱怨道。

罗宋拉住光头,停下脚步,严肃地看着他,说:

"我再跟你说最后一遍。我根本不在乎这个大队长。说实话,无官一身轻,我倒乐得做个普通的刑警。这不是吃不到葡萄说葡萄酸。但是你不一样,你还年轻,你还有机会往上,你也该往上。你没有必要跟齐队顶撞,这对你没什么好处。明白吗?"

说完,罗宋放开光头的胳膊,头也不回地往前走了。被人支持,这种感觉总归是好的。这种被人无条件信任、无条件维护的感觉,过去他曾在妻子、女儿身上体会到过。但现在,他只有在光头身上才能体会到。在这一点上,他多少有些感激光头,但也正是这种感激,让他不得不为光头的前途着想。光头身上有些缺点,性格冲动,做事有些马虎,但他也有着强烈的正义感,有时又有着孩子般的赤诚。他会是一个好警察。想到这里,罗宋又回过头看了看光头,光头有些垂头丧气地跟在身后。罗宋停下脚步,光头也跟着停下。

两人在二楼走廊站定,望着外面,天色向晚,路灯亮起,罗宋抽出两根烟,递一根给光头,两人各自点燃。

"这个案子,目前来看往抢劫这个方向走是没有问题。"罗宋说。

"摆明了嘛。"光头吐着烟圈说。

"但在两个人身份确定之前,做出结论还稍显早了些。无论如何也得等到两个人的身份确定下来才好判断。首先第一个问题:两个人究竟什么关系？"

"情侣？"

"不像。"罗宋摇头，"刚才说了，年龄差距大，形象差距也大，两个人的身份有些不相称，衣着打扮上的差距甚至比年龄上的差距还要显眼。"

因为妻子的缘故，罗宋接触过不少的时尚品牌，尤其是鞋子，他能看得出，女人的那双高跟鞋，价值不菲。但男人脚上穿的是一双国产运动鞋。

"另外，没有被性侵……"

电话响了起来，看到屏幕上显示的名字后，罗宋愣了好一会儿。

是女儿来的电话。女儿上初中后有了自己的手机，除了刚有手机那会儿给罗宋打过一些电话外，他从没接到过女儿打来的电话。此刻女儿来电，他有些疑惑，但随即又紧张起来。他赶忙接起："喂。"想必他的声音在别人听来紧张无比，光头刚要送到嘴边的烟又放了下来，专心地看着罗宋。

"你在哪呢？"声音听起来有些陌生。他一度怀疑电话那头不是女儿。

"在局里。"罗宋说。

"哦。"电话挂掉了。

罗宋一脸茫然地抬起头，正好迎上光头的目光。

"怎么了，宋哥？"

"蕊蕊刚给我打电话，问我在哪，然后就挂了。"罗宋说。

"不会出什么事儿了吧？"

"听着不像。"女儿的声音很平静，听起来不像是出了什么意外。

"那你给她打回去啊。"光头催促。

罗宋回拨，但电话无人接听，他想再打，但转念放弃。

"好久没见蕊蕊了。"光头说,"她最近怎么样?"

我也好长时间没见女儿了。罗宋心想。她最近怎么样?他在心里问自己。我不知道。他有些愧疚。

"挺好的。"罗宋扭头看向外面,深吸了口烟。"刚才说到哪了?"罗宋赶忙转开话题。

"说到性侵了吧?"

"对。女人的内衣被褪下,但却没有性侵的痕迹。"

"或许是凶手在行凶过程中失手杀死了女人,所以中止了。"

"这倒不是没有可能。那你来从头到尾重现一下当时的情景。"

"两个受害人相约来到情人坡,被凶手尾随。凶手的目的是抢劫,在命令两人交出财物之后,对女人起了色心。男人为了保护女人,与凶手搏斗,被凶手用钝器所伤,导致手臂骨折,后背上的淤青应该也是被凶手所持凶器造成的,在这一过程中男性受害人猝死。凶手在侵犯女性受害人过程中,失手捂死了她,然后匆忙逃走。几个小时之后,凶手返回现场,把女人的耳环扯下。这一过程中动了尸体,导致高法医说的尸斑跟发现死者时的姿势不符。"光头一口气说完。

"整个推论过程没有什么问题。但还是回到我们一开始说的问题,也是我十分在意的地方。两个人为什么来到情人坡?如果是情侣,我想早已经荒废的情人坡肯定不是一个好的选择,除非像你说的,是为了寻求刺激。但从种种迹象来看,两者是情侣的可能性又不大。如果女性受害人是性工作者,就更不可能跟着一个陌生人去如此荒废的地方,危险系数太高了,另外男受害人也不会为了保护她挺身而出。所以两个人的关系反而成了关键,如果有证据表明两人是情侣,那你后面做的推论可能性就很大。但如果不是……"

"宋哥。"光头突然打断了罗宋,冲外面努了努嘴,"你看。"

罗宋向外望去,在门卫处,他看到一个熟悉的身影。是女儿。他赶忙走下楼。

"光头叔叔。"女儿冲光头喊道。

"叫雷叔!"光头摸了摸女儿的头,"都这么高了!"

"你怎么来了?"罗宋问。不由地紧张了起来。

"这个是我同学,他哥哥失踪了。"女儿说着指了指跟在她身后的另一个女生。女生低着头,一只手紧紧地抓着女儿。

"失踪?去派出所报过案了吗?"

"去了。可派出所不管。"

罗宋注意到女儿说这句话的时候,一直低着头的同学突然抬起了头看了女儿。

"不管?"光头问,"哪个派出所啊?"

"先不管哪个派出所了,你怎么判断你哥失踪了?"罗宋转向女生问。

"她哥哥……"女儿刚要开口,被罗宋制止了。

"让她说。"罗宋说。

"他两天没回家了。"女生怯生生地说。

"联系不上?"

"手机关机了……"

"最近有发生过什么事情会导致他不回家吗?"

女生摇摇头。

"那他以前有过不回家的情况吗?"

女生点点头。

"顺便问一句,你哥哥多大了?"

"十八岁了吧……"

"不上学吗?"

"初中毕业后就不上了……"

罗宋皱了皱眉。

"说不定就是在哪个网吧 happy 着呢。"光头在一旁说,"我们可是见过不少这样的事儿了。这个年纪的孩子。"

"可是他手机关机了,如果在网吧上网,不可能手机这么长时间关机,总能充电吧。而且何苗说他哥哥以前偶尔会有不回家的时候,但不会这么长时间不回。"女儿在一旁补充。

罗宋看了看女儿,他在女儿脸上看到了急切。罗宋隐约能感觉得到,女儿之所以对同学哥哥的失踪如此关心,以至于直接跑到刑警队来找他,不可能只是因为那女生是她的同学,还有其他的原因,跟他同样的原因。他们对失踪这件事极其敏感。女儿现在对她妈妈的失踪是什么样的态度?罗宋忍不住想。以前女儿还会问他妈妈什么时候回来,是从什么时候开始不再问这个问题了?她不再问这个问题,是因为长大了,开始把一些问题埋在心里,还是已经接受了妈妈已经不在这个事实?

"这样吧,"罗宋思忖片刻后开口,"光头,你带她去做个登记。你哥哥的照片有的吧?"

"手机上有……"说着要往外掏手机。

"跟他去吧。"罗宋指了指光头。

光头跟女生走后,只剩罗宋跟女儿两个人。罗宋一时竟然不知道该说些什么。女儿也只是低头玩着手里的手机,罗宋打量着女儿的侧脸。女儿跟妻子长得越来越像了,身高也几乎要赶上妻子。

"吃饭了吗?"他问。

女儿摇摇头,目光没有离开手机。

"给你叫个外卖?"

"不用了,等何苗好了我就回家。跟奶奶说了要回家吃饭的。"

罗宋点点头。气氛有些尴尬，他能清楚地感受到父女之间的隔阂。或许是女儿长大了，不再像小时候那样在他面前撒娇。他回想起自己小时候，跟父亲也很亲密，是从什么时候开始跟父亲疏远了起来？父母与子女，难道注定了就是这样渐行渐远的关系吗？但也有长大了的女儿在爸爸面前撒娇吧？他心想。妻子就是这样，在岳父面前像孩子一样撒娇。所以女儿对他疏远，是不是还有其他原因？例如在女儿心中他不是一个合格的父亲？这些想法让罗宋心烦意乱。他想扭头就走，去为两具无名尸体的案子找线索，对他而言，那反而要轻松得多。他掏出烟，还没点燃，就听到了光头的呼喊声。

"宋哥！"

罗宋抬头，光头从二楼栏杆上探出半个身子，用手势示意他过去。从光头的表情上看，无疑是有了什么重大的发现。这把他从烦躁之中解救了出来，他松了口气。

"一起上去吧。"他对女儿说。

来到二楼办公室门口，光头把罗宋拉到一旁，刻意避开他人，压低了声音，但压抑不住语气中的激动。

"宋哥！刚带那小姑娘去做登记，她给我看了她哥的照片，"光头吞了口口水，"你猜是谁？"

十八岁的年纪。男性。失踪人口。

这已经简单到不需要猜测。

"你告诉那姑娘了吗？"罗宋问。

"还没！怕小姑娘接受不了，还是让他们家大人来吧？"

罗宋颔首，对光头的处理方式表示认可。指认尸体这种事情，不能让一个十几岁的孩子来做。这太残忍。罗宋皱眉，同时忍不住回头看了看女儿，却正好迎上女儿疑惑的目光。

"怎么了?"女儿问。

"没什么。"罗宋说,"一会儿你陪你同学在外面等一会儿,她爸爸会赶过来。"

女儿没有说话,但已经能猜到了,猜到发生了什么不好的事情。他从女儿的表情里可以看得出来。女儿皱起眉。他深深地叹了口气。

五

罗佳蕊跟何苗坐在走廊的长椅上,爸爸给她们叫了外卖,但她吃不下,何苗更加吃不下。

"你说,我哥是不是出了什么事儿?"何苗问她。

她没有说话。对,何苗的哥哥肯定是出了什么事儿,爸爸跟光头叔叔小声谈话,刻意避开她们,到最后,还让何苗家里大人过来。但她没法告诉何苗:放心吧,你哥哥没事儿的。这是谎言,她说不出口。

她才知道何苗跟她一样是单亲家庭,家里只有爸爸。她忍不住想问何苗她妈妈去了哪里,但现在肯定不是一个好时机。她默默地坐着,走廊里有人走来走去,时不时地有人向她们这边看来,外面的天彻底黑了,灯渐次亮起。看着这段走廊,一段记忆突然浮现了出来,她不记得那是什么时候了,那时她应该还很小,因为那段记忆有些朦胧,像是梦里,又像是真实发生过。就是在这个走廊里,她紧紧地被妈妈抱在怀里,爸爸在一旁逗她。她记起妈妈柔软温暖的怀抱,记起爸爸的笑,无论是哪一个,都让她无比怀念。心情低落了下来,直到被身旁传来的抽泣声打断。她扭过头,何苗正在哭。她拉住何苗的手,紧紧地握住。

何苗的爸爸来的时候,何苗的情绪已经稳定了许多,她们两个正手拉着手，小声嘀咕着学校里乱七八糟的事情。罗佳蕊喊了声叔叔，对方也只是阴着脸微微点了点头，她能够感觉到何苗紧张了起来。

"爸。"何苗小声喊。

光头叔叔正好从办公室里走出来，看到何苗爸爸后，赶忙迎上前。

"你是何国栋？"

"我是。"

"跟我来吧。"

她们两个想要跟上，但被制止了。

"你们两个丫头就在这里等着吧。"光头叔叔说。

等待。她讨厌这种无休止的等待。尽管此刻她要等待的，与自己并没有什么直接的关系。两个大人头也不回地走掉了，何苗又一副泫然欲泣的模样。罗佳蕊站在刑警队办公室的门口，向里张望。爸爸正在咳嗽，咳得很厉害。他生病了吗？爸爸似乎感觉到了她的目光，抬起头向这边望过来。她赶忙扭转了目光，然后转身回到走廊，坐在长椅上。

不一会儿，爸爸走了出来，看了一眼长椅上放着的汉堡。

"不饿？"爸爸问。

她摇了摇头。何苗也摇了摇头。

爸爸在她们面前站了片刻，她抬起头，从爸爸脸上看到了犹豫。

"你过来。"爸爸说。

她跟着爸爸来到走廊的另一头，远离了何苗，爸爸靠在栏杆上，说：

"能猜到为什么要叫那姑娘的爸爸来吗？"

"他哥哥出事了。"

爸爸点点头。

"我们……"说到这爸爸顿了顿，往何苗所在的方向望了一眼，

"今天上午我们发现了两具尸体。"

她紧张了起来,呼吸都急促了起来。

"其中有一个,可能是那姑娘的哥哥。"

这不是难以想象的结果。但真正听到这个消息时,却有一种不真实感,一种恍惚感。仿佛这一切并没有真正发生。按理说这件事跟她并没有直接关系,不过是一个关系只能算是一般的同学的家人去世罢了,但为什么有一瞬间她感到有些窒息?或许是因为这是她第一次距离死亡这么近。这一次不是在电视里电影里小说里新闻里看到的死亡,那是陌生人的死亡,是遥远的死亡,与她之间隔了一段安全的距离。但此刻,死亡骤然逼近,是真实的死亡,有她身边所认识的人死去了。

"蕊蕊你没事儿吧?"爸爸双手扶着她的肩头,问。

"啊?"她抬起头说。

"没事儿吧?"爸爸眼神里透出关切、担心,以及些许后悔。或许后悔不该把这件事儿告诉她。

"没事儿。"她又低下头。

突然传来的号啕大哭声打断了她的思绪。她回过头,何苗蹲在地上,抱着膝,头深深地埋在双腿之间。那哭声来源于她。何苗爸爸依然是那张阴冷的脸,皱着眉,眼神冰冷,但眼眶发红。

光头叔叔走过来,对爸爸点点头,说:"确认了。"

她再度感到窒息。止不住地抖了起来。

"蕊蕊!"爸爸的脸再次出现在她眼前,上面写满了紧张,"你怎么了?"

她一下子扑在爸爸怀里,紧紧地抱住爸爸。爸爸也回抱住她。她在爸爸怀里无声地哭泣,泪水沾湿了他的衣服。爸爸什么都没说,只是紧紧地抱着她。她终于明白,真正让她感到恐惧的,是她害怕自己有一天也会身陷这样的处境。

她好怕有一天有人告诉她：我们发现了一具尸体，那是你的妈妈。

六

得抽多少烟才能把墙熏成这种颜色？罗宋靠着椅背，抬头盯着刑侦大队办公室的天花板，忍不住想。想必我的肺要比这颜色深得多吧？想到这里，他看了看手里的烟，掐了。呵，没想到我还这么怕死呢？他在心里揶揄自己，然后坐正身子，看着桌上的卷宗。

死者何谷的照片放在最上面。第一眼看到尸体的时候，罗宋觉得大概有二十岁左右，那是死亡造成的错觉。何谷才十八岁，刚刚成年，今年七月份初中毕业后便没有再继续读书，但也还没有工作。有先天性心脏病，这解释了猝死。另外何谷还有轻度脑瘫，对生活虽然没有什么太大影响，但智力较常人低，多次留级，所以一直到十八岁，才终于初中毕业。父母离异，母亲早已改嫁外地，据何谷父亲说互相之间完全没有联系。跟父亲与妹妹同住，但对于何谷近期与何人有过交往，不管是父亲还是妹妹，都一无所知。对女性受害人，两人也都表示不认识。

目前还是以抢劫杀人的方向进行调查。所以身份虽然确定，但对案子的侦破并没有什么太大的帮助。现场周边的监控能查的都已经调查得差不多了，没有什么特别的发现。这也难怪，仅凭几个交通监控，盲区太大。那个被附近居民提到的流浪汉，也不知所踪，有人说已经近一年没见到过他了。

"宋哥，去吃点东西吧？"光头问。

罗宋的思绪被打断。他看了看挂钟，已经是晚上八点多，他们晚饭还没有吃，想到这里，胃开始隐隐痛了起来。

"走。"罗宋说着站起身。

冬天的夜间大排档十分萧索。原本就不多的客人都缩手缩脚地坐在桌前，塑料布围起来的"墙"根本挡不住寒意。罗宋裹了裹衣服。光头点了烤串跟啤酒。年轻真好，冬天也能喝得下啤酒。罗宋感叹。他只点了一份炒面，他的胃已经经不起折腾了。

"宋哥，从何谷的背景来看，不可能是那个女人的男朋友吧？"光头问。

罗宋点头。

"那，那个女人就是妓女咯？"

"从可能性上来讲，并不一定只存在这两个。"

"还有第三个可能性？"

他一开始就不认为两名死者是情侣关系，肉体交易的可能性也极低。如果不是这两种可能，究竟有什么可能，让两个人去到情人坡如此偏僻的地方？又或者，两个人真的去了情人坡吗？

"你想想看。"

"不是男女朋友，又不是肉体交易，那两个人为什么要去情人坡？"光头抓抓他那黝黑的头皮，"真想不出来。"

"谁告诉你两个人是去了情人坡？"罗宋引导着光头思考。

"啊？"

"一男一女在情人坡这样的地方被发现，任谁都会想到两个人是去幽会的。"

"对啊。"

"但如果不是幽会呢？两人不是情侣，也不是金钱与肉体的关系。"

"不是幽会去那儿干吗？"

"对啊，不是幽会去那儿干吗？"罗宋继续引导。

光头低头，皱眉，露出一副难得的严肃神情。这神情持续了相当长的时间，连嘴里的咀嚼都停止了。罗宋没有打断，任其思考。

"他们俩不是主动去的情人坡！"光头说。

罗宋微微笑了笑。

"那俩人是怎么去的呢？"罗宋继续引导。

"有人把他们带到了情人坡！"或许是受到了鼓舞，光头思考的速度似乎也快了起来。

"怎么能让两个人去情人坡呢？"

"骗他们？挟持他们？"

"目的呢？"

"抢劫？"

"先把他们骗过去，再抢劫，何苦这么大费周章。"

光头继续思索，最后挠了挠头，一副放弃了的模样。

"你还记得高振在说到尸体被发现时的姿势跟尸斑的位置不符合的时候，吴局说了什么？"

"不是第一案发现场？"

罗宋点点头。

光头想到了什么，瞪大了双眼。

"抛尸！"光头大声说。

周围的视线向他们这边投来，有些好奇，有些惊恐。有人明显把身子往远离他们的方向挪了挪。

"你小子小声点。"

"宋哥，"光头压低声音，"这可了不得啊。我们去跟吴局汇报吧！"说着便要起身。

罗宋按住光头的肩膀，把他按回座位。

"急什么？这只是一种猜测，又没有证据。汇报什么？"

"可是……"

"可是什么可是，你小子毛毛躁躁的毛病什么时候能改改！女性死者的身份还没确定，还不能完全排除她是性工作者的可能。"

光头有些泄气，又有些不甘，狠狠地咬了一口手里的烤翅。

"另外，如果真有抛尸的可能，那一切就得重新考虑。真的是抢劫吗？还是因为其他原因被杀，伪装成抢劫？所以确定女性死者的身份这点就十分重要。确定了身份，排除了性工作者的可能性后再去汇报也不迟。还有，"罗宋顿了顿，严肃地看着光头，"要汇报也得先跟齐伟汇报。别忘了，他是大队长。"

"切。才不要。"

"都三十多岁的人了，别那么孩子气！"罗宋呵斥。

光头撇了撇嘴。

"你个倔驴啊。"

"宋哥，蕊蕊长大了不少啊，好久没见她了，都成大姑娘了。"光头故意转移话题。

说起女儿，他想起之前女儿在他怀里哭泣时的情形。他忍不住摸了摸胸口被女儿泪水打湿过的地方，仿佛泪水湿透了他厚厚的衣服，又湿透了他的皮肤，一直湿到了他的心里。没想到女儿会有这么剧烈的反应，原本不过是想先告诉她，让她有个心理准备，好去安慰她的同学。她被吓到了，罗宋感觉得到。他心疼女儿，她不应该经历这些的。今晚女儿去了那个姑娘家里，她主动要求的，说要去陪她同学。想必是个难眠的夜晚。

他吃了一口炒面，味同嚼蜡。他干脆放下筷子，点起一支烟来。

向外望去时，他注意到原本就昏黄黯淡的路灯射出的光线，变得愈发朦胧起来。这个冬夜里，又起雾了。

他剧烈地咳嗽起来。

七

罗宋原本没打算透露自己女儿也在这座学校就读,结果光头的大嘴巴一开场就露了出去。没想到校长对罗佳蕊这个名字印象深刻,并且赞赏有加。对于女儿在学校的表现,罗宋一概不知,想到这里他有些汗颜。不过他心里窃喜,不管校长的话是不是有恭维的成分,听到有人夸自己女儿,总是件让人开心的事儿。

不过今天此行的目的不是为了女儿。女性受害人的身份至今未能确定,所以只有先从何谷调查起了。看看顺着何谷的社会关系,能不能查到女性受害人。但何谷的家人对他的社会关系所知基本为零,甚至连何谷有没有要好的朋友也一概不知。来学校调查算是无奈的选择,毕竟何谷已经毕业了几个月了。

"今天来是想打听个学生。叫何谷。"

"何谷?"校长皱了皱眉,似乎对这个名字没什么印象,扭头问教导主任,"哪个班的?"

"是那个嘟嘟吧?智力有点……"教导主任说着指了指头。

校长恍然大悟。

"嘟嘟?"罗宋问。

"哦,"教导主任有些不好意思了起来,"是昵称、昵称。学生们都这么叫他。不过已经毕业了吧。留了好几级,终于毕业了,也算是不容易。"

"对,是毕业了。"

"那两位今天来是……"

"有个案子跟他有关,想了解下他的情况。"

"啊?这孩子智力稍微有点问题,但为人还算老实。不对,是太老实了,他怎么了?他的性格,不可能犯什么事儿啊。"

"死了。"

能看得出对面两人的震惊。这样的场合罗宋经历过无数次了。在听到所识之人的死讯时,人们的反应大都相似。

"怎……怎么回事?"校长问。

"昨天发现了尸体,目前还在调查中。现在想了解一下他的社会关系。"

"这孩子在学校的时候挺老实的,"教导主任说到这儿顿了顿,看了一眼校长,然后像是下定了决心一般继续说,"跟你们说实话吧,那孩子老被欺负。"

"被欺负?"

"何谷有轻度脑瘫嘛,平时看不太出什么,但一紧张起来,就说不出话,嘴巴一直嘟着。所以大家都叫他嘟嘟。说起是欺负,其实也就是被同学取笑,被开涮之类的,还没有到人身伤害的程度……"

"这种熊孩子,就是欠收拾。"光头突然开口。

校长跟教导主任看了一眼光头,从表情上看得出,两人摆明了不认可光头的说法,但又不敢说什么。

"当然了,我们作为老师也多次制止过这种行为,毕竟教书育人嘛。但是老师也总不能一直盯着……"

听着教导主任的讲述,罗宋明白了何谷在学校时的处境。对于一个智力有些问题的学生而言,在学校里的日子不会太好过,罗宋心里清楚。人们总是觉得孩子是善良的,在很多时候,罗宋并不十分赞同这一点。他觉得人身上都多少有些天生的恶,例如欺侮弱小。这种恶在孩子们身上尤为明显。而尤其让人难以置信的是,作为孩子，有时候他们甚至意识不到自己的所作所为是错的。罗宋跟这样的孩子打过交道，印象深刻。

那何谷的死，有可能跟他在学校的遭遇有什么关系吗？

"在学校之外呢？有没有什么特别的情况？"罗宋问，"例如跟社会上的一些人有什么交往。"

"这倒不怎么清楚，起码在校期间没有听说过这方面的情况。不过毕业后嘛，就不好说了。"

罗宋颔首。在何谷身上，他并不指望能查到什么有用的线索。他掏出女性受害人的照片给对方看。

"认识这个人吗？"

校长跟教导主任脸上显露出些许惊恐，罗宋随即反应过来，他手里的这张，是尸体的照片。失去了生命的脸，会给人一种不真实的感觉。对于罗宋这样见多了尸体的警察而言或许没什么，但对普通人，多少会带来一些冲击。

"这是跟何谷一起被发现的另一具……另一个人。"罗宋说。

对面的两人茫然地摇摇头。

一无所获。除了知道何谷在学校时常被人欺负之外。罗宋心想。不过原本也没指望能在学校里查出什么东西来。罗宋强忍着要去女儿教室看一眼的冲动，走出了学校大门。

刚上车，光头的电话就响了起来。

"找到了？"光头喊了起来，"好好好，把地址再说一遍！"

"宋哥，女性受害人的身份也确定了！连桥派出所下午接到人员失踪报案，某外贸公司的员工连续两天没有上班，电话关机联系不上，根据员工登记的住处寻找，也没人应门，公司就报警了。经过照片比对，基本确定这名员工就是女性受害人。公司就在这附近，亭东大厦，跑一趟吧！"

人是复杂的生物，所以大部分时候，人的情绪都是混杂的。眼前自我介绍是该贸易公司经理的人正在给罗宋说明情况，罗宋从他脸上多少看到了因员工遇害所产生的悲痛，但从他紧皱着的眉，以及不住地在沙发扶手上敲打着的手指上看来，他更怕的是会因此惹上什么麻烦。

"大前天晚上，我们加班到差不多九点半多吧，下班后林玲莉就走了。从那之后就联系不上了。前天跟昨天两天，微信不回，电话也打不通。我们这边也没她家人之类的联系方式，实在是不放心，今天派了两个人去了她在公司登记的住址，敲了半天门也没人应，就报案了。听说，是被……"

对方欲言又止，最后还是没有把剩下的几个字说出来。

罗宋点点头，说：

"对，遇害了。"

"啊？是真的啊？怎么会这样……"经理轻呼。

"尸体是昨天发现的。你说大前天晚上你们加班到九点半？"

"对，最近比较忙，基本上每天晚上都要加班。"

根据高振的说法，死亡时间是在大前天的晚上。

"那天下班之后就再没联系上她了？"

"我跟公司的员工都确认过了，准确一点说，最后一次联系上她，是在那天晚上的十点左右，有人因为工作上的问题微信联系过她，有收到回复。"

"知道她下班后去了哪里吗？"罗宋问。

"说是回家……具体去了什么地方就不清楚了……"

"林玲莉独居？"

"据我们所知，她目前没有男朋友。我们去她家的时候，敲了半天门也没人应，后来有邻居出来，聊了几句，听上去像是独居，租的房子。"

跟林玲莉家人取得联系后,才将林玲莉的情况逐渐拼凑了起来。林玲莉是毕市本地人,父母是农民,她独自一人在毕市市区工作。如果不是警方联系,他们可能要过一段时间才会发现女儿不见了。据他们说,跟女儿长时间不联系早已经是常态。倒也并非感情不好,没太多联系的必要而已,除非有什么不得不联系的事情。罗宋想起自己跟父母,如果不是因为相距不远,如果不是因为女儿住在父母家,想必他跟父母的关系也是如此。

从通话记录上来看,林玲莉最后一次通话记录是在当晚的八点,对方是一个客户,因为工作上的事情。所以当晚林玲莉下班后究竟去了哪里,至关重要。

他们调取了亭东大厦的监控,当晚九点四十分,林玲莉走出大厦,上了一辆黑色标致。根据车牌,他们找到车主的联系方式。罗宋拨通车主的电话。

"柳文远吗?"

"我是。"

"我是公安局的。"罗宋自报家门。

电话那头一阵沉默。罗宋一下子警觉起来。他把搭在桌上的双脚放下,坐直了身子。

"喂?"

"哦,我在,有什么事吗?"

罗宋报上车牌号,对方确认是他的车。

"前天晚上九点四十分,你是不是在亭东大厦接了个人?"

"对。"

"你跟对方是什么关系?"

"普通……普通朋友啊。"

"朋友？那晚你们去了哪？"

"我送她回家了。"

"然后呢？"

"然后我就走了。"

"那之后没见过她，也没联系过她？"

"没有……"

对方在撒谎。罗宋听出来。况且，能在大晚上接林玲莉回家的人，却在林玲莉失踪两天内都没有试图联系过对方，这不太可能。

"请你马上到市公安局城东分局刑侦大队。"罗宋的语气不觉严厉了起来。

"刑侦大队？"

"对。"

"你是刑警？"

对他的这个反问，罗宋有些疑惑。

"嗨……"对方之前声音里所传递出的紧张感一下子不见了，"吓我一跳。我还因为你们是交警队。"

"你害怕什么？"罗宋皱起眉头。

"我……我做网约车的啊……我以为你们交警在查非法营运。"

"也就是说，你不认识林玲莉？"

"林玲莉是谁？"

"就是那晚你接的那个人。"

"她怎么了？不对，你们刑警队找我干什么？"

"你还是先来一趟刑警队吧。"

挂断电话后，罗宋靠在椅背上，闭眼思索了起来。从目前所了解到的情况来看，这个网约车司机柳文远，是最后一个见到林玲莉的人。最后一个见到受害者的人，往往嫌疑最大。他回忆电话里柳文远的反应。他的反应倒也合情合理。他撒了谎，因为害怕是查非法营运，所以在跟林玲莉的关系上撒了谎。但真正让罗宋在意的，是在他自报家门之后柳文远的那段沉默。

有时候沉默反而能传达更多。

八

讯问还没开始，罗宋就开始了一次漫长的咳嗽。他捂着嘴，有些抱歉地冲柳文远摆摆手。好不容易停下后，喉咙又干又疼。一杯水适时地出现在了桌上，光头不知道什么时候去给他端了杯水。

"抱歉。"他喝口水，润润嗓子，开始了跟柳文远的对话。

"你们这行也真不容易，病得这么严重还得工作。"柳文远说。

好过一个人在家里啊。罗宋心想。他笑了笑，然后直奔主题。

"那天晚上你把林玲莉送回了家？"

"对。"柳文远说，"不对。我只是把她送到了她要去的地方。我不知道那是不是她家。"

罗宋饶有兴趣地打量了柳文远一番。眼前这个人思维很缜密，他在心里如此判断。

"少绕弯子。是临湖小区吗？"光头问。

"对。"

"一路上有什么异常吗？"

"异常是指什么？"

"就是你觉得不对劲的地方！"

柳文远思索片刻后摇摇头。

"没有。"

"她有没有打过电话？"

"没有。一路上都在后座玩手机,我跟她也没交谈过。"

"到临湖花园是几点?"

"稍等。"柳文远从口袋里掏出手机,像是在查找什么。随后把手机放在桌上,转了个方向后推到他们面前。

手机屏幕上显示着地图。地图上有一条蓝色的线,线的两头分别写着起与终。下方文字描述:

12月15日 21:40 亭东大厦

12月15日 22:30 临湖花园

行程已结束,支付成功。

"这是当时的行程。到达目的地是十点半。"

"有注意到她下车后往哪个方向走了吗?"

"她支付成功下车后我就调头走了。"

"那之后你去了哪?"光头问。

"我?"

"对,你。"

光头的语气很强硬。

柳文远看了看光头,又看了看罗宋,一脸不可置信的表情。

"能问问是什么事儿吗?她是东西丢我车上了,还是投诉我骚扰她了?"

罗宋停顿片刻,盯着对方的眼睛,说:

"她死了。"

他想要看对方在听到这句话时的反应。他在对方脸上寻找任何可疑的蛛丝马迹。柳文远微微张了张嘴巴,满脸诧异,随后皱起了眉。

"你们,怀疑是我干的?"

"例行询问而已。"

柳文远拿回手机,操作片刻,又把手机推回到光头面前。同样是一段行程。

"送完那个客人之后,我马上又接了一单,看,十点三十二分接单,十点四十接到客人,十一点半到达目的地,行程结束。在这之后,十一点四十,又接了一单,这一单比较远,到凌晨一点半才到达目的地。那之后,我就回家了。"

光头仔细查看了柳文远的手机,然后冲罗宋点了点头。

罗宋转向柳文远的时候,捕捉到了一点不太寻常的神情,那神情转瞬即逝。该怎么形容那种神情?就像是……他皱起眉,就像是回答完问题后,不知道自己做出的答案是否正确,期待而又紧张。

"光头,把这几个行程记录下来。"罗宋吩咐道。

光头掏出手机把刚才的几段行程拍了下来。

"行了,你可以回去了。不过后面可能还会需要你过来。"

"没问题。"柳文远说着站起身。

罗宋伸出右手,柳文远迟疑了一下,然后伸出手跟罗宋握了握。

罗宋感觉到了对方手心里的汗。

"宋哥,你觉得这小子说的可信吗?"

罗宋抽着烟,没有说话。可信吗?没有什么明显值得怀疑的。那几段行程,足够证明柳文远没有作案时间吗?但最让他在意的,却是第一次通话时对方的沉默,是那转瞬即逝的神情,是那汗津津的手心。仅此而已。

"我们去一趟临湖小区。"

罗宋熄灭手里的烟,站起身。

临湖小区在罗宋父母所在小区对面,是一个老小区,他因此十分担心小区的监控设备缺失。但好在小区的几个出入口处都装有监控。从监控上来看,柳文远的车是十点二十九分进入临湖小区,然后在十点三十一分又出了小区。这一点跟柳文远的描述、跟网约车的行程记录都相符。

"林玲莉十点半回了小区,根据高法医的推测,死亡时间应该是在当晚九点到次日凌晨一点之间。所以,要么林玲莉在这期间又从小区出去了,要么是在小区里遇害,然后被抛尸到情人坡。"光头说。

"回到家后,林玲莉就没再跟人联系过了……"

"宋哥你等会儿。"光头打断罗宋,"你怎么判断她回家后就没跟人联系过了?"

"从通话记录上来看,她最后一次通话不是在公司的时候吗?"

光头咧嘴笑了。

"宋哥,看来我得给你上一课了。"光头面露得意,"宋哥你不用微信是吧?"

罗宋一下子明白了光头的意思。

"宋哥你也才四十多岁啊,怎么这么老古董呢?连微信都不用?"

被人称作老古董,还是第一次。罗宋抬手给了光头一个爆栗子。

"不用微信怎么了?"

"疼!你不用微信,可是大家都用微信啊!这年头用微信的频率,可比打电话发短信的频率高多了!我们刑侦也得与时俱进不是?不能光盯着通话记录啊。"

光头说得很对。罗宋不由为自己做出如此低级的判断而汗颜。他真的是个老古董了。他以前不是这样,尤其是在妻子失踪之前。在那之前,他甚至能称得上时尚,无论是在衣着打扮还是在世间流行事物的追逐上,那会儿的他骄傲而高调,妻子喜欢给他拾掇行头,他也乐得让妻子拾掇。现如今他失去了带着他追逐流行事物的人,更失去了追逐的动力。想到这里,他又低头看了看腿上已经几个月没洗的牛仔裤,还有身上这件皮夹克,上次给它打油的,还是妻子。

不只是微信，这几年他对社会上流行的东西一概没有兴趣，只要维持最低程度的生活需要就够了。对，他是个老古董，也难怪女儿跟他在一起的时候大部分时间都是沉默，跟他这个老古董，又有什么好聊的呢？他知道女儿现在喜欢什么吗？喜欢哪个明星？喜欢看什么书？他跟女儿之间，怕是找不到什么共同的话题。想到这些，他心情低落了下来。

"宋哥，我们可以去调取一下林玲莉跟何谷的微信聊天记录，这样能查明林玲莉在回到家后还跟谁联系过，搞不好还能查明她跟何谷的关系呢。现在这个社会，两个人在现实生活中完全没有交集，甚至连对方是谁长什么模样叫什么名字都不知道，但在网上照样打得火热。"

"网友？"

"对，我觉得如果林玲莉跟何谷能有什么关系，也只可能是这种关系了。"

他默默地吸了一口烟，觉得自己真的是落后于这个时代了。

九

罗宋觉得，每一个做了警察的人，或多或少都会有后悔的时刻。他当初为什么会做警察？有时候他会回想，试图回溯年轻时的心态，到底是什么促使着他做了警察，并且坚持到了现在？他能想起来的那些个原因，没有一个能让现在的他信服。但至少有一点可以确认，他并不是因为有趣才做这个的。走访走到双腿发酸，询问问到口舌干燥，看监控看到双眼胀痛。这是常态。

他靠在椅背上，伸长双脚，尽量放松，好释放出体内积蓄着的疲倦。他让光头来汇报目前所了解到的情况，也就是几乎什么情况也没了解到。

在这次的调查过程中,他才了解到原来现在市面上有如此种类繁多的通信工具。要是在以前,一个人的人际关系,警方要是想查,要不了一天的时间就能摸个底朝天。但现在,一个人可能会通过什么方式与另外一个人关联上?成千上万种。

"截至目前,我们没有找到两个人之间的任何联系,更不清楚他们两个为什么会同时出现在情人坡。所以我有一个想法,"说到这里,光头环顾四周,眼神里透出自信,"他们两个不是主动去的情人坡。"

"不是主动去的情人坡?什么意思?"吴局问。

"也就是说他们没想去情人坡,但最后出现在了情人坡。"光头面带微笑,自信满满地说。

罗宋在心里苦笑。

"少卖关子!"吴局皱起眉,喝道。

吴局自从由负责刑侦的副局长成了局长,就变得有些易怒了。这可以理解,毕竟肩上的担子重了许多。想到这里,罗宋似乎觉得自己没那么累了。

"嘿嘿,吴局,我的意思是说,两个人可能是被强行带到情人坡。"

"强行带到情人坡?带到情人坡后再把他们抢劫了?"

"有点说不通对吧?所以,还有另外一种可能。"

"另外一种可能?"

"对,"光头故意顿了一顿,"抛尸。"

办公室里出现了短暂的沉默。过了好一会儿吴局转向罗宋,问:

"你也觉得是?"

罗宋把长伸着的双脚收回,说:"的确有这个可能性。抢劫,可能是事后伪装,为了掩盖凶手真正的目的。"

"那凶手的真正目的是什么？"

他摇摇头。

"不清楚。"

"所以这个案子查到现在，什么收获也没有，最后连杀人动机也不知道了？"

"能否定动机是抢劫就是很大的收获了啊。"光头喊道。

吴局沉默片刻，然后颔首，表示认可。

"按照你们这个说法，很多事情倒是能解释得通。还有什么线索吗？"

"没有什么有用的线索，倒是有个谜团。"罗宋苦笑。

"什么谜团？"

"林玲莉当晚十点半乘网约车回到小区，这点能够得到证实。但在那之后，一直到凌晨，也就是在推测她遇害的时间范围内，没有证据显示她出过小区，我们调查了当晚的监控，连从小区出去的车辆也都一一调查了。所以我们怀疑她是在小区遇害的，而如果是在小区遇害的，那在家中遇害的可能性最大。不过，我跟光头去了她家里，没有发现打斗的迹象。不过可能需要再进一步去勘查。另外，得进一步查一查林玲莉的社会关系，从通话记录以及微信QQ聊天记录上来看，她单身，似乎也没有太要好的朋友。"

"你说这个林玲莉乘的是网约车？"齐队问。

"对。"

"网约车。"齐队沉吟，"半年前云京市的那个网约车司机抢劫杀人的案子影响挺坏，这两年网约车风生水起，但大大小小出了不少事儿。有查过这个司机吗？"

"齐队，我们现在要戴着有色眼镜办案了吗？"光头问。

齐队脸一沉，说："你什么意思？"

"没什么意思。还记得去年那起案子吗？一个出租车司机因为五块钱的车费跟乘客起了争执，然后杀人。那次可是正规出租车。"

"跟这起案子有什么关系吗？"

"没关系啊。我想说的是，混蛋就是混蛋，跟开什么车，网约车还是出租车、三轮车还是大奔统统都没关系啊。网约车司机就是坏人了？在没证据的前提下，只是因为对方是某个群体里的一员，就给扣上个嫌犯的帽子，这合适吗？"

齐队的脸色越发难看了。

没有人能不带有任何偏见地看待人或事，只是每个人偏见的程度不同而已。

不排除光头说这番话，有故意顶撞齐队的因素。但光头说的有道理，这甚至让罗宋反思，自己因为柳文远电话中的沉默以及那转瞬即逝的可疑表情而对柳文远所产生的怀疑，难道没有他是网约车司机这个因素吗？是否在潜意识里，他也因为网约车频频出现的事故而将其跟危险画上了等号？但眼下最重要的是得阻止光头继续顶撞齐队。说起来，光头看待齐队时，又何尝不是带有偏见呢？齐队在刑侦上有丰富的经验，为人也开明磊落，绝非如光头眼里那般不堪。他瞪了光头一眼，说：

"齐队，你说的有道理，我们查过这个司机了，而且这个司机是最后一个见到林玲莉的人，所以还是有很大嫌疑的。不过，他没有作案时间，这一点有证据能够证明。在送完林玲莉之后，他又接了两单，一直到凌晨一点半都没有停过，我们也跟那两个乘客联系过了，情况都属实。"

"看吧，也多亏了您瞧不上的网约车，我们很快就证明了他没有作案时间，要是普通出租车，搞不好这会儿我们还在扒监控呢！"

罗宋又瞪了光头一眼。

"行了行了,"吴局瞥了一眼罗宋,"那接下来该怎么办?"

"我觉得突破口在林玲莉身上,刚才说的,林玲莉家里要再勘查一下,走访一下周围邻居,还有进一步查一下林玲莉的社会关系。"

散会后,光头一副闷闷不乐的表情,他应该还沉浸在跟齐队的那番争执之中。罗宋拍拍他的肩膀,递给他一根烟,说:

"刚才你说的那些,都很有道理。不过……"

说到这里罗宋停下来,深深吸了口烟,然后咳了起来。

"不过什么?"

他很快止住咳嗽,能感觉到症状比之前轻了许多。

"不过你个混小子能不能别老是跟齐队对着干啊?"他哑着嗓子说。

"嘿嘿。"光头摸了摸依然发黑的头皮,傻笑起来。

十

"蕊蕊,蕊蕊!"

罗佳蕊抬起头,看向奶奶。奶奶脸上写满了担忧。

"你这孩子怎么了?心不在焉的。"

"没什么……"她又低下头,扒了口碗里的饭。

她在想何苗的哥哥,想昨晚何苗告诉她的那些话。

昨晚她跟何苗几乎一夜都没有睡。她回想着昨晚何苗告诉她的那些话。

"你知道吗?以前我曾经想过,我哥哥还不如赶紧死掉的好。"何苗哽咽道,"我盼着他死。现在他真死了。"

罗佳蕊知道,自己什么都不用说,只要静静听着何苗讲述就好。况且她也什么都说不出来。

"我记事的时候，妈妈已经离开了，在我印象里根本没有妈妈这个概念。爸爸一天到晚忙工作，忙着赚钱养家。家里大部分时候，都只有我跟哥哥。小时候我跟哥哥关系很好，那时候他很疼我。不对，他一直都很疼我。哥哥有脑瘫，脑子有些笨，上学留了好多级，他比我大四岁，我上小学的时候，他还在上小学。我上小学的第一天就被吓坏了。你知道是为什么吗？我在学校里看到，好多学生，比我哥哥矮很多的学生，把我哥哥围在中间，逗他，欺负他……等我大一点了，有人欺负他的时候，我会护着他，我变得很凶，"说到这里，何苗笑了笑，"想象不到吧？小学有几年，我是学校里最凶的女生，很多人都怕我。可即便是这样也阻止不了别人欺负他，有时候连带着我一起欺负。哥哥上初中后，我松了一口气，但随后又害怕起来，那时候我就想啊，等我上初中的时候，哥哥还毕不了业，是不是意味着还是同样的日子在等着我？我就这么想啊想，想着想着，我就开始恨他，我觉得一切都是他的错，就像爸爸一直说的，他很没用。我觉得是因为他妈妈才走了，是因为他害我也受连累被欺负。我哥哥除了脑瘫，还有心脏病，爸爸说过他随时可能会病发，那时候我就想，还不如心脏病发死了算了……没想到，他真的……"

说完后何苗号啕大哭了起来。罗佳蕊除了递上几张纸巾，什么也做不了。她一向不会安慰人。

"这个iPad，"大哭过后，何苗指了指床头柜，"是两个月前哥哥送我的。那天是我生日，回到家后，哥哥神神秘秘地递给我一个东西，我打开后才发现是我想要了很久的iPad，我不知道他哪里弄来的钱，爸爸给我们的零花钱一向不多。那天他的手上包着绷带，一个劲地傻笑，说他能赚钱了。我不知道他在干些什么，你说他会不会是做了什么坏事？是不是因为这个才被人害死了？"何苗抬起头，盯着罗佳蕊问。

"你一点都不知道吗?"罗佳蕊问。

何苗摇摇头,然后又哭了起来。

"我的生日,我爸都不记得,只有我哥哥一个人记得……"

"蕊蕊!你到底怎么了?"

奶奶的声音再度打断了罗佳蕊的思绪。她才意识到自己已经放下了手里的筷子,右手紧紧握住挂在脖子上的吊坠。那是在她九岁生日的时候妈妈送给她的。三个月后,妈妈失踪了。

"爸爸今晚会过来,对吧?"她问奶奶。

"他说要过来的,今天是爷爷的生日。但是不知道几点能到。"

"我不吃了。"

说完她站起身。

她要等爸爸来,她一定要知道何苗的哥哥到底发生了什么事情!

十一

每次到父母家,罗宋都感到深深的愧疚。

女儿还小的时候,他跟妻子都忙各自的事业,基本都是母亲在照顾女儿。而自从妻子失踪后,女儿就完全交给母亲照顾了。今天是父亲生日,原本想着能早点回家陪老爷子喝几杯,可转眼又到了这个时间。他看了看表,九点半。他敲了敲门。

一阵杂乱的脚步声后,门开了,是女儿。

女儿没有说话,转身走到客厅沙发上,坐下。母亲从卧室走了出来:

"你爸睡下了,等了你半天也没等到,他今天喝得稍微多了点。"

罗宋点点头。

"还没吃饭吧?我去把饭菜热一下。"

"不用热了,就这么吃吧。"

"那怎么行,你那胃早就被你糟蹋得不成样子了。"

母亲去了厨房。女儿在沙发上,欲言又止。

"何苗哥哥的案子,抓到凶手了吗?"女儿突然问。

罗宋愣了愣,摇了摇头。

"他是怎么死的?"

"你问这些干什么?"

"我想知道。"

"想知道什么?"

"想知道何苗哥哥究竟发生了什么!"

他并不想跟女儿谈论这个话题。他想起之前确认何谷身份后女儿的反应,不想女儿再遭受更多的刺激。看着女儿的表情,罗宋突然有些心疼起来。他从女儿的眼神里看到了一些愤怒。

他叹了口气,说:

"我们还没查出来到底是怎么回事。"

女儿抬起头,用期待的眼神望着他。

"他是怎么死的?"

"突发心脏病导致的猝死。"

女儿愣了愣,说:

"不是说被人害死的吗?"

"心脏病是直接原因,可能是因为被殴打导致心脏病发。"

"我记得你昨天说有两具尸体。"

"对……"罗宋点头,"你问这些干什么?"

"我想……我想知道事情的真相!我不想何苗的哥哥死得这么不明不白!"

罗宋笑了笑。但显然他的笑激怒了女儿,女儿皱起眉头,噘起嘴巴。他赶忙止住笑。

"我们也想啊。但这不是你该干的活儿。"

母亲热好了饭菜，罗宋坐到餐桌旁。

"这孩子，今天一直魂不守舍的。"母亲说。

罗宋扭头看了看女儿。女儿坐在沙发上，发着呆，刚才眼神里的愤怒不见了，哀伤替代了愤怒。同学哥哥的死，对她的影响真的有这么大吗？他走过去，坐到女儿身边，摸了摸女儿的头。

"等爸爸查出来了，第一个告诉你好吗？"

女儿没有说话。

他轻轻捏了捏女儿的肩膀，站起身往餐桌走去。

"我想做点什么……我不喜欢就这样干等着！"

罗宋停下脚步。他觉得女儿这句话意有所指。干等着。干等着什么？这件事，跟她并没有很直接的关系。

"你真想知道吗？"

他转过身，严肃地望着女儿，问道。

女儿用力点点头。

"你不害怕吗？"

"不……"女儿刚开口又停了下来，想了想，"我害怕！但就是因为害怕我才要知道！"

女儿抬起头，盯着他，眼神坚定。罗宋愣住了，他回想起妻子说过类似的话：就是因为害怕，才更要面对。妻子是在什么场合下说的来着？他想不起来，但他记得妻子那时的眼神，就像是女儿此刻的眼神。

"跟他一起被发现的是个女人，我们还没有发现两个人之间的关系。不知道两个人为什么会同时出现在发现他们的那个地方。目前我们怀疑是有人在其他地方杀害了两人之后，抛尸。"

"没有什么线索吗？"

罗宋摇摇头。

"把你们查到的告诉我，我想帮忙！"

罗宋又忍不住笑了，再次摸摸女儿的头。

"小时候玩拼图，从来都是我拼的比你快！你们警察破案子，还不就是像拼图一样，把一个个线索拼起来吗？"

罗宋愣了愣，这丫头说的有道理。

"作案动机、作案时间、作案手法，不就是这些吗？再说，何谷跟他的妹妹都是我同学，我多少了解了一些情况！"女儿不依不饶地说。

罗宋心里一沉，这丫头怎么知道这么多？难不成她长大了也想做警察？不知道为什么，身为警察的他，并不希望女儿踏上自己这条路。他莫名地生起气来。

"你觉得我们发现不了的东西，你就能发现吗？"

"每个人都有自己看不到的地方！"

罗宋不再理会，回到餐桌前，继续吃起饭来。女儿气冲冲地从他身边走过，进了自己的房间，狠狠地摔上门。

吃饭的时间里，罗宋回想着女儿那句话：每个人都有自己看不到的地方。女儿说得很对。可她毕竟只是个小姑娘。想到这里他愣了愣，女儿已经十四岁了，他不能把她再当做那个还玩着洋娃娃的小孩子看了。他放下筷子，走到女儿房门前，轻轻敲了敲门。

没有回应，他推开门。这是他以前住过的房间，现在成了女儿的。一种熟悉而又陌生的感觉，他环顾四周，目光停留在了书架上。除了教材跟教辅书外，还有不少小说，他看到了福尔摩斯、阿加莎·克里斯蒂。他心里一沉。

女儿坐在床前，手举在胸前，紧紧地握着什么，眼泪扑簌簌地往下掉。他仔细看了看,女儿握在手里的,是脖子上戴着的玉坠,那是妻子送给女儿的生日礼物。他一下子明白了。何谷的案子,让她联想到了妈妈的失踪。她刚才说不想这么干等着,其实说的是她妈妈失踪这件事儿,不是吗?难道她因为自己没能在妈妈失踪这件事儿上做什么而责怪自己吗?那么她是否又因此而怪罪我呢?是因此才对我冷淡吗?才不再喊我爸爸了吗?罗宋心乱如麻。

过了好一会儿,他才坐在女儿身边,轻轻搂住女儿的肩膀。女儿抬起头,看了他一眼,然后靠在他的肩上,放声哭了起来。

女儿情绪稳定下来的时候,罗宋已经下定决心,把案情跟女儿讲一讲。

"我要跟你说的,不能告诉任何人,尤其是何谷家人,明白吗?"

女儿抹了抹还没干掉的泪,用力点了点头。

"何谷那边,我们没有发现什么线索。他初中毕业后没有继续上学也没有工作,不知道他平时都做些什么,跟什么样的人有接触。"

"何苗说,两个月前她哥哥突然有了笔钱,给她买了iPad,还告诉她说他赚钱了。"女儿说,"哦,对了,她还说,她哥哥告诉她的那天,手上扎着绷带。何苗担心她哥哥是跟一些不三不四的人混在一起了。"

这倒是一个重要线索,之前跟何谷家人了解情况时没有听对方提到这些。据了解,何谷没有工作,那钱是哪来的?

"那何苗有说是跟什么人吗?"

女儿摇摇头,说:"她哥哥不肯告诉她。"

罗宋在心里记下,心想明天一定要沿着这条线索查一查。

"跟何谷一起发现的女性,是一家外贸公司的员工。遇害当晚下班后,九点四十左右从公司亭东大厦打车回到家,就是这对面的那个小区,临湖花园。但从她回到家到遇害之间发生了什么,我们没有查到。从小区出入口的监控上来看,她当晚打车回到家之后没有出去过,可尸体却在十几公里以外的地方被发现。"

"难道不可能遇害后被人用车运出去了吗?"

"这个我们想到过,她乘车进入小区的时间是十点半,我们查了出口的监控,在我们推测的死亡时间范围内,只有四辆车出过小区,这四辆车我们都查过了,也都排除了作案嫌疑。"

女儿沉默,认真思考了起来。罗宋看着女儿多少还有些稚气的脸,回想起女儿小时候跟他一起玩拼图时的样子,跟此刻一样认真。

"我只听到你说证明了她没有出去,也没有被人带出去,可没听你说你们是怎么证明她回到家的。"

"监控拍到了她打的车,有司机证实。"

"那有没有可能是那个司机在她付了车费后杀害了她,又运出小区了呢?"

"车进入小区的时间是十点二十九,付款是十点三十,十点三十一的时候,车又开了出来,从时间上来看,在一分钟的时间里,要做完这些是根本不可能的。当然,我们也考虑过司机在这之后行凶的可能,但有证据表明司机在这之后没有返回过小区。那是辆网约车,有行程记录。"

"监控拍到她人了吗?"

"据司机说,她坐在后排。所以监控拍不到。"

"不对。"女儿猛地抬起头,说。

"什么不对?"

"你说是网约车对吧?"

罗宋点头。

"刚才你说她付了车费,说明那会儿还活着。这不对!网约车是网上付款,可是付款并不能代表她还活着!"女儿眼睛里闪着光。

罗宋疑惑，他并不了解网约车的使用方法。可是，如果林玲莉那时候已经死亡，又怎么能付款呢？

"网约车有一种功能，叫小额免密支付。如果开通了的话，只要司机完成行程，系统就会自动支付！"

"你说的这个免密支付，不需要人为操作吗？"

"不需要。而且，就算她没有开通免密支付，现在的手机大都有指纹识别功能，指纹解锁后，还是可以操作支付啊。"

"死人的指纹也能解锁吗？"

女儿皱起眉，拿起手机，罗宋凑过头去，女儿正在手机上查询着什么。

"不确定。好像有的手机可以有的不可以。不过……"女儿皱着眉说，"如果她只是昏迷呢？如果那会儿还没有死，只是昏迷了，指纹解锁还是可以使用的！"

就像是眼前蒙着的迷雾一下子被吹散了，事物清晰了起来。女儿果然看到了他没有看到地方！他原本是怀疑柳文远的，没有明确的证据，凭的是他的直觉。但他一向又十分抵触靠直觉来办案，以前他可不是这样，他是在吃过几次直觉的亏之后，才终于领悟到，要抵抗直觉的诱惑。人一旦开始怀疑某事，就容易把所有的事儿往这上面凑。所以他要把证据放在直觉之前，只有证据在一定程度上符合了直觉，才能再沿着直觉走下去。

根据原本掌握的证据，他认为柳文远是没有作案时间的，但女儿的这个说法一下子推翻了一切。柳文远的嫌疑骤升，他可以沿着柳文远是凶手的这个直觉发散开来了。他站起身，在女儿房间里踱来踱去，把目前调查到的情况在脑海中重现、打散，再重新拼凑。又一个疑点凸显了出来，他早该注意到的。他停下脚步，问女儿：

"你上学路上要花多长时间？"

女儿皱起眉，显然不理解他为何突然如此发问，搞不清她上学花多长时间跟这起案子又有什么关系。

"半个小时吧，有时候堵车，要四十分钟。"

晚上十点钟，堵哪门子车？

"你问这个干什么？"女儿一脸急于知晓的表情，但随即恍然大悟。

她猜到了。她怎么这么聪明？

"女性死者上车的亭东大厦，就在我学校附近，她住的地方，就在对面那个小区。我坐公交车上学最多才要四十分钟，他那天晚上，怎么会走了五十分钟？"

女儿鼻翼翕张，眼睛里闪着光芒。他熟悉那种感觉。

他心里既骄傲，又担忧。

十二

第二天早上，罗宋送女儿上学，女儿上初中以来，这才是第二次。但即便是这次，他也是带着别的目的，他觉得对不起女儿。

在车上的时候，他咳嗽得很凶，女儿歪头看了他好几次，都没有说话。看着女儿进了学校后，他调头去了亭东大厦。他在林玲莉上车的地方停下，看了看手表，八点零五分，他发动车，沿着当晚的路线又走了一遍。

一路上，他尽量放慢车速，控制在六十公里限速范围内，还留意着沿途的摄像头，推测着事情可能发生在什么地方。到达临湖花园的时候是八点三十七，走了三十二分钟。二十分钟，足够发生点什么了。他从烟盒里抽出一根烟，找火的时候却怎么也找不着了。他想起女儿下车的时候有些古怪的表情，明白过来了。女儿把他火机给没收了。他笑了笑,把烟塞回烟盒。

罗宋跟光头去了趟市局交通监控中心,通过对路线沿途交通监控的调查,他们发现了问题的所在。

九点五十五分到十点十八分之间,柳文远的车进入了监控盲区,那是一些待搬迁工厂所在的区域,几个路口要么原本就没有摄像头,要么已经损坏,因为道路马上要重新铺设所以没有维修。要通过这段盲区最多只需要五分钟,但柳文远的车却走了二十三分钟。

"宋哥,这段路上发生过什么这点没什么疑问。可是,林玲莉到家的时候不是还活着吗?"光头问。

"其实我们并没有直接证据能证明林玲莉回到了小区,我们是因为林玲莉完成了付款这个动作,想当然地以为那会儿她还活着。"

"可如果那会儿已经死了又怎么能付款呢?"

"你用过网约车吗?"

"用啊,虽然用的次数不多。"

"下车的时候怎么付的款?"

"支付宝啊。"

"付款需要怎么操作?"

"输入密码啊。"

"那你知不知道有一个免密支付的功能?"

"好像是有,不过没用过……"说到这光头瞪大了眼,"宋哥你是说林玲莉开通了免密支付?对啊,如果这么说的话,的确就不能证明林玲莉到家的时候还活着了!"

"所以我们要去查一查,林玲莉是不是开通了免密支付,当晚是不是通过这个功能付的款。"

"不过,"光头狐疑地看了罗宋一眼,"宋哥你是怎么知道这些的?"

"我就不能知道了？"罗宋心虚了起来。

"你连微信都不用，还能用网约车？我才不信！"

"你小子在针对我跟齐队的时候，比你办案的时候观察力提升了不止一个档次啊。"他拍了拍光头的后脑勺，"是蕊蕊告诉我的。"

"是蕊蕊发现的？"

光头似乎觉得这很不可思议。

罗宋点头。

"嘿，这丫头够可以的啊。"

罗宋尽量掩盖心里的得意，不让它在脸上显现出来。

"是个做警察的好苗子，长大了可以来咱们刑警队。"

光头自顾自地说。听到这句话，罗宋的心一下子沉了下来，一丝阴霾爬上他的脸。对女儿的自豪感是一回事儿，但让女儿走他走的这条路却又是另外一回事儿。他心里十分抵触。是因为他觉得女人不适合做这行吗？应该不是。队里也有女刑警，他对她们并没有偏见。说到底，还是因为那是自己的女儿。潜意识里，他要保护她，不能让她遭遇哪怕一丁点的危险。而警察这个行业，总是要比其他大部分行业多几分危险。女儿想要做警察吗？有机会一定要好好跟她聊聊。

经过跟网约车平台确认，林玲莉的确开通了免密支付。再加上那二十三分钟的盲区，林玲莉的遇害，极有可能是在这二十三分钟里。他们驱车前往监控盲区那段路。

这是条偏僻的小路，双向单车道，行道树高大，树木之间还种有浓密的常绿冬青树，半人多高。道路两边原本有几家工厂，因为规划大都已经拆迁，四处可见断壁残垣，是现如今城市里四处可见的景象。

罗宋抬头前后左右看了看，不只没有交通监控，也没有安防监控。

"仔细看看有没有什么可疑的地方。"他对光头说。

两个人在这条不算长的路上往返走了几次,试图寻找任何能把这条路跟当晚发生的事情能关联上的痕迹。

搜寻无果。而在他们搜寻的将近半小时时间里,只有两辆车从这条路上经过。

"宋哥,不行先把那小子拘了再说,五分钟的路走了二十三分钟,光这一点嫌疑就够大了!"光头有些不耐烦起来,"亏我还为了他顶撞齐队!"

"你原本不就是为了顶撞齐队吗?再警告你一次,齐队来我们刑警队不到一年,之所以对你再三忍让,不排除有因为就职时间不长而有所顾虑这个因素。但如果你还想继续在刑警队干下去,而不是被下放到派出所,你最好收敛些。"罗宋没有给光头开口的机会,继续说,"对于柳文远,我们现在并没有掌握什么实质性的证据,都是推测,光凭这些还不足以把他给拘了。不过,可以先传唤,这样至少有十二个小时时间,避免他进一步销毁证据。"

"你们要传唤这个网约车司机?"吴局问。

"对。之前我们推测林玲莉的遇害时间是在她回到小区之后,如此一来,这个网约车司机就没有作案时间了。但现在我们可以间接证明林玲莉的死亡极有可能是在这之前,也就是从公司到家的路途中。我们之前一直认为,既然林玲莉付了款,就说明那时她还活着,但事后发现,付款并无法证明林玲莉还活着。"

"那这个网约车司机行凶的证据呢?"

"没有直接证据,所以还只能传唤。从林玲莉公司到家,按照当晚他们走的路线,只需要半个小时左右,但那晚却走了五十分钟,其中有一段只需要五分钟的路,走了二十三分钟。另外,我们目前了解到的,最后一个跟林玲莉接触过的人,就是这个司机。"

吴局点点头。他做过多年刑侦,明白这意味着什么。

"那何谷呢?"

在何谷身上调查到的信息几乎为零。从女儿那了解到何谷两个月前曾有过一笔收入后,他再次跟何谷的家人进行了询问。从何谷妹妹那了解的情况,并不比从女儿口里听来的多,何谷父亲更是一无所知。在询问的时候,他甚至因此而感到过愤怒:住在同一个屋檐下的一家人,怎么互相之间这么不了解呢?但在他突然意识到自己对女儿的了解其实也是如此之后,愤怒加剧,但那愤怒的矛头却朝向了自己。人因为自己而愤怒,比因他人而愤怒要痛苦得多。

想到这,罗宋摇摇头。

如果受害者只有林玲莉一个人,事情要好解释的多。如果像女儿说的那样,破案就像拼图的话,何谷这块拼图不知道该往哪里拼。

"我推测啊,"光头开口,"柳文远在送林玲莉回家的路途中,见色起意,在那条路上图谋不轨并杀死了林玲莉,被路过的何谷目击,所以柳文远把何谷也杀了,藏在后备厢,然后抛尸。"

这勉强能解释得通。但是,如果事情真的是发生在那条偏僻的小路,何谷又为何会在夜里十点钟经过那里呢?

"罗宋,你有多大把握?"吴局直视着罗宋的眼睛问。

"根据我上一次跟那个司机的交谈,从直觉上来说,我觉得他有嫌疑。"

吴局点点头,说:

"我相信你的直觉,那就传唤吧。"

再一次面对警察,柳文远并没有表现出太多的紧张,罗宋甚至觉得他比上一次还要坦然。

"从亭东大厦到临湖花园的路上,发生过什么事情吗?"罗宋问。

"没有啊。上次不已经回答过了吗？没有什么异常。"

"那你怎么解释，最多只要半个小时的路程，你走了五十分钟？"

柳文远皱了皱眉。

"哦。那天车熄了次火，我鼓捣了好一会儿，发动机有点问题。"

"嗬，你还会修车呢。"光头揶揄道。

柳文远微微一笑，没有理会。

"在什么地方？"罗宋问。

"临河路那边。"

正是那段盲区。

"之前询问你的时候你为什么没说？"

"你问那姑娘有什么异常，车出了故障跟那姑娘又没什么关系。"

"那姑娘下车的时候，是怎么付的款？"

罗宋注意到柳文远眼皮抖了一抖。

"手机付的款。"

"自己输的密码吗？"

"这我哪能知道？反正支付成功了。"

"那天她付款没输密码，自动支付的。"

"可能吧。"

"你知道这意味着什么吗？"罗宋说这句话的时候，直直地盯着柳文远的眼睛。

柳文远把头转向一边。

"意味着什么？"

"林玲莉到家的时候，已经死了。"

"你是说我拉了一具尸体？她可是自己走上车的。难不成是僵尸？"

"少贫嘴！你干的那些事儿我们早就知道了。你杀了林玲莉跟何谷，我们可是有证据的！"光头喝道。

罗宋没来得及阻止光头。他不该说这句话的。罗宋注意到柳文远似乎放松了下来。

"你们要有证据就不会在这跟我废话了。我多说两句：哪怕林玲莉真的没有输密码，是自动支付的，也不代表那会儿林玲莉死了。退一步讲，哪怕林玲莉已经死了，也不代表人是我杀的。"

罗宋真要对柳文远刮目相看了，从一开始他就对柳文远的思维缜密印象深刻。这两句话直中要害，让他哑口无言。

这是个硬茬，要让他开口，还得要更多证据。

如果柳文远是在这二十三分钟内杀害林玲莉，甚至何谷，那抛尸应该是在他完成接下来的两单生意，也就是在凌晨一点半之后。在他抛尸之前的这段时间里，隐藏尸体的地方，只有可能是后备厢。他把柳文远的车交给物证，让他们重点查后备厢。然后再次去找了那两个乘了柳文远车的乘客。

十三

这是韩国良第一次跟警察面对面地打交道，他有些紧张，又有些兴奋。电话里那个警察说他们正巧在他住的公寓附近，于是他们约在了公寓楼下的咖啡馆。是便衣，不是派出所的警察。出了什么事儿了？肯定是有案子。警察两天前就打电话给他了，问他当晚是不是乘了一辆网约车，跟他确认了几点上车，从哪到哪，几点下车。他原本以为是有人丢了东西，但现在看来应该不是。

眼前的两个警察都是一脸的疲倦，年纪大点的那个，还时不时地咳嗽。这年头，做什么都不容易呀。他们问他那晚乘车的时候有没有发现什么异常的地方。他闭上眼，抱起肩膀，煞有介事地回忆起那晚的情形。

他想不出有什么地方异常。

"唔。你们所说的异常，指的是哪种类型的异常？"他问。

"只要是你觉得异常的地方。"中年警察说道。

警察嘴巴很严，不肯透露跟什么案子有关系，他猜测案情重大。这案子是不是跟那个司机有什么关系？

如果硬说有什么异常的地方的话……

"我觉得司机有点太过热情了。"

"什么意思？"年轻警察警觉了起来。

"我那天是要去火车站，出个短差，带了行李箱，车停下来后，我就走到后备厢的地方，刚抠开后备厢的锁，还没打开，司机就下来了，嘴里喊着：让我来吧！您上车就好了。我就上了车，是他给我放的行李。下车的时候也是，他车一停好就下车，小跑到车后面把行李给拿了下来。我还想着，现在的网约车服务就是好呀，要是出租车，谁还会帮你拿行李？"

两个警察对视片刻，做着某种眼神上的交流。

"你们说……这算……异常吗？"他小心翼翼地说。

"算是吧，"年轻警察说，"还有吗？"

警察似乎对这个结果不太满意。可他再也想不出还有什么异常的地方了。

中年警察有些心不在焉，盯着窗外，不知道是在看什么还是发呆。

"你上车的地方就在这里吗？"中年警察突然隔着玻璃指了指咖啡馆外面。

"对对。"

"能指一下具体地方吗?"中年警察站起身,问。

三个人一起走出了咖啡厅,他把那天上车的大概位置指给了他们。

"车头冲哪?"中年警察问。

他指了指。

他注意到,中年警察抬起头,朝跟他指的相反的方向望去。

两个警察跟他道了谢走了。他在咖啡厅门口目送两个人走远。

异常的地方……他还在回想着警察的这个问题。

要说还有什么异常的地方的话,那天晚上司机暖气开得很足,可他还是觉得后背有些冷,凉飕飕的。

十四

光头进来的时候,罗宋刚靠在椅子上打了个盹。就这么一会儿的时间里,他还做了个梦。梦里也是漫天的雾,雾还是黑色的,浓稠,还带着酸臭的味道,他觉得喘不上气来。

被光头吵醒后,他还是觉得有些喘不上气,一开始以为是因为那个梦,过了一会儿才明白过来,是鼻子又塞了,感冒有卷土重来的趋势。他搓了把脸。

"宋哥,那小子这下跑不了了!"

"发现什么了?"

"你让我查的那个监控,柳文远开后备厢的时候果然被拍了下来,不过因为是晚上,只有路灯,光线比较暗,技术那边还在忙活着,但刚才说隐约能辨识出后备厢里,有一张人脸!现在正在做进一步技术处理。"光头眼睛里放着光,像是饿极了的狼见到了猎物。

罗宋站起身，伸个懒腰，活动活动腿。光头跟他说的这些，没在他心里引起多大的波澜。他觉得自己是头饿过了劲儿的狼。

物证的老韩大步走了进来。

"老罗，你知不知道那车是在哪洗的啊？要是知道的话告诉我一声。我也去洗洗我那辆车。"

"我怎么知道！"

"洗的是真他妈干净啊。"

看来是没找到证据。但看老韩的表情又不像是一无所获的样子。

"我们都快把那车拆了。功夫还是不负有心人呐！在后备厢垫的反面，发现了一根头发，估计是在清扫的时候粘在了上面，长度约十厘米。"

"齐活儿！"光头咧开了嘴笑着说。

"别高兴得太早，送去做同一鉴定了，等跟受害人的 DNA 匹配了再高兴也不迟。兴许只是柳文远自己的头发呢？"

"那小子板寸头啊！"

后备厢里的人脸被处理放大到了可以辨识的地步，那是林玲莉，毫无疑问。DNA 快速鉴定结果也出来了，跟何谷匹配度 99%。有了这些结果，案子基本就算是破了。罗宋松了口气，他觉得自己像是连着爬了三天的山，又游了四天的泳，全身上下从里到外没有一处不觉得累。只是还没到终点，还得最后鼓一鼓劲。

他没有进审讯室，让光头进去了，自己坐在外面，隔着单向玻璃看。他把脚搭在桌上，放松身体，像是看一场输赢没有悬念的比赛。

有了这些证据，光头也信心十足，他把手里的资料啪的一声放在桌上，坐下，盯着柳文远看，但不说话。

柳文远应该感受到了光头的气势，明白不是虚张声势。罗宋从柳文远眼神里捕捉到了一丝惊慌，这让他心里泛起一阵短暂的快感。

光头依然不说话，把资料夹打开，拿出两张纸，一张是放大了的照片，一张是 DNA 鉴定报告。他把这两样东西推到柳文远面前，说：

"说不说，都由你。"

柳文远凑过去看了看，眼里的惊慌更加明显了，脸色变得煞白。

"你后备厢里，装了林玲莉的尸体，有照片为证。还发现了何谷的头发。其实你说不说都没关系了，故意杀人加遗弃尸体，死刑是免不了了。"

"不！不是故意杀人！"

柳文远眼里流露出来的，是挣扎，是求饶，是被求生本能所驱动的原始情感流露。

"林玲莉是被捂死的，何谷是被打死的。"光头说着把桌上的资料敛起，"这都不叫故意杀人？"

"我没有杀你说的那个何谷！"一滴汗从柳文远额头上缓缓流下，滴落在桌上。

"得了吧！这些话你留着法庭上说吧。"光头站起身。

"是车祸！何谷是被撞死的！"柳文远大喊。

"又编好借口了？你说的字儿，我一个都不信，我只相信证据。"光头摇了摇手上的资料夹，转身要走。

"我有证据！"

说这句话的时候，柳文远眼里闪着光，嘴角甚至还带着一丝若有若无的笑，求生的本能已经达到了顶峰。罗宋皱起眉，把脚从桌上放下，身体前倾，凑近了玻璃。

光头没有停下脚步，手已经摸到门把手上。

"我有视频可以证明！"

光头停了下来。

罗宋站起身来。

罗宋推开门。

虽然光头又坐回了审讯桌前,但还没有开口问,像是在等着他进来。他坐下后,光头才开口问:

"你说的视频是什么?"

"行车记录仪的视频。那段视频能证明我不是故意杀人!"柳文远眼神里满是乞求。

"视频在哪?"

"我家厨房储物柜里,有一罐麦片,桂格牌的,SD卡就埋在里面。"

"先说说那晚是怎么回事儿。"罗宋问。

"我拉了那个叫林什么莉的之后,就按照导航上的路线走,她坐在后面玩手机,我们真的一句话都没说。走到临河路那段的时候,"说到这柳文远吞了吞口水,"其实那会儿车速不算快,那段路光线不好,又不太好走,时速也就五十多公里,然后一个人突然从路边蹿了出来,撞上了……我停车下去看,喊了半天没有反应,我有点慌了,这个时候那个女人也下车走了过来,问怎么了,我刚开口要说话,她突然喊:'你喝酒了!'我才想起来,晚饭我是喝了半杯白酒,也就二三两,根本没事儿。'赶紧报警啊!'她又说。我愣了好一会儿,她看我不动,掏出手机。我一看,知道她是要报警了,我把手机夺了过来。她跟我要手机,我不给,我说:'求求你了先别报警。'她说:'你想逃逸啊?'然后把手机从我手里抢回去,准备打电话。那会儿应该是脑子懵了吧,我一把把她手机打掉,扯住她的手腕。她看上去有点害怕,她让我放开,我没放,她就开始喊救命。我就捂住她的嘴巴,让她不要喊……"说到这柳文远低下头,然后又猛地抬起头,"我本来是想不让她喊的啊。我不是故意要杀她,只是不小心！"

如果事情真的像是柳文远说的那样，性质就大不相同了。故意杀人跟过失杀人，在量刑上大不相同。

"你为什么把视频留了下来？"光头问，"正常人不是应该要马上销毁吗？"

这是他为自己留的退路。罗宋在心里想。从跟柳文远打的这几次交道来看，他的心思十分缜密。

"等我回到车上之后，看到行车记录仪还在记录，我赶紧把卡拔了下来，想要扔掉的，但后来……"说到这柳文远讪讪地笑了笑，"可能是想到会有这一天吧。"

"那你又为什么又要抛尸，伪造抢劫杀人？既然你有视频为证，当时你就可以报警。"

"就在出事的前一天，在一个网约车的司机群里，看到有人说被查，车被扣，罚款三万。我没有工作啊，网约车是我唯一的收入来源，车是贷款买的，还没还清，要是被扣车，被罚钱，再加上酒驾，我还怎么活啊？"

"都死了两个人了，你还在想着自己的收入来源？"光头问。

"没有收入来源，我跟死了有什么区别？我要养家、要还贷啊。"

"受够了你们这些杀人犯，每次都是被抓了，才来这里装可怜！你说的这些，抵得上一条人命吗？！我们会去你家里找你说的那张卡，不过，别以为这就能逃脱制裁，等着偿命吧！"光头说着站起身要走。

罗宋拉住光头的胳膊，光头又坐了下来。

"后来呢？"他冷冷地看着柳文远，问。

"后来……遗弃尸体，不算死罪吧……"柳文远说着看了看罗宋，心虚地说，像是在确认。罗宋没有回应。

"我在车上待了几分钟,这期间根本没有人跟车经过,我注意到手机上的行程还在继续,然后就有了个主意。我下车四处看了看,没看到监控。我就把他们塞进了后备厢,继续完成原本的行程。一路上其实心里很怕,也很矛盾。等到达目的地后,我结束行程,发现竟然付款了。她应该开通了免密支付的功能。这让我胆子大了起来,如果有人问我,我可以咬死说把她送回家了。钱都付了啊。然后我赶紧又接了两个单子,为了证明自己那天晚上一直在忙着赚钱。到了凌晨两点,我到了情人坡那边,一个是我知道那边现在已经没什么人去了,尸体应该不会很快被人发现。还有就是那个地方以前总有情侣去约会,正好一男一女,我就伪装成约会时候被抢劫,把钱包手机什么的都拿走还把那个女的耳环给扯掉了。"

罗宋不由地感叹,柳文远如此缜密的心思,怕是光头都比不过他。可惜用在了错误的地方。

"你说的那个视频,我们会证实。"罗宋说着站起身。

"我应该不会被判死刑吧?"柳文远焦急地问。

罗宋没有理睬,扭头走了。

"不会被判死刑吧?"柳文远不依不饶地问。

"闭嘴!"光头喝道。

罗宋用拇指按压着太阳穴,他头疼。此外,还喉咙干疼、咳嗽、鼻塞。这视频他已经看了两遍了。证据已经齐全,犯人也已经招供,该他做的工作已经完成了。至于后续按故意杀人还是过失杀人判,他并不怎么关心。他只想赶紧回家睡一觉。

有那么一瞬间,他觉得自己是在看一部电影的片段,四周都是沉默看着电影的观众。吴局、齐队以及若干参与本次案件的刑警,大家都皱紧了眉头,专注地看着。

一开始视频上几乎没有声音,只有轮胎碾过地面发出的胎噪声跟低沉的引擎声。车灯直直地照着前方。视频里传来打哈欠的声音,然后是清嗓子的声音。

"嘭。

一声巨响。那个冲向车头的身影出现得太过突然,以至于必须得放慢才能看得清。刹车声,拉动手刹的声音。

"怎么了?"女人惊恐的声音。

然后是车门打开的声音。视频里,一个男人匆匆地走到远光灯照射范围的最边缘,弯下腰,面向一个躺在地上的身影。那身影一半在明,一半在暗。男人晃了晃地上那人的胳膊。

又是车门打开的声音。一个女人出现在了光线里。她跟男人说着什么,听不清。两个人像是起了争执,男人打掉女人手里的手机。

"救命啊。"

隐约听到呼救声。

男人捂住了女人的嘴巴,女人挣扎着身子。男人背对着摄像头。永远都不会知道了,在女人的挣扎越来越弱的过程中,男人的脸上,究竟是怎样的表情。

"跟那个柳文远的供述一致吗?"

看完视频后,吴局问。

罗宋点点头。

"你看上去很累?"

他咳了两声。像是身体为了自保,自动做出的反应。像是在告诉他:赶紧说你很累,然后回家休息,否则小命不保了。

"累。"

"看你这病也还没好。案子算是破了,剩下的就是一些细节问题,交给光头去办,放你假,赶紧回家休息。"

他的确需要休息。案子破了,按说应该放松了,可他脑海里的某个地方似乎固执地不肯放松。一路上他都觉得全身酸软四肢无力，他倒在床上，原本以为头一沾枕头就会睡着，可他没有马上入睡，大脑固执地不肯休息。他脱掉衣服，钻进冰冷的被窝。他觉得有一个噩梦正在等待着他。

他终于进入了梦，梦中弥漫着浓稠的黑雾，什么都看不见，只有远处，红色的灯不住地闪烁着，闪烁着，仿佛在提醒着他什么。

十五

一个人究竟会因为什么杀死另外一个人？

因为恨吗？因为钱吗？因为嫉妒吗？因为恐惧吗？

一个人会因为任何一个原因杀死另外一个人。

这是她长大后领悟到的第一个残酷的事实。

昨天何苗告诉她，她哥哥的案子破了，是因为车祸。还跟她说，跟她哥哥一起被发现的女人，是凶手为了灭口杀死的。灭口。她反复思考着这个词。越想，就越觉得这个词不真实，仿佛它只应该存在故事里。她没有告诉何苗，她在警方破获这个案子的过程中帮了忙。她还因此骄傲了许久。

教室的门开了，教室里响起窃窃私语的声音，她的同桌用胳膊肘碰了碰她。她抬起头，看到何苗走了进来。何苗低着头走到了自己的座位上，罗佳蕊看到了她通红的双眼。

教室恢复了安静，只有老师的声音断断续续传来。罗佳蕊扭过头，看何苗，何苗直直地坐着，目不斜视地盯着课本。但她看得出来，何苗的思绪根本就没在课本上。何苗现在是什么样的心情？该怎么安慰她？她体会过那种悲伤，比如在意识到妈妈可能再也回不来的时候。

悲伤从来不会因为别人的安慰而得到平复。悲伤是一条没过胸口的河,要渡过它,你要沉默,你要不挣扎,你要踮着脚尖,流着泪,小心翼翼。

她俯身到课桌上,有些难过。

放学后,她跟在何苗身后,走出教室。她紧走两步,赶上何苗。何苗扭头看了看她,然后又低下头,没有说话。两人沉默地走着。走出学校大门后,何苗说:

"陪我去个地方吧?"

"去哪?"

"临河路。"

"临河路?"

"我哥哥……出事的地方……"

罗佳蕊默然。

她们在导航的提示下辗转来到了临河路。那天爸爸开车送她上学的时候曾经路过这里,她突然想起。这是条偏僻的小路,现在是下午六点,应该是下班高峰期,但来往的人跟车屈指可数。何苗呆呆地站着,眼里满是悲伤。

她轻轻拉住何苗的手,她感觉何苗在抖,轻微的抖动通过手传递给她。她拉紧何苗的手,用力握了握,抖动停了下来。

"我一直很害怕,怕我哥哥是被人害死的。听说是车祸后,才……"何苗没把话说完。

如果一个人已经死了,会因为死因的不同而给人不同的感觉吗?罗佳蕊思考着这个问题。但跟这个相比,她更在意另外一个问题。

"你哥哥,怎么会在晚上来这个地方?"

这个地方,白天都很少人来。

何苗皱起眉,说:

"我不知道……"

路灯亮了起来,光线昏暗,罗佳蕊突然觉得这个地方变得阴森了起来,她起了一身的鸡皮疙瘩。

"我们走吧?"她问。

何苗点点头,随后转向她,带着恳求的眼神问:

"今晚,能去我家里吗?"

罗佳蕊想了想,然后点了点头。她给奶奶打了个电话,告诉奶奶今晚去同学家住。奶奶的声音听上去不太放心。

她们辗转换乘了三次公交才到了何苗家,这更让罗佳蕊疑惑了。何谷怎么会在大晚上到离家这么远的地方去?

打开房门,里面黑黢黢的,还没打开灯,就听到传来叮的一声响。她们俩吓了一跳。灯亮起来后,罗佳蕊才看到何苗的爸爸正坐在客厅的沙发上,刚才那声音,是他手里的酒瓶掉落到了瓷砖铺就的地面上时发出的。何苗的爸爸双眼无神,明明看向她们所在的方向,却像是没有看到她们。何苗拉起她的手,赶忙进了房间。

"饿吗?"何苗问,"饿的话我给你煮个面条。"

"你还会做饭?"罗佳蕊惊讶道。她几乎没进过厨房。

"早就会做了,没有妈妈,爸爸又没时间做饭,很多时候我都是自己做饭。"

"算了,不饿。"

何苗点点头,坐到床上,捧起 iPad,眼泪又流了下来。罗佳蕊知道,她又想哥哥了。

"有想过你哥给你买 iPad 的钱哪来的吗?"

"我问过他,他没告诉我。"

"你不觉得你哥去那个地方,可能跟他钱的来源有关系吗?"

"人都没了,知道又有什么用?"何苗的眼神既悲伤又迷茫。

罗佳蕊一愣。如果一件事情的结果已经无法挽回，那知道原因也就没有意义了吗？她不认同。

外面传来大门打开又猛然关闭的声音，何苗绷紧了身子，过了好一会儿才下床，打开门探出头看了看。

"我爸出去了。"何苗说。

"你哥哥房间在哪？"罗佳蕊问。

这是罗佳蕊第一次走进男生的房间。她一直以为男生的房间都是又脏又乱，但何谷的房间却异常整洁，单人床上床单平整地铺着，被子也叠得方方正正，书桌上的书摆放整齐，文具也被收纳在固定的位置，台式电脑的显示屏干净得都能拿来当镜子了。

"我哥很爱干净。以前他还经常帮我收拾，后来我跟他说别进我房间后他才不再给我收拾了。"

墙上贴着不少海报，看上去像是男生喜欢玩的游戏。

"你哥爱玩游戏？"

"应该是吧，我也不知道。放了学后我们就各自待在自己的房间，不知道他都干些什么。"

"能打开电脑吗？"罗佳蕊问。

何苗疑惑地皱了皱眉，然后点点头。

没有设开机密码，桌面看上去也是游戏图片。她点开桌面上的QQ图标，需要输入密码。

"你在干什么？"何苗问。

"想看看能不能查到点什么。"

"查什么？"

"你哥究竟发生了什么。你有没有想过，如果他不出现在那条路上，也就不会出车祸了。他为什么会去那里呢？你以前不是担心他被骗吗？如果他的确是被骗了，你不想知道是谁骗了他吗？你不想知道亲人究竟发生了什么吗?"

最后这句话,更像是说给自己听的。

何苗沉思片刻,眼里的迷茫逐渐消失了。"想!"她坚决地点了点头,"可是该怎么查呢?"

"知道你哥的 QQ 密码吗?"

何苗摇摇头。

"你哥哥生日?"

"应该是 9 月 20 号……我们生日差了十八天,我都很久没给他过生日了……"何苗说着又哭起来。

"哪一年?"

"1997 年。"

罗佳蕊把这些转换成可能的密码,一个个尝试着。没有成功。

"你的生日呢?"

"2001 年 10 月 8 号。"

罗佳蕊再次尝试,依然无果。她咬着嘴唇思索着。

"你妈妈的生日呢?"

何苗摇了摇头。

会不会跟打游戏有关?她突然想起。然后点开桌面上几个游戏的图标,可都需要输入密码。她再次尝试,游戏有输入密码次数限制,导致账号被锁。她吐了吐舌头,把游戏关掉。

或许这真的超出她的能力范围了,不就帮爸爸发现了一个爸爸没有注意到的地方吗?难道我真因为这个觉得自己能干点什么了?她无奈地想。可心里依然有不甘。上网,可以从何谷上网的记录来查。她又突然想到。

好在浏览器的记录还都保存着。最近的一次记录的时间,就是在事故发生的前一天。

"你哥,好像在打工。"

打开何谷访问过的网页后,罗佳蕊发现那是一个同城招聘的网站。

"那我哥给我买 iPad 的钱是打工赚来的?"

"你说你哥是什么时候送你的 iPad 来着?"

"10 月 8 号。我生日那天。"

罗佳蕊把浏览器记录翻到那之前的一段时间,一个个浏览。她发现,何谷开始访问同城招聘的时间,是 9 月 20 号那天。在那之前,看的都是游戏网站、游戏论坛之类的。

"你哥哥是从 9 月 20 号才开始找兼职的,十几天的时间,应该赚不到能买一个 iPad 的钱吧?"

"怎么也要 2000 多,凭他的能力,应该赚不到。9 月 20 号……他怎么从那天开始突然找起工作来了……"

"你不明白吗?"罗佳蕊问。

何苗摇摇头。

"那天是他满十八岁的第一天啊。"

何苗沉默了,她坐到哥哥的床上,双手抱住膝盖,把头埋进膝盖中间。不一会儿,罗佳蕊注意到何苗的身子轻轻抖动了起来,她走过去,坐到何苗身边,轻轻搂住她的肩膀。

在事发的前一天,何谷访问了招聘网站,看的大都是兼职零工之类的,最后一个访问的,是一个传单发放的兼职。然后在站内消息收件箱里,她发现了通知何谷时间地点的邮件。事发当天,何谷是去做兼职了,这一点可以确定。那他去出车祸的那个地方,跟这个兼职有关系吗?晚上十点去个没人的地方发传单?不可能。不过,即便何谷去那个地方跟兼职无关,或许通过那个兼职可以了解到一些情况。

她又打开何谷应聘的那个兼职。

急招！

传单派发！

七十元每天，日结。

明天是周六。她转过头问何苗：

"有兴趣去做个兼职吗？"

十六

"你们满十六岁了？"男人一脸狐疑地问。

"当然满啦，怎么我们长得有那么小吗？"罗佳蕊笑着说。

"要不是我急着用人……算了算了，反正就是发个传单。先说好了啊，一天七十，要做满三天，三天后一次结清，中途走人可就没钱了！"

"啊？不是写的日结吗？"

"以前是日结的，就前几天，我招了四个小伙子，结果有一个干了第一天就没来了，第二天，又走了一个，现在就剩俩人，要不然我也不会这么急着招人。"

何苗用胳膊肘捅了捅罗佳蕊。

"是这样啊……怎么做了一天就不做了？是不是太累了啊？"

"怎么会！这个工作不要太轻松。我看那小子是太笨了，看着就一脸憨样，总是嘟着个嘴。"

"他是不是叫……"何苗刚要开口说话就被罗佳蕊打断了。

"发个传单都不会，肯定笨死了。"罗佳蕊说着冲何苗使了个眼色，示意她不要再开口，"对了，另外两个人来了吗？"

"那俩小子每次都磨磨蹭蹭地很晚才来，要不是招不到人，才不用他俩,看着就像偷奸耍滑的。你们俩可不要像他们俩那样。"

"不会的,不会的。"

"行了,你们两个一组,我来告诉你们在哪发,不要跟那两个小子发的地方重了,要分散开。"

男人给她们指好了位置,最后说:

"别偷偷往垃圾桶里扔啊,我们可是有人监督的。"

"哎呀,怎么会扔到垃圾桶里。不会啦。"

"刚才他说的那个人肯定是我哥!你怎么不让我问啊?"何苗有些不满地问。

"从他说的来看,他不知道你哥出了事儿,所以不管你哥出了什么事儿,跟他应该都没关系。你这么直接地问他,他肯定会起疑。我们先等另外两个发传单的来,他们在一起发传单,知道的应该比刚才那人知道的多。如果另外两个人也不知道,我们再回头问他,这样比较保险。"

何苗默默地点了点头。

罗佳蕊第一次干这个,有些新鲜感,还有些紧张。她把手里的传单递向来往的行人,有的人接过去,有的人无视,有的人甚至会不怎么友好地拒绝。每次被无视或拒绝的时候,罗佳蕊都觉得不开心。她突然回想起关于妈妈的一段记忆。那时候她还小,跟妈妈上街,碰到街头发传单的人,妈妈接过来,走了几步遇到垃圾桶后就丢掉了。她当时问妈妈:既然你不要干吗还要接过来呀?妈妈说:那是他的工作呀,需要有人配合才能完成,我们都不配合,他的工作就没法完成。想到这里,她突然觉得妈妈是那么温柔,然后心里又隐隐难受起来。

"另外两个发传单的人来了。"何苗小声说。

罗佳蕊沿着何苗手指的方向看去,看到马路对面两个比她们大几岁的男孩子站在路边,不耐烦地发着手里的传单。

"要过去问问吗?"何苗问。

"再等等。"

"等什么?"

她也不知道等什么,只是不太确定就这么冲上前去问到底可不可行。得想个办法。可就在她思索的时间里,何苗早就穿过马路。罗佳蕊赶忙跟了过去。

"你们好。"

罗佳蕊抢在何苗前面开口。

对方上下打量了她们两个一番,那眼神让罗佳蕊感觉不舒服。

"你谁啊?"高个子男生问。

"我们也是发传单的。"罗佳蕊举了举手里的传单,"今天是第一天。想问问是不是很累啊?听说有两个人做了一两天就不做了。"

"对你们两个小丫头片子来说应该是累的吧?"矮个子男生笑着说,"你们初中都还没毕业吧?"

"你们认不认识何谷?"何苗突然开口问。

罗佳蕊扭头看了看,何苗迫切的表情一览无余。

"何谷?"高个子男生皱了皱眉,"谁啊?"

"外号嘟嘟。"何苗补充。

两个男生愣住了,过了好一会儿才互相看了看,高个子男生阴着脸说:

"不认识。你们赶紧走,我要干活了。"说着要走开。

"不对,你们认识他的对吧?我刚才说嘟嘟的时候你们的反应,肯定是认识的!"何苗扯住高个子男生的衣袖。

"松手!"对方恶狠狠地说。

"我不放,除非你告诉我!"

"来来来，来这边说，别在这边拉拉扯扯的，被老板看到了我们钱就拿不到啦。"矮个子男生笑着从中劝和。

她们跟着两个男生来到一个小巷子。

"你们是谁？"矮个子男生问。

"我是何谷的妹妹。"何苗回答道。

"你们想问什么啊？"

"我想知道那天我哥哥出了什么事儿。"

"你们知道些什么？"

"我们什么都不知道……"罗佳蕊想要阻止何苗，可已经来不及了，"所以才来问。"

"哦哦，"矮个子男生说着跟高个子对视片刻，"我们也什么都不知道啊。"

不对，他们肯定知道什么，他们在隐瞒什么。

"你们不是在一起发传单吗？你们肯定知道点什么对不对？我只想知道他那天到底出了什么事儿！"何苗不依不饶地问。

"你是他妹妹？"高个子男生不知道什么时候点起了一支烟，斜着眼问。

"对，我是他妹妹。"

"跟他一样蠢。"高个子男生不屑地白了何苗一眼。

"你！"何苗瞪大了眼睛，气鼓鼓地看着对方。

高个子男生把烟扔到地上，用脚狠狠捻灭后要走。

何苗扯住对方的胳膊。

"妈的松开！"高个子男生猛地抬起胳膊，挣脱了何苗的拉扯。何苗摔倒，罗佳蕊赶紧把她扶起来。

"是不是你们害死了他！"何苗大喊，"你等着，我会报警的！"

高个子男生转过身，大步走过来，扭住何苗的领子。矮个子男生也走过来,但这次没再笑着做和事佬。罗佳蕊心跳加速,她觉得形势不对,她后退两步,悄悄掏出手机,找到爸爸的号码,拨出去。

"你到底知道什么?"矮个子男生阴着脸问。

"你松开手!"罗佳蕊走上前,举着手里的手机,"我已经报警了!"

矮个子男生皱了皱眉,然后冲着罗佳蕊走过来。男生眼神冰冷,罗佳蕊向后倒退,恐惧像是一座猛然逼近的墙,向她压迫过来。她转身就跑,但才跑几步就被抓住了后衣领,她一下子觉得喘不过气来。

"喂?"她听到手机话筒里传来爸爸的声音。

喉咙被衣领紧紧箍住,发不出声音,她把被向后拉扯的衣领拼命向前拉,用沙哑的声音喊:

"爸爸救我!林南路!"

手机被夺走了。领口的拉扯松开了。

她张大嘴巴,大口呼吸。

十七

罗宋在半梦半醒之间辗转挣扎了许久,终于彻底醒来的时候,觉得饥肠辘辘,不知道究竟睡了多久。

头不那么疼了,可还是感觉全身酸软,没有力气。他坐起身来,把只着内衣的身体暴露在冰冷的空气中,多少清醒了些。得找点吃的。他在厨房翻了半天,也只找到半包挂面,他用清水煮了,加了点盐,就这样狼吞虎咽地吃了。然后点起一支烟,深吸一口。

终于彻底活过来了。

终于可以思考了。

总有一种有什么问题被忽视了的感觉。昨天他没有感觉到破案后的轻松,但又说不出问题出在哪里。他应该注意到了什么地方不对劲,但那是在潜意识里,浮不上来,他看不清。他闭上眼,在脑海里回放案子的相关细节。柳文远意外撞死何谷,然后又失手杀了林玲莉(如果相信柳文远的说法的话),在这之后抛尸,伪装成抢劫杀人。有什么地方遗漏了吗?如果说还存在什么疑问的话,何谷为什么会在晚上十点出现在如此偏僻的地方算是其中一个。但不管原因是什么,并不影响他是被撞死的这个事实。不对,还有一个疑问。何谷身上的伤。尺骨骨折跟后背上的淤青,是车祸造成的吗?

这是两个存疑的地方,但似乎也并不是真正让他耿耿于怀的问题。真正的问题还隐藏在别处。他得弄明白。

罗宋来到法医办公室的时候,光头正跟高振两个人啃鸡爪子。

"你小子怎么在这里?"罗宋问。

"我不是在写报告嘛,有些地方要找高法医确认,这不高法医非得拉我啃鸡爪子。"

"还我!"高振伸手抢光头手里的鸡爪子。光头闪身躲开,手里的东西拼命往嘴巴里塞。

"你也来点?"高振问罗宋。

罗宋摇摇头。

"找我有事儿?"

"关于何谷的案子,想问你点问题。"

"不是结案了吗?你这老小子不会又想翻案吧?"高振啃着鸡爪子,白了罗宋一眼。

"滚。就是有点事情想不通。"

"唉!"高振长叹一口气,放下手里的鸡爪子,"我呀,最怕你想不通。问吧!"

"我们发现何谷的时候,他的左手尺骨骨折,后背有淤青,这些是车祸造成的吗?"

"我只能说,车祸有可能造成这样的结果。但没法证明这两者之间的因果关系,除非有其他证据予以支持。"

"也就是说,也有可能不是车祸造成的?"

"老罗你这可就钻牛角尖了啊。当然有可能不是车祸造成的,被人打的、摔跤摔的,都有可能,可是这些怎么证明?况且不是有视频吗?那段视频昨天我也看了,从撞击的位置上来看,跟淤青的位置基本吻合,至于骨折,也有可能是在摔落的过程中造成的。"

罗宋没说话,皱着眉思索。

"你这么说,是有发现什么其他证据吗?"

他摇摇头。

"是你的直觉?"

"不能算直觉。是有个疑问。"

"什么疑问?"

"何谷去那个地方干什么?"

"我当是什么呢。这算哪门子疑问?回家路上,约会路上,迷路了,都有可能啊。"

"如果按照你说的这几个,迷路了的可能性最高。"

"我来猜一猜你心里的想法啊。"高振擦了擦手,"你是怕何谷身上的伤,是在出车祸前造成的?"

罗宋点头。

"你是觉得他可能遭到了殴打?你还担心,如果他是因为被人殴打,比如说被人追才跑到了那个地方,才出了车祸,那么打他的人也要为此负责?"

罗宋咧嘴笑了笑。

"真不愧是我肚子里的蛔虫。"

"你那德行我还不了解？我就没见过像你这么刨根问底的人。"

人们觉得刨根问底的孩子可爱，但刨根问底的成人就有些惹人厌了：仿佛刨根问底是长大后不得不抛弃的恶习，难得糊涂才是成人世界的美德。罗宋心里清楚，自己就是那种惹人厌的人。

"那你有没有觉得有什么不对劲的地方？"

"可别来诱导我啊。没有，我没有觉得不对劲的地方。我觉得证据充分、事实清晰，可以结案了。你个混小子能不能别吃了？"高振说着敲了敲光头的脑袋，"我跟你师父说话这会儿你一刻也没闲着啊。你不是在写结案报告吗？赶紧去写完结了啊，好让你师父死了心。"

"老高，我师父既然觉得有问题，那就说明真的有问题。你不能这么糊弄事儿。"光头没放下手里的鸡爪子，也没停止嘴里的咀嚼。

"嘿，吃人家嘴也不短。"

"不就啃了你俩鸡爪子吗？！"

"我这一盒鸡爪子都被你啃完了！行，既然你同意你师父说的，赶紧去查吧，看你也够闲的。"

"光头，去把行车记录仪的视频拿过来，让老高再看看。"

"我已经看过了啊。"

"再仔细看看。看完我请你吃鸡爪子。"罗宋拍拍高振的肩膀。

"好咧。"光头擦擦手。

"真后悔认识你们师徒俩啊。"

尽管高振嘴上说着不情愿，可看视频的时候，依然瞪大了眼睛，专注得像个孩子。慢速看完后，高振用力眨了眨眼，然后把视频停在撞击发生的一瞬间。

"你们看，撞击点在左侧车灯的位置，撞到何谷的后背，位置的确跟淤青的位置相符。所以可以考虑车祸跟淤青是因果关系，至于骨折，就没办判断了。"

罗宋没有说话，他在思索。他觉得自己抓到了那个让他耿耿于怀的点。昨天他就应该注意到的，只是那时的他太累了。他开口：

"你们不觉得，何谷从路边出来的姿势，有点奇怪吗？"

"奇怪？"高振问。

"光头，往前回放何谷出来的那一段。"

"我怎么觉得，这个何谷像是猛地跳出来的？"光头说。

罗宋点头。他也有这个感觉。

"不会……是自杀吧？"

"谁会选择在一条偏僻到没什么车经过的路上自杀？"高振说着摇摇头。

"把速度再调慢一点。"罗宋说。

光头调慢速度，再次回放。

"你们有没有注意到，何谷出来的时候，头是低着的，而且……闭着眼。"

高振愕然，瞪大了眼睛。

"老罗你别吓我啊。"

高振噌的站起身，到档案柜里翻箱倒柜，最后翻出几张照片，仔细看了起来。过了好一会儿，他才开口说：

"被你这么一说……根据视频里看到的，后背处的淤青是因为车祸撞击造成的，但对于时速五六十公里的撞击来说，这个淤青的范围，过于小了……即便是用被撞后猝死这点来解释，也有点说不通。"高振眉头深皱，"但如果用你刚才说的这个可能来解释，倒是说得通了。血液流动才会形成淤青，但如果用充分的力道重击尸体，还是会造成血管破裂，淤积在内的血液还是会渗透到遭受重击的区域，形成淤青。只有这种情况下，才会在高速撞击下只形成了如此小范围的淤青。"

"你是说被车撞的那会儿,何谷已经死了?死了怎么跳出来?"说到这光头愣住了,随后声音有些颤抖地说:

"我操!僵尸啊!"

听到光头的这句话,罗宋竟然也起了一身的鸡皮疙瘩。

"僵你个头!"高振给了光头一个爆栗子,"这像是个刑警说出来的话吗!"

"光头,去技术那边,看看能不能通过技术手段,把视频里何谷从树后出来的那一段放大,清晰度提高?"

"好,我这就去。"

光头终于放下手里的鸡爪子,擦了擦手,一脸严肃地出去了。

"这是抛尸啊。"高振说。

罗宋点点头。用抛尸这个答案能解答他脑海里所有的疑惑。

脑海里的雾彻底散了,无比澄明,红灯停止闪烁,真相显露出来。

"这个何谷也真够惨,不管是因为什么原因死的,死后也不能消停,被人抛尸两次。"高振摇着头说道。

这个刚刚成年,有心脏病跟脑瘫的年轻人,究竟遭遇了什么?罗宋思忖。

他竟然想不起来何谷的模样了。

罗宋这次没有梦到雾。他梦到一个背影。

他没见过何谷的背影,但在梦里,他清清楚楚地知道那是何谷。

何谷背对着他,低着头,挪着僵硬的步子缓缓向前,垂在两侧的双手微微晃动。就像是光头口里的僵尸。但他没觉得害怕,他只想赶上前去,问问他究竟遭遇了什么。他追不上,无论他走得多么快,他都没能距离何谷哪怕更近一步……

焦虑让他醒了过来。他从会议室的沙发上坐起身。身上不知道什么时候被人盖上了件衣服，他看了看，是光头的羽绒服。

他用双手搓了把脸，点起一根烟，默默地抽着，回想着那个梦。

门开了，一阵冷风吹进来，他打了个寒战。

光头站在门口，门外的光线太强了，他只能看到光头的剪影。

他注意到光头身子在微微颤抖，不知道是因为只穿了件衬衣，还是因为别的什么。

"宋哥。"光头说着举起了手里拿着的东西，"我们发现了点什么。"

罗宋站起身，仿佛梦里的追赶耗尽了他的力气，他觉得双腿酸软。他走到门口，接过光头手里的东西。

那是几张图片，视频图像截取放大得来的图片。

第一张上，何谷头低垂，双眼紧闭。处理过后的照片十分清晰，一眼就能看得出，那是张死人的脸。

第二张是一段树干，而从树干后，探出来一双惨白的手。

十八

罗宋盯着吴局右手手指。

那手指在办公桌上有规律地敲打着。随着他的讲述，敲打的速度越来越快，变得没了规律，像是乱了阵脚的军队。他讲完后，吴局的手指并没有停下来。另外一只手拿起放大了的图片，眉头皱得能塞进一枚硬币。

啪。

图片被摔在桌上。手指的敲打终于停止。

"赶紧把这个人找出来。"吴局说。

吴局不再像以前那样，要对案件侦破的过程事无巨细地了解，也不再像以前那样给出明确的指示。只注重结果。这是领导们的通病。

罗宋也不再多说什么，站起身，拿起桌上的图片。

"身体还顶得住吧？"吴局开口。

"还死不了。"他咧着嘴笑了笑。

吴局瞪了他一眼，又冲他扬扬手。

死是死不了。可他觉得冷。他裹了裹衣服，但那冷是从身子里面透出来的，衣服裹得再紧也没用。他快要发烧了。喉咙也不舒服，他咳了两声。

"宋哥你没事儿吧？"光头关切地问。

他摇摇头，没接话。得赶紧去查案，趁他还没倒下。

电话响了，他从兜里掏出来。是女儿。

"喂。"他说。

"爸爸救我！林南路！"

女儿颤抖的声音之外，还有急促呼吸声，以及奔跑时手机撞击身体发出的声音。他浑身的汗毛都竖了起来。血液仿佛克服了万有引力，全都往上涌，他觉得眼前一黑，身子晃了晃。电话断了，只剩下忙音。

"喂！"他大喊。

"怎么了宋哥？"

他赶紧回拨女儿的电话，无人接听。他抬腿跑了起来，顾不得原本手里拿着的图片纷纷扬扬地落了一地。

上了车，他打火，可踩离合的脚抖得厉害，没办法起步。光头上了副驾驶，气喘吁吁。

"妈的！"他用拳头狠狠地砸了砸方向盘，然后转向光头，"你来开！"

"去哪？"车发动起来后，光头问。

"林南路！"

罗宋的手紧紧地抓住头顶上的扶手，身体前倾，后背离开座椅靠背，盯着前方的路："拉警笛！能开多快开多快！"

光头大脚油门踩下。

一路上光头都没有说话，专注地开着车，左右穿插，轮番踩着油门跟刹车。再拨打女儿电话时，提示已关机。

"宋哥，林南路的什么地方？"车速慢了下来。

他不知道，女儿只说了林南路。

"开慢点，眼睛瞪大了，找蕊蕊。"

"蕊……蕊蕊？出什么事儿了？"

他摇摇头，眼睛四处看着。

一脚急刹车，车停了下来。

"宋哥，蕊蕊在那里！"光头喊道。

他向光头指的方向望去，一条小巷子里，女儿正跟另一个女生蹲在地上。他赶忙下车，往女儿跑去。女儿看见他，起身，等他赶到后，紧紧地抱住了他。他终于放下心来，轻轻抚摸着女儿的背。就像女儿小时候那样。

"到底出什么事儿了？"

看到正在地上蹲着埋头哭泣的何苗，罗宋终于忍耐不住，问女儿。

女儿用袖子擦了擦眼泪，开始对他讲述事情的经过。

"这两个人你们第一次见？"女儿讲完后罗宋问。

在女儿的讲述过程中，何苗终于停止了哭泣，站起身来。

两个姑娘一齐点点头。

"带我去那家让你们发传单的店。"

一进店门，一个中年男人就气冲冲地走上前来。

"我说你们两个小姑娘去哪了?我刚出去看,怎么你们四个人一个都不见了?你们可是拿钱干活的!"

罗宋用手顶住对方的胸膛,阻止他靠近女儿。

"你谁啊?"男人眼里有了敌意。

罗宋懒得跟他废话,从口袋里掏出证件,亮在对方面前。男人眼里的敌意变作惊慌,然后责备地看了罗佳蕊跟何苗一眼。

"另外两个发传单的是谁?"他问。

"我也不认识啊,网上找的。"

"名字、手机号,这些总该有吧?"

"没有啊。他们都是在网上申请的,我也是在网站上发信息告知地址的,没有通过电话。就是发个传单而已,也就三四天,没必要签合同吧……"

听到这里,罗宋皱起眉。

"不……不违法吧?"男人小心翼翼地问。

他瞪了男人一眼,男人扭过头,不敢跟他对视。

"哪个网站?"他问。

好在网站的 ID 绑定了手机号。查到机主是一个叫韩天龙的十八岁男性。罗宋给女儿跟何苗看了韩天龙的身份证,她们一致确认韩天龙就是其中那个高个子男生。他尝试用手机拨打,对方没有接听。

由于韩天龙跟何谷的案子有重大关联,罗宋申请了手机定位。他把女儿跟何苗在局里安顿好后,跟光头向定位所显示的位置去了。

定位只是一个大致的范围,显示对方在某个大型商场内或附近。罗宋跟光头仔细寻找,在商场南侧肯德基门口,他们看到了韩天龙。跟他在一起的男生,应该是女儿提到的那个发传单的矮个子男生。两个人正抽着烟,凑着头嘀咕着什么,表情十分严肃。

一想到女儿的遭遇，罗宋的怒火就燃烧起来，大步走过去。

矮个子男生似乎注意到了他们，疑惑地看着罗宋。就在罗宋即将靠近的时候，他拔腿就跑。罗宋追了上去。

他很久没有这么跑过了，再加上感冒未愈，他觉得自己就像是一台即将报废的破车，没跑几步就气喘吁吁，胸口火辣辣地疼。矮个子男生拐进了一条胡同，眼看就要把他甩掉了，他跑不动了，扶着膝盖，大口喘息。然后他想起女儿的脸，想到女儿曾被那个小子欺负，这让他有了动力，他直起身，继续向前跑去。

拐进胡同后，他没有看到对方的身影。就在以为追丢了的时候，他注意到这是个死胡同，胡同尽头的垃圾桶下方，露出了一双脚。他冷冷地笑了笑，停下脚步，等心跳不再剧烈，呼吸不再急促后，他点起一支烟，深吸一口，然后向垃圾桶所在的方向走去。丝毫没有想到有一场险恶在等待着他。

再次醒来时，他觉得浑身冰冷。他从没觉得这么冷过，第一次有了被冻僵的感觉。他用了好大的力气才动了动身体，随后感觉到额头处的痛。他摸了摸，血已经干了。我到底在这里躺了多久？他忍不住想。

天已经黑了，远处传来的热闹声更加衬托出这条胡同的静。他艰难地坐起身，靠在墙上。泔水的味道刺鼻，他掏出烟，用烟的味道掩盖泔水味。

突然亮了起来。他抬起头，是遮挡着月亮的云彩飘走了。满月，月光亮得甚至有些刺眼，四周都被覆盖上了月光的银，连垃圾桶都变得超凡脱俗起来。真美。他感叹道。他不想起身，就想坐在这片垃圾里，让月光给他也镀一层银，给他的人生添点亮。

电话声打断了他的胡思乱想。他接起来。

"宋哥你在哪呢？"光头的声音焦躁得很。

我在哪？我被一个十七八岁的小子敲破了头，我躺在垃圾堆里，我在人生的低谷里。

"我一会儿回局里。"说完他挂了电话。

地上有个东西反射着月光，他凑近了看，是个啤酒瓶，他拿手机照了照，上面有血，应该是他的血。他从垃圾桶里找到一个相对干净的塑料袋，把酒瓶包了，迈着失败者才有的步伐离开了胡同。

罗宋一直没找到机会照镜子，但从其他人的眼里能猜得出他此刻是什么模样。进局里的时候，门卫差点把他拦了下来。

"宋哥，你……"光头瞪大了眼睛，手还往鼻子上挡。

"那两个小子都抓住了吗？"他问。

"高个子那个被我当场抓住了，后来去找你，怎么也找不着，打你电话也不接。然后我在路上碰到了矮的那个。现在俩人都在审讯室关着呢！"

"有问出什么吗？"

"没有……"光头摇摇头，"俩人肯定串好供了，承认何谷出事儿那天跟何谷一起发过传单，但一口咬定发完传单后就分开了。现在在查事发当天那周围的监控。"

"那个矮个子在哪？"

"三号审讯室。"

他往三号审讯室走去，手里拎着装有酒瓶的塑料袋。光头跟在身后，问他怎么了。他没开口。

矮个子看到罗宋进来后，嘴角泛起讥笑。

罗宋坐下，点起一根烟，打量着对面的年轻人。十八九岁的模样，有着超越了年龄的眼神，肆无忌惮地盯着他看。年轻真好啊。眼里燃烧着火，什么都不怕，觉得什么都会臣服在自己脚下。可生活在前面等着呢，早晚把你眼里的火扑灭。

"可能在何谷这件事儿上,我们冤枉你了。"抽完一根烟后罗宋才开口。

对方嘴角的讥笑扩大了,露出了牙。牙很白。

罗宋把酒瓶从塑料袋里露出来,隔着袋子握住瓶口的位置。对方眼里一抹惊慌转瞬即逝。

"怕我敲你脑袋?"他问。

对方不屑地哼了一声。

"这件事儿上可没冤枉你。这个,"他说着指了指酒瓶,"上面有你的指纹,有我的血。袭警、故意伤害、妨碍公务,能判几年?"他扭过头问光头。

光头惊讶地看着他,吞了吞口水。

"三……三年吧。"

够了。三年,足够熄灭你的火了。

他站起身,没有看对方脸上的表情。

他进了厕所,终于在镜子里看到自己。他有一种想要打碎镜子的冲动,仿佛呈现出这样一个失败的自己,全是镜子的错。他走进隔间,关上门,坐在马桶上。

他捂住脸。

罗宋在卫生间待了很久。把头跟脸上的血洗掉,好在伤口不深,不需要缝合。他把头发梳理整齐,用纸沾着水把衣服上粘的脏东西擦掉,用肥皂洗手,洗了好多遍。做完这些后,他才终于觉得自己缓了过来。但身上的泔水味还是散不去。他时不时低头闻闻。

他们让韩天龙回了家,以故意伤害跟妨碍公务的名义拘留了赵云成——那个矮个子男生。不管怎么说,罗宋很高兴看到赵云成脸上没了先前的嚣张。听到被拘留的消息时,赵云成皱着眉,紧紧抿着嘴,脸上终于有了焦虑。但关于两人跟何谷的死之间的关联,尚未查清。高振后来补充说，何谷后背上的淤青是由于死后遭到的撞击，但骨折则有很大可能是在生前，至少也是在濒死时形成的。所以推测是两人因某种原因，例如殴打，造成何谷骨折，从而导致何谷心脏病发身亡。但没有任何证据予以支持。

已经是晚上九点，何苗的爸爸来接何苗回了家。女儿还没走，在局里等他。好在女儿没有见到他落魄的模样，对于额头上的创可贴，他也只是一句话带过。

等终于忙完了，他跟女儿踏进银色的月光里。他故意走得很慢，时不时地斜着眼看一眼女儿。走着走着，女儿挽住了他的胳膊，他不动声色地笑了，心里的苦涩终于彻底烟消云散。他得意地吹起了口哨。

"你身上怎么这么臭！"女儿突然放开了他的胳膊，说。

他笑了起来。

上车后，罗宋主动跟女儿讲述了关于何谷案子的最新发现，以及对韩天龙跟赵云成的审讯结果。他觉得女儿有权知道。当然，在一些细节上，他还是有所保留。

得知何谷的死并非单纯的车祸之后，女儿沉默，不再说话。罗宋以为女儿心里又难过起来，他想说点什么安慰一下她，但又不知道该说些什么。不管什么时候，语言都是最苍白无力的。就在他如此感慨的时候，女儿突然开口了。

"那天跟何谷一起发传单的，除了那两个人之外，还有一个人。"

他有些惊讶，扭过头，看到女儿专注的神情。

"那个老板说，有一个干了第一天没结账就不干了，根据他的描述，这个人指的是何谷。然后过了一天，又有一个人没结账就没再来了。你说，这个人会不会知道些什么？"

原来女儿之前的沉默是在思考。罗宋松了口气。他很感谢女儿在这个案子上再三帮忙,但他又有些焦虑起来,因为他觉得女儿距离踏上他走的这条路,越来越近了。

他叹了口气。

外面的月光朦胧了起来,又要起雾了。

十九

徐广斌睁开眼,大口喘气。刚才的梦让他出了一身的冷汗。其实那不是梦,是记忆在梦里重现。何谷微微僵硬的身子伏在他的身上。

这不是第一次了,应该也不会是最后一次。

窗帘没有拉上,外面的月光透过窗照了进来,有一种阴森的感觉,何谷伏在他后背上的感觉再度袭来,他瞬间起了一身的鸡皮疙瘩。他赶忙把灯打开。亮起的灯让他稍稍安下心来。

他看了看时间,十一点五十分。再过十分钟,他就满十八岁了。

除了何谷的事儿,这是第二件让他难以释怀的事情。正是在这两件事的互相作用下,他才下定决心,跟他们一刀两断。赵云成给他打了好多个电话他都没接,到最后他干脆把赵云成的手机号、QQ号都拉了黑名单,连带着韩天龙的一起。

早就该这样了。他有些后悔没有再早些跟他们断绝关系,起码在何谷出事之前。想到这里,他多少有些悔恨,用力拉扯自己的头发。他从床底摸出烟跟打火机,来到窗边。打开窗,一阵冷风吹进,他打了个战。打了好几次火都没打着,他焦躁起来,又担心打火的声音会被父母听到。要是让爸爸知道他抽烟,非打死他不可。

火终于打着了,他把烟点燃,头探出去一半,留意不让烟跑到屋内。他深吸一口,吸得有些猛了,他觉得有些头晕。

他小心翼翼地抽着,望着外面。外面一片寂静,楼下昏黄的路灯被月光衬托得更加暗了。他希望看到太阳。他迫切地期待天明，期待太阳升起来的那一刻。

烟抽完了，他把烟蒂用力弹出。红色的点在空中划出一道弧线，然后消失不见。

过去的，就让它过去吧。我要好好活下去。我已经成年了，我要像个大人一样生活。他如此想到。

毕竟那是何谷自己做出的选择。

毕竟人死不能复生。不是吗？

二十

"知道为什么找你来吗？"

光头问这句话的时候，一副早已对事情的经过了然于胸的模样。

罗宋从女儿那得知了当天跟何谷一起发传单还有另外一个人，而在调取到的当天的周边的监控里，也拍到了除了何谷、韩天龙、赵云成之外的第四人。这第四个人何苗认识，她说那个人叫徐广斌，是他哥哥的小学同学。经过进一步调查，徐广斌跟韩天龙、赵云成，目前都就读于本市某技校。

此刻徐广斌垂着头坐在桌子对面。罗宋仔细打量他的反应。没说话，但也没露出茫然的表情。这就足够了。

"不说话是吧？"光头继续演戏，"不说话也没关系。反正韩天龙跟赵云成都已经招了。哦，对了，你不想知道他们怎么说的吗？"

徐广斌抬眼看了看光头，又马上垂下。

"我猜你是主动要求自己扛的吧？"

徐广斌终于抬起头来，张大了嘴巴。

"也难怪啊。出事儿的时候他们俩都满十八周岁了，只有你还不满十八周岁。哟——"光头低头看了看手上的资料，"今天你生日啊？生日快乐啊。不过考虑到犯事儿的时候不满十八周岁，量刑应该会轻一点。你可真够哥们儿。"光头说着冲徐广斌竖了竖大拇指。

徐广斌瞪大了眼，满脸通红，额头上的青筋鼓了起来。

"如果你没什么其他要说的，那这个案子就按你主犯，韩天龙、赵云成从犯结案了。宋哥，我们走吧。"

光头演技见长。罗宋在心里笑了笑，配合地站起身。

"我不是主犯！"徐广斌终于开口，喊着说，"赵云成才是主犯！"

"这……"光头露出一副为难的表情，"你们说法不一致啊，可是他们两个人，你一个人，二比一，你吃亏啊。所以，你最好说详细点。"

"我能抽根烟吗？"徐广斌说。

"电视上学的吧？招供之前先来根烟？"光头调侃。

罗宋掏出烟，点燃后递给他。

徐广斌猛抽几口，审讯室里弥漫起烟雾。徐广斌会把事情的经过事无巨细地说出来，罗宋心里清楚，所以不必着急。他也点上一根烟，靠在椅背上，跷起二郎腿。

"提出去碰瓷的，是赵云成。何谷死了后说要抛尸的，也是赵云成！都是他，都是他害了我！"徐广斌恶狠狠地说。脸上凶狠的表情让他看上去远不止十八岁。

碰瓷？罗宋皱起眉。

"从头说。"罗宋弹了弹烟灰。

"两个多月前，我跟韩天龙跟赵云成逛街的时候，碰到了正在发传单的何谷。他们俩不认识何谷，我就跟他们说：'看，我们学校的傻子。'"说到这里，徐广斌抬头瞥了一眼，"其实我那时候没别的意思,就是想指给他们看看。可能是那天太无聊了吧,韩天龙就怂恿我们去逗他。他从何谷身边走过,何谷递给他一张传单,他又走回来,何谷又递给他一张传单,等他第三次从何谷面前走过的时候,何谷就没再给了。韩天龙问:'你为什么不给我啊。'何谷没理他。但他不依不饶,还去抢何谷手里的传单。抢的过程中,韩天龙不小心把何谷的手指弄折了。"

"不小心?"光头皱着眉问。可能是因为光头声音里透出来了点怒气,徐广斌小心翼翼地看了光头一眼,又看了看罗宋,然后低下头。

"我也不知道韩天龙是故意的还是不小心。何谷捧着手蹲下了,看上去很痛苦。我有些慌了,拉着他们要走,可是他们俩没有要走的意思。后来赵云成把何谷扶起来,把他带到一个小巷子里。再后来我才知道他打算干什么——他很聪明,脑子一直转得很快。赵云成问他:'我们要不要带你去医院?'何谷疼得头上都冒汗了,一个劲儿地点头。赵云成说:'可是我们没钱啊。要不这样,一会儿我们到街上,找辆走得慢的车,你倒在他车头前。我们来帮你要钱。'我才知道他是打算碰瓷。何谷不同意,拼命地摇头。可赵云成跟韩天龙不管不顾地把他架起来,来到街上,站在路边,找准目标后,赵云成一下子把何谷推出去了。那时候我要吓死了,还好车速慢,没有撞上。然后赵云成就跑上前去,装作十分关心何谷的样子,然后开始跟司机交涉。赵云成挑的是辆好车,一辆宝马,何谷的手又真的骨折了,最后他要来了一万块,他给了何谷一千五百块,说让他去看医生,然后就没再管他了。"

一些拼图严丝合缝地拼上了。

何谷手指的陈旧性骨折。两个月前给妹妹买的 iPad。

"你分了多少钱?"光头问。

"两……两千……"徐广斌吞了吞口水。

"剩下的他们两个怎么分的？"

"不知道……"

"继续说！"光头敲敲桌子。

"那之后的两个月我们都没见到何谷，我也不知道他怎么样了。那次的钱很快就花光了，赵云成用那些钱再加上生活费，换了个最新款的iPhone。他缺钱了，就又想到了那次的甜头，我们在他的怂恿下又去碰了几次瓷，可要么是人家只给几百块，要么就是司机选了报警。他就觉得，得真弄出点伤来才行，可我们都下不了手。上星期，我们应聘了一个发传单的活，等到了干活地点，发现何谷也在……要是那次没碰到何谷就好了，就不会有后面的事儿了……"

说到这徐广斌低下了头，脸上开始浮现出那么一丁点懊悔的神情。

"照你这么说，那何谷的死都怪他自己咯？"

"本来就是他自己选的啊！"徐广斌抬起头喊道。

自己选的？罗宋疑惑。光头也扭过头看了他一眼。

"赵云成问何谷还想不想像上次那样再赚点钱，说这次保证能赚更多。我本来以为何谷说什么都不会同意的，可是何谷犹豫了一会儿，竟然同意了！我知道他傻，可是没想到他会这么傻！赵云成说这次要找辆更好的车，要好好选，说他知道一个地方，是个酒吧，晚上豪车云集。晚上七点多，赵云成还请何谷吃了一顿必胜客，何谷吃得很开心。然后我们去了赵云成家里一个闲置的店面，那是赵云成家以前开包子店的地方，准备拆迁，就闲置下来了。赵云成找来一根擀面杖，让何谷自己打……何谷鼓了半天劲，才终于下了手……"

"是左手手臂吗？"光头问。

徐广斌点点头。

又一块拼图拼上了。为了碰瓷打断了何谷的胳膊。只是，打断胳膊的，真的是何谷自己吗？

"可是打完之后，何谷就不对劲了，脸憋得通红，看着像是喘不过气来，一开始我们还以为他是疼的，还嘲笑他。等他摔倒在地上，我们才明白过来不只是因为疼。我们都吓坏了，不敢动他……过了好一会儿，韩天龙才走过去看，然后他说……"说到这徐广斌顿了顿，"说没气儿了……"

徐广斌停止了讲述。罗宋跟光头也都没有开口。沉默伴随着弥漫的烟雾充斥着整个房间。

打破沉默的，是徐广斌抽泣的声音。他低着头，肩膀抖动着。悔恨吗？还是因为害怕可能要承担的后果？

"那之后呢？"罗宋问。

徐广斌用了近一分钟的时间才停止哭泣。他抹了把眼泪，抽抽鼻子。

"那之后我已经被吓傻了，接下来的事儿都是听赵云成安排。他跟我们说，要把何谷找个地方扔了。一开始说扔河里，后来他又改主意了，说是想到了个好办法，那会儿我已经不知道该怎么办了，他说什么就是什么。赵云成让我背着……"说到这徐文斌身子抖了抖，"背着何谷，带我们去了不远处一条偏僻的路上，我们藏在树后面，等车经过。那条路没什么人走，我们等了好一会儿才等到一辆车，车经过的时候，赵云成就把何谷一下子推出去了……然后，我们就跑了……再后面的事儿，我就什么都不知道了。那之后我都没跟赵云成还有韩天龙联系过！他们怎么是说我主使的呢？"徐广斌又哭了起来，"一开始弄伤何谷的是韩天龙，碰瓷是赵云成的主意，何谷是自己同意去碰瓷，也是自己打的自己，抛尸是赵云成指使的!"

"嚯,把自己摘得可真干净。"光头冷笑,"后面就没什么可说的了吧?"

徐广斌摇摇头。

"那就老老实实待着吧。今天你生日对吧?我们一会儿看看要不要送你一副银手镯。"光头说。

徐广斌一脸疑惑,随后反应过来。

"不关我的事儿啊!要抓也是抓赵云成啊!"他大喊。

罗宋把烟按在烟灰缸里熄灭,不带情感地看了徐广斌一眼。然后离开了那间烟雾弥漫的房间。

"宋哥,你觉得那小子说的是实话吗?"出来后光头问。

"基本上跟我们发现的情况相符,他应该没有撒谎。除了一点。"

"哪一点?"

"打断何谷胳膊的,真的是他自己吗?"

"可这个该怎么证明呢?"

"既然我们知道了事情的经过,让韩天龙跟赵云成开口就不成问题了。你演得不是挺好的吗,再演两场?"

"明白了!"光头胸有成竹,"你就瞧好吧!"

光头分别在韩天龙跟赵云成面前,把他们碰瓷以及何谷死亡的经过大概讲述了一遍,把唆使何谷碰瓷以及打断何谷胳膊的罪名安在了他们身上。在碰瓷这件事儿上,他们都辩解说自己不是那个唆使何谷的人,韩天龙说是赵云成,赵云成说是徐广斌。但在打断何谷胳膊这件事儿上,他们倒是说法一致,都说没有打何谷,甚至没有强迫他,是他自己打的。

所以如果徐广斌所述属实,那他们最终也不过需要为碰瓷以及抛尸两件事负责。他们会遭到什么样的惩罚?想到这里罗宋摇了摇头,他能做的工作已经做完了,剩下的,是检察院跟法院的工作了。

案子告破,罗宋心里不再有被某事儿所烦扰的感觉。黑雾已经散去,红灯不再闪烁。但这并不代表着心情舒畅,相反,他心情沉重。这是这个职业天生具有的矛盾,成功所带来的并非总是喜悦。他第一时间把事情的大概经过告诉了女儿,电话那头女儿没多说什么,罗宋不知道女儿心里究竟是什么感觉。但有一点可以肯定,女儿跟他一样,不会因为案子的告破而心情舒畅。但他不知道自己能够做些什么。这才是让他真正痛苦的事情。

二十一

走在路上的时候,一片雪花落在罗佳蕊的鼻尖上。她抬起头看了看,下雪了。她张开嘴,伸出舌头。雪花落在她的舌尖,瞬间融化成水。

她抱紧了手里的保温桶,里面装的是奶奶一大早起来熬的鸡汤。她要去看望何苗,那天发传单事件发生后,何苗就病倒了。何苗被吓坏了。

其实她也一样。

回想起那天的经历,她依然心有余悸,像刚从噩梦中醒来。但也正是因为这段经历,她觉得自己看待世界的方式变了。这个世界在她眼里,比以往更加丑恶,但,至少她可以直视这个世界的丑恶了。她曾经逃避,拒绝长大,把自己封闭起来。这次的经历用暴力打破了她在周围筑起的墙,让她不得不直视。她依然害怕,或者更加害怕,但至少,她可以面对了。

越是害怕,就越要去面对。

她想起写作文的时候,总会引用一两句名人的话,或者人生格言。但那些所谓的格言，在她看来不过是些空洞的口号。现在，她有了真正属于自己的人生格言。这格言来自妈妈。想到妈妈，她心情又低落了下来。妈妈现在在哪里，过着怎样的生活呢？又或者，妈妈是不是已经去了另外一个世界？想到这，她的脚步慢了下来。鼻子酸酸的。

　　手机震动了一下。她掏出来，看到何苗发来的微信。

　　下雪了，路上小心点。

　　看到这句话，她心里一暖。

　　不管怎么说，至少，她收获了一个朋友。

　　还有，她觉得以后还是可以偶尔跟爸爸说说心里话的。

　　想到这些她笑了起来，加快了脚步。

　　雪纷纷洒洒地下了起来。

二十二

　　罗宋睁开眼，看到挂钟上显示的时间。十点十五分，应该是上午。房间里暖气开得很足，被子有一股让人怀念的味道。客厅里有人说话，刻意压低了声音。这一切他感到许久未曾有过的安心。他从被窝里钻出，伸了伸懒腰。一夜无梦，他好久没有睡过如此舒服的觉了。

　　昨天他难得地在父母家住了下来。他本来有些担心女儿会因为何谷的案子难过，想跟她聊聊，可赶到父母家的时候，女儿早已经睡了。

　　他打开房门。父母坐在客厅里，边看电视边低声说着话。母亲看到他出来，问：

　　"吃饭吗？"

　　他点点头。

母亲起身去了厨房。

仿佛一下子回到了许多年前。他单身还住在家的时候。

他坐到沙发上，陪老爷子一起看起电视来。老爷子看了他一眼，没有说话，只是斟了一杯茶，推到他面前。他端起来，香气扑鼻，他轻轻抿了一口，沁人心脾。

下雪了。他注意到。

他起身来到阳台，打开一扇窗。冷风吹了进来。降温了，冷空气驱散了雾气，空气清爽。他发现自己已经完全不咳嗽了，身体也不再难受。那天在垃圾桶旁躺了那么久，原本以为病情会加重，没想到竟然向相反的方向发展。

他关上窗，走回客厅。

"蕊蕊呢？"他问父亲。

"一大早就醒了，说去看她同学去。"

"一个人去的？"

"我说陪她去，她死活不要。这丫头比你这个混小子还倔。"

一丝担忧爬上心头，但转瞬即逝。在经历了这一切后，他多少能理解女儿了，终于能把女儿真正当做大人来看待，而不只是无谓的担忧。他该跟女儿多聊聊，如果女儿肯跟他聊的话。

母亲端一碗面条放在餐桌上，熟悉的香味让他吞了吞口水。他迫不及待地往餐桌走去，坐下，狼吞虎咽了起来。

罗宋进门的时候，吴局的手指正在办公桌上急促地敲着。

他坐下后，吴局先是表扬了他在侦破何谷案子过程中的表现，但他看得出来，这不是吴局喊他来的主要目的。

"前段时间，城北分局在华池河里发现了一具尸体。"

果不其然。

但罗宋听到这句话后却突然紧张了起来。吴局把他单独叫到局长办公室,告诉他发现了一具尸体。他绷紧了身体。

"是溺亡,尸体已经被泡得分别不出特征了。尸体身份没有查明,但因为没有明显的刑事案件特征,他们准备当做无名尸体处理。就在这个时候,有人发现了网上的一段视频。视频是在华池河上游的莲花桥上拍的,拍的是一个人从桥上跳了下去。从时间上看,是在那具尸体被发现的两天前,而尸体发现的地点是在河的下游,所以有理由怀疑这死者就是视频上那个跳桥的人。"

说完后,吴局把显示器屏幕转向罗宋,点下播放键。有那么一会儿,罗宋觉得自己心跳都停止了。

视频上,一个瘦削的男人拖着僵硬的步伐走在路上。

看到这里,罗宋松了口气,他放松了身体,靠在椅背上。

男人左脸有烧伤留下的疤痕,面无表情。几秒钟之后,他坐到桥栏杆上,拍摄视频的人走到他身边,说了些劝阻的话。男人没有理会,静静地坐着,看着脚下的河。几秒钟之后,才扭过头,茫然地看向镜头,咧开嘴笑了笑。然后松开抓住护栏的手,径直掉入河中。

"这是谁?"罗宋不明白吴局为什么让他看这个。

"你没认出来吗?"

他摇摇头。

"王海林。"(见《谜尸》案)

他猛地坐直了身子。他只见过王海林的照片,并且视频上的男人跟照片上的王海林有着不小的差异,但如果仔细辨识,的确能发现相像的地方。

"确定吗?"

"我们做了 DNA 鉴定。"吴局说着把一份资料推到罗宋面前,"结果刚刚出来。"

罗宋回想起关于王海林的上一份 DNA 鉴定，证明死者不是王海林的那一份。眼前的这份，有着与上次相反的结果。

两份样本匹配度 99.99%。

"另外，那个莲花桥，距离王海林妹妹出车祸的地方，只有一百多米。"

尽管三年前王海林制造了诸多谜团，甚至几乎脱身而逃，罗宋一下子很难相信王海林会自杀身亡。但眼前有确凿的证据……不对。脑海中的红灯又开始闪烁起来。

"以我们对王海林的理解，他是一个报复心很强的人，"罗宋说，"三年前案子告破他被通缉的时候，跟他妹妹的死直接相关的人，有人还活着。那个马世豪。"

"怎么，你觉得这个人不是王海林？"吴局的手指又开始敲了起来。

罗宋摇摇头。

王海林没有孪生兄弟，他也想不到会有什么样的方法能伪造 DNA 证据。但每个人的行为，都会遵守一定的逻辑，一旦出现与逻辑不符的行为，就值得怀疑。他担心的不是自杀的是否是王海林，而是王海林在自杀之前，是否已经完成复仇。

"马世豪还活着吗？"他问。

"如果在这三年里，马世豪因为任何意外死了，我们总会联想到王海林的。"

的确如此。不过，他没法说服自己。

"我觉得有必要确认一下马世豪的情况。"

吴局没有说话，罗宋从他脸上看到了犹豫。

"如果……如果马世豪真的死了，没有确切证据能证明是王海林下的手，那这个案子就到此为止。如果有线索指向王海林，"说到这吴局意味深长地看了罗宋一眼,"我也希望能低调处理。"

罗宋点点头。他能够理解。吴局希望尽快结案,他不想看到这张已经足够长的杀人清单上再被添上新的名字。

"去吧。"

吴局扬扬手。

光头双手紧握着方向盘,腰挺得笔直,双眼直视前方。他浑身上下都散发出紧张。罗宋瞥了一眼光头。

"你小子怎么了?"

"嘿嘿。"光头摸了摸头,"晓琳怀孕了。"

"紧张?"

"紧……紧张……"

罗宋笑了笑,往车窗外望去,雪下得正欢,地面上已经积起了薄薄的一层雪,有人已经开始堆雪人,脸上带着笑,体会着初雪所带来的小小的但又真实的快乐。

"宋哥,你说我能不能当个好爸爸,怎么才能当个好爸爸……"

"对不起,没有经验。"他说。

"蕊蕊都这么大了!"

可我不是个好爸爸。

他把车窗摇下一条缝隙,冷风吹了进来。他打了个激灵,然后搓了搓脸。他想起那晚女儿挽着他胳膊,不知道以后还会不会有。

"到了,宋哥。"光头说着把车停了下来。

从户籍记录上来看,马世豪的户籍并没有注销,这在某种程度上能说明马世豪还活着。但当年留下的联系电话,包括马世豪家人的电话都已经打不通了,他们只能找人询问。马世豪父亲的公司离公安局最近,也就是他们此刻到达的地方。

罗宋觉得这座大楼比三年前他来的时候萧条了许多,大厅空荡荡的,过了好一会儿才有一个保安模样的男人打着哈欠走了出来。

"找谁?"

"马国富,你们老总。"

"来晚咯。"男人阴阳怪气地说道。

"什么意思?"光头问。

"他都在床上躺了半年多了,早就不是我们老板咯。"

"到底什么意思?"光头语气有些不耐烦。

"半年前出了车祸,成了植物人了。"

光头转向罗宋,惊讶地张大了嘴。

"车祸?意外还是什么?"

"车祸当然是意外咯。爆胎啊,车毁了人没亡——还不如亡了呢。"

直觉告诉他,这是王海林干的。因为站在王海林的角度,马世豪的父亲也是该杀之人。

"那你们老板的儿子呢?"罗宋问。

"嘿,这才是怪的地方。"男人两眼放光,"我们老板一家这几年真是犯了太岁,不太平。老板出车祸的几个月前,才把他儿子送进精神病院。"

"精神病院?"

"据说是什么被害妄想症,老觉得有人想杀他,一天到晚神神道道,最后老板终于受不了,把他送进精神病院去了。"

"宋哥,刚打电话问精神病院了,说马世豪还在,要去看看吗?"从马国富的公司出来,光头想直奔精神病院,被罗宋拦住了。罗宋让他先打电话确认。

罗宋摇摇头。没有必要了。

"也是，人还活着，王海林又死了，应该没什么危险了。"光头说，"你说马国富的车祸，是不是王海林搞的鬼？"

"十有八九。"

"可是马国富还活着，王海林怎么没再下手啊？还有，为什么没杀马世豪？"

"你觉得，要报复一个人，是让他死了解恨，还是让他生不如死更解恨？"

罗宋想起刚才保安说的话：还不如亡了呢。一个植物人，一个精神分裂，对要复仇的王海林而言，没有比这更好的结果了。现在他相信那个自杀者是王海林了。复仇是一种强烈的情感，就像是燃烧旺盛的火，而这火在将复仇对象烧毁之后，只可能有两种结果，殃及无辜，或者毁灭自我。罗宋很庆幸王海林选择了后者。他回想起视频里王海林从桥上坠落前的那抹笑，那笑就像是一块沉沉的石头，压在他心上。

"操！"光头沉默良久后，只说了这一个字。

雪下得更大了。

二十三

庆功宴上，罗宋一口酒都没喝。

他借口生病，虽然病早已经好了。他今天不想喝酒。其实在妻子失踪后的这些年里，他都很少喝酒，醉酒更是只有过一次，那还是在三年前王海林案告破的时候。最开始的两年，他无时无刻不在抵抗着酒的诱惑，想要一醉解千愁，但他不想在有妻子线索的时候，因为醉酒而无法行动，他必须时刻保持清醒，那仅有的一次醉酒让他负疚许久。

光头跟齐队勾着膀子，显然，两个人都醉了。光头说着对不起齐队我不该总是顶撞你，齐队说你小子还年轻我不跟你一般见识。但愿在酒醒之后，光头不会再变成一头斗牛，而齐队在他眼里也不再是一块招惹他的红布。

他趁大家不注意，溜了。

吃饭的地方离自己家不远，他决定走路回家。

雪花飘落在他的脸上，瞬间融化。

路上雪已经厚厚地积了起来，路边诞生了不少的雪人，沉默地立着。

他放慢脚步。

很久没有像这样散步在路上了。

手机响起了提示音。过了好一会儿他才反应过来是自己的手机。

下午他下载了微信，注册了账户，还加了光头好友。就像光头说的，他才四十多岁，无论如何也不能活得像个老古董。或许改天他该加上女儿的微信。

他搓搓手，掏出手机，微信提示有人加他为好友。

点开的那一瞬间，他有些眩晕，几乎要跌倒。对方的头像是一双文在背上的翅膀，跟妻子背上的一模一样。看清对方的名字之后，他才终于松了一口气。

对方名字叫心心心。

是女儿。肯定是光头告诉女儿他有了微信。真是个藏不住事儿的家伙，他在心里笑骂。

他通过好友。

"大叔，你好。"对方说。

"臭丫头。"他回复。

"呀，这么快被你识破了。"

"废话，不想想你爸是谁。"

"还没回家吗？"

"在路上了。"

他捧着手机等了半天，傻傻地站在雪地里，等女儿的回复。女儿没有回。他叹了口气，把手机收回口袋。

他加快了脚步。

打开门，罗宋惊讶地看到女儿正坐在餐桌前，桌上放了好大一堆零食。女儿正一边抱着 iPad 看着什么一边吃着薯片。女儿抬头看了看他，又低下头。

母亲从女儿卧室走了出来。

"你闺女今晚非要来这儿睡。"母亲说，"还要收拾房间，看看这家被你折腾成什么样子了。"母亲念叨着又回了女儿房间。

他挠挠头。

"何苗怎么样了？"他问女儿。

"没什么，就是感冒。"

他点点头，脱掉外套，在女儿对面坐下。

女儿把手里的薯片递到他面前，他抓了两个塞到口中。

"买这么多吃的？"

女儿眼睛还是盯着手里的 iPad，没有理他。

"嗬，还有啤酒呢？"

他看到一堆零食下面放着几听啤酒。

"给我买的？"他问。

女儿轻轻点头。

他把啤酒拿过来，拉开，呷了一口。女儿给买的酒，无论如何都得喝一口。胃隐隐疼了起来。

"看什么呢？"他问。

"《行尸走肉》。"

"什么？"

"美剧！"女儿说着把iPad转向罗宋。

罗宋看到众多姿势僵硬表情呆滞的人走来走去。原来女儿喜欢看这种电视剧。他是不是也该多了解一下女儿的喜好？

"何苗现在也只有爸爸了。"女儿毫无来由地说。

他疑惑地看着女儿。

"她妈妈在她小时候就走了，抛弃了她跟她哥哥还有她爸爸。你说我妈是不是也跟何苗妈妈一样，跟别的男人跑了，抛弃了我们啊？"

女儿笑着说，但眼里噙着泪水。他喝了口啤酒，不知道该怎么回答。他还没有跟女儿讨论过这个话题。他列过一个清单，把妻子所有的可能的遭遇都列出来。发生意外且尸体因为某种原因没能被发现，被他得罪过的人杀害，被人诱拐之后卖到深山老林里去给别人做老婆，跟别的男人跑了……他没法告诉女儿，妻子跟别的男人跑了，是他所设想的所有可能性中，最好的一个。

"如果真是那样，你会恨她吗？"

"会。我会找到她，然后指着她的鼻子把她臭骂一顿。"罗宋笑着说。

女儿也笑了。

"我想妈妈。"女儿说。

我也想她。他在心里说。

"爸，你为什么要当警察？"女儿吸了吸鼻子，问他。

"唔……不好说。"

"不好说？"

"我的意思是，我没法回答你究竟是哪个原因让我选择了警察。

我当警察,可能有部分是年轻的时候因为觉得酷,也有部分原因是你奶奶觉得这算是个不错的行业——虽然后来后悔了——而正好你爷爷认识的人提到了这样一个机会,还有就是我那时候完全不知道自己该做些什么,有这个机会,就做了。"

"真复杂。"

"人本来就是很复杂的啊,每做出一个选择,背后其实都有许许多多的原因,只是有些明显,有些不明显,甚至有些只是在潜意识里,自己都意识不到。"

"你说错了一点。"

"哪一点?"

"是大人才复杂!"

"对。你说得对。"他笑了起来,"不过,你也算得上大人了。"

女儿伸手拿出一听啤酒,打开,他还没来得及阻止,女儿就已经喝了一口。

"你说的,我已经是大人了。"女儿得意洋洋地看着他。

他无奈地笑了笑。看着女儿喝酒的样子,他回想起跟妻子坐在桌前对饮的那些日子。恍如昨日。

借着女儿问他为什么做警察的由头,他觉得可以跟女儿聊一聊这个话题。

"你长大后,也想做警察吗?"

女儿摇摇头。

"不想?"他松了口气。

"不是,是不知道。以前想。"

"那以前为什么想做警察?"

"榜样的力量啊。我还记得小时候,有一次你的表彰大会,我跟妈妈去,看着你在台上神气的样子,我就想,我也要像爸爸那样。"

"那为什么现在又不知道了？"

"我以前以为做了警察能改变些什么，但现在……我不确定了……我要再好好想想。"

罗宋捏了捏手里的易拉罐。

"爸。"

"嗯？"

"你会害怕吗？"

"害怕？因为什么？"

"因为任何事啊。我小时候总觉得你什么都不怕。"

"当然会怕。"他回想起女儿喊"爸爸救我"时自己所体会到的恐惧，"爸爸其实很胆小的。"

"爸。"

"嗯？"

"爸……"

"嗯？"

"没什么，就是感觉好久没喊你爸了。"

他哈哈大笑起来。一种失而复得的感觉，某个曾以为失去了的珍宝再次回到了手中。他感到一阵眩晕，不过是只喝了一听啤酒而已。他觉得有个精灵在他眼上蒙了薄薄的一层纱，四周变得朦胧了起来。他在一片朦胧之中看着女儿的笑容。

他希望时间永远停留在这一刻。

白月光

一

她睁开眼，以为天亮了，但仔细看时才发现那不过是月光。月光透过窗户，把整个房间都照得亮堂堂的。她扭过头，床头的钟把时间指向四点一刻。是月光太亮了吧？以至于连身体都以为已经是白天而唤醒了她。还是因为外面传来的声音？她竖起耳朵，除了身旁丈夫重重的呼吸声外，一片寂静。那声音或许来自梦中吧。她侧过身，背对丈夫，闭上眼，但睡意早已逃得无影无踪。唉……她叹了口气，手掌顶住床面，将上半身撑了起来，僵硬的腰肢发出细微的咔啪声。

咚。金属的撞击声让她全身的汗毛瞬间立起，听起来像是院子大门铜制门环撞击铁质门板时发出的声音。她绷紧身子，侧起耳朵静静地听，但再没有声音传来。竖起的汗毛终于倒伏了下来，但尿意上来了。她下床，趿拉起鞋。

推开门，一阵风吹过，浑身的鸡皮疙瘩都起来了。她想起过去的许多个暑假，她带孙女去儿子那里的那些时间，夜里热得睡不着，但她又吹不习惯空调，或者觉得浪费电。但在家里不存在这样的烦恼，即使在这样的夏天，夜里都嫌凉。她快步走过被月光照得几近惨白的院子，来到茅房。

咚。伴随着风，又一声金属撞击的声音。她心里一惊，手里提着褪了一半的裤子，从茅房里探出头，向大门处望去。门大敞着。她僵住身子，半天没有挪动，直到确定那声响是风造成的，确定院子里再没有其他声响，她才匆忙提上裤子，回到房间。

"刘立国！"她推了推丈夫的肩膀，压低了声音叫他的名字。丈夫在梦里咂了咂嘴，转过身背对她。

"刘立国！"她声音大了些，急促，又有些恨意，"醒醒！"拳头锤在丈夫身上，她自己都能感觉到力度不小。

"嘶……"丈夫吃痛，终于睁开眼，愤怒又迷茫地看着她，"干什么？！"

"家里遭贼了！"

丈夫一个激灵坐起身："贼在哪？"

"不知道！我就看到大门开着。"她依旧压低了声音说。

丈夫忙不迭地下床，鞋子都没来得及穿，奔了出去。她跟在身后。

月光把院子涂成一片惨白，不用费力便能一眼看清整个院子的情形。看不出什么异样，栏里的羊似乎感受到了什么，醒来，发出咩咩声。家里值钱的东西，除了那几只羊，再就是堂屋里的彩电跟冰箱，还有东厢房孙女屋里的手机跟电脑。他们冲进堂屋，打开堂屋的灯，彩电跟冰箱都好好地待在属于它们的位置上。随后又来到院子孙女房间门口，轻轻地推开门，蹑手蹑脚地走了进去。

"小艾。"她轻呼。

不用等待回应，在月光中，一眼便能看到，孙女的床上，只有皱成一团的毯子。

丈夫打开灯，仿佛孙女的消失，是月光造成的假象。

"小艾！"丈夫对着虚空无用地大声呼喊。而她早已急匆匆地退出房门，向大门外走去。

她远远地看到孙女站在大门外的歪脖子枣树下面，背对着她。白色的睡裙，在白色的月光下，看起来仿佛消失了身体，只有头跟脚。她站住脚，生起气来。

"大晚上的不睡觉，站那干什么呢！"

一阵风吹过，树叶摆动、裙裾摆动，甚至孙女的脚都在轻轻摆动。不安瞬间笼罩了她，她快步走过去，但快靠近时却停下了脚步。尽管那绳子是白色的，几乎隐没在了月光之中，但她依然能够看得出那绳子绕着孙女的脖子向上，连着枣树的树枝。止不住地颤抖，腿早已不属于自己。丈夫呼喊着孙女的名字从她身边超过去，踉跄着脚步，在孙女的对面站住了脚。月光下，丈夫的脸呆滞异常，又突然浮现一丝古怪的笑。丈夫伸出手，轻轻推了推孙女的胳膊。孙女的身子向她这一侧轻轻地转了过来。闭眼，她在心里对自己说，快闭上眼！她命令自己。但连眼皮也已经不是自己的了。孙女终于转过来，圆睁着双眼，仿佛在生她的气。惨白的月光疯狂地涂抹着一切，身着白裙脸色惨白的孙女几乎都要隐没在其中，但那双黑色的眼睛却凸显出来，瞪视着她。她想喊，声音却卡在喉咙，她使劲打了自己一巴掌，疼痛让她得以确认，此刻在这片惨白的月光里呈现在她面前的，不是一场噩梦。

"小艾啊！！！"

二

那个电话响起的时候才早上七点多，但刘来强已经在跟跟客户商量水电方案了，客户赶时间，时间约在一大早。陌生的号码，归属地是老家，他按掉，电话几乎是马上再响起，他又按掉，但对方依然固执地拨个不停。客户倒是善解人意，主动提出让他接电话，于是他不耐烦地接起来。

"强子啊。"

熟悉的乡音,声音也很熟悉,他没想起来是谁。但对方的语气中分明有一种叫人不安的急迫。

"你赶紧回家一趟吧。"

"三叔?"

他终于把电话里的声音跟脑海里的某个人勉强对上了号。

"我是你三叔啊。赶紧回来吧。小艾……"

三叔的话在这里突兀地断了,不祥的感觉瞬间笼罩了他。

"小艾怎么了?"

"小艾她……她没了!"

没了?走丢了?离家出走了?他呼吸急促起来。

"找不着了?"

"哎……哎呀,死了!"

不知道为什么,听到这句话后他抬头看了看正等在一旁的客户,客户也正望着他,两人眼神相接的那一瞬间,他一阵眩晕,向后仰了过去。客户大步迈上前来拉住了他的胳膊,让他免于后脑勺着地的命运,但他还是昏了过去。

自打醒来以后,他的世界仿佛蒙了一层雾。眼睛看见了,却不知道看到的是什么,耳朵听见了,但声音遥远得像是来自另一个时空,所有的一切都模糊不清。甚至记忆都连贯不起来了,他只记得自己买了票,坐了火车,又上了汽车,然后就看到了那颗熟悉的枣树。

大门口围了数不清的人,没有人跟他打招呼,都直直地望着他,目光跟随着他的脚步。大都向他投来同情的眼神。他的目光在几个人脸上停留了片刻,然后走进了大门,去直面那残酷的现实。

有人迎上前,对他说了什么。他一句也没听进去,他只听得到自己的心跳声，离女儿房间越近，心跳就越强烈，整个世界就只剩下这一个声音。咚咚咚。她不是只是睡着了吗？他似乎这样问了周围的人。没有人回答他。慢慢地，房间里的人都走了出去，最后一个出去的人，把一张纸塞到了他手中。他打开，看到女儿娟秀的字体。这是什么？他问。那人没有回答他。只是拍了拍他的肩膀，然后走了出去。

门开了。一直坐在床边的他抬头看了看，是五叔家的堂妹，他又低下头，继续盯着水泥地面。堂妹被满屋子的烟呛得直咳。

"哥，对不起。"

他又抬起头，不解地看着堂妹，对这唐突的道歉感到不解。

"你把她托付给我，都怪我……都怪我没看好小艾。"堂妹哽咽了起来。

哦。他心里想。堂妹在女儿所在的中学当体育老师，他的确曾经跟堂妹说过"小艾就交给你了"这样的话，但无非是让小艾在学校的时候能有个照顾。这事儿当然怪不得她，但不知道该怎么回她，他注意到堂妹的左胳膊上扎了绷带，转移了话题。

"怎么了？"他冲着胳膊努了努嘴。

堂妹低头看了看。

"哦。昨天家里的狗不知道为什么发了疯，挠了我。才去镇上打了狂犬疫苗回来。"

"哦。"他又低下头，手里的烟烟灰积得长长的，他一根根地点，但每一根都吸不了几口。

"哥……"堂妹欲言又止。

他感觉得出来堂妹是想要安慰他。但我需要安慰吗？他在心里问自己。不。他又回答自己。况且堂妹跟自己的关系，实在算不得好，争吵时常发生。两个人年纪差五岁，小的时候堂妹还喜欢跟在自己屁股后面玩，但自从他上初中以后就疏远了起来。堂妹长得倒也算得上漂亮，但性格泼辣，从小就是出了名的假小子，跟男孩子摔跟头打架是常有的事儿。后来上了体校，毕业后就在中学里当了体育老师。他把手里的烟扔到地上踩灭，站起身来。走到堂妹跟前，像是对男人一样拍了拍她的肩膀。堂妹一下子哭了出来。他印象中的堂妹是泼辣的，像眼前这样的堂妹还真不多见。他就那么站着，眼睛看向别处，等堂妹哭完。

哭声终于消失，堂妹吸了吸鼻子，双手抱起搓了搓胳膊。他知道堂妹是觉得冷。屋里的温度调得极低，他抬头看了空调。其实根本没必要装，用到的日子屈指可数，但他不想女儿在家生活受到一丁点儿委屈，不顾父母的反对硬是装了，没想到今天派上了用处。想到这理，他眼睛又红了起来。

"哥。不能再放了。"堂妹终于恢复了平时的语气。

他愣了一下，随即明白了堂妹的意思。他扭头看了看床上躺着的女儿，紧闭着眼睛，像是沉沉地睡着了。女儿将要化成一捧灰，想到这里他的心就剧烈地疼了起来。他唯一能做的，就是将这个时间推后。但他心里明白，不能再拖了，趁女儿的脸还漂亮如初。他红着眼看着女儿，点了点头。

堂妹走了出去，两分钟后端着一盆水走了进来。

"哥。我再给小艾梳洗一下。"

堂妹把水放在床边，深吸一口气，把毛巾从盆里拿出来，拧干水，轻轻地给小艾擦脸。擦完脸后，堂妹把小艾身上的裙子向上撩起，撩到一半时抬头看了看他。他会意，走了出去。

院子里三三两两地人或蹲着或坐着，他没有跟任何人说话。走到墙角的树荫下，点上一根烟。手伸进裤子口袋，把女儿的遗书又摸了出来。

日子一天一天过地真没意思。每天见到的都是同样地人，做的都是同样地事。好久没见到爸爸了，可爸爸说今年他很忙，没空陪我。我不想就这么无聊的过每一天。人生到底有什么意义？人活着到底为了什么？爷爷、奶奶、爸爸，我走了。妈妈，我好想你，我来见你了。

眼泪滴到了薄薄的白色纸上，他赶忙擦掉，轻轻地擦，以免弄破，这是女儿留给他最后的东西了。都怪我，他在心里自责。每年暑假女儿都会去他那里，他会好好陪陪女儿，带她四处玩，买漂亮的衣服，吃好吃的东西。但今年他正好接了几个大工程，即便女儿去了也完全没有时间陪她，所以他让女儿不要过去了。都怪我，他握紧拳头锤自己的头，一下又一下。都他妈怪我！院子里的人看到后赶了过来，拉住他。他挣脱开，继续不停地捶打着自己。三个人才把他制止住，眼泪终于止不住地流了出来，这是一天来他第一次哭。

等他情绪终于稳定下来，人们才散去，但都不安地站在不远的地方望着他。他看到堂妹端着水盆从女儿屋里走了出来，他赶忙又走进去，尽可能多地陪在女儿身边。堂妹把女儿梳洗得干干净净，还换上了女儿最漂亮的裙子，那是去年暑假他才买给女儿的，现在看上去似乎有些小了。

"闺女，你好漂亮。"

他在床边蹲下身子，一只手握住女儿的手。女儿的手冰凉僵硬，他不停地揉搓着，像是女儿小时候给她暖手一样。

堂妹又走了进来，也在床边蹲下身子，犹豫了一下，把手里的指甲刀递给他。

"哥，你来给她剪吧。"

他接过来，努力控制住自己的情绪。他想起女儿一两岁的时候，他握着她小小但肉肉的手跟脚，小心翼翼地给她剪指甲，唯恐剪到皮肉。从三岁起,女儿被送回了老家,从那以后他再也没有给女儿剪过指甲。堂妹识相地走了出去。他流着泪,一个指头一个指头地仔细剪,二十个指头,他足足花了半个小时。

剪完后他再次握住女儿的手,他似乎感觉到女儿手心有了些温度。

"小艾。爸爸对不起你。"

他又扭头看了看写字台上放着的妻子的遗像。

"婷。我对不起你,没看好我们的女儿。"他哽咽着说道,"她去了那边,你要好好照顾她。"

随后他伏在床上,无声地哭了起来。

殡仪馆的车来了,在门口等着。堂妹走进来的时候,他正直直地盯着女儿的脸看。

"哥……车来了……"

他没有说话。他突然无比憎恨堂妹口中的那辆车,仿佛那才是将他跟女儿分开的罪魁祸首。

"再等会儿。"他说。

到了这个时候,他又有些舍不得了。过了好一会儿,堂妹再次走进来,催促他。

"让我再陪小艾一个晚上吧。"

他抬起头,用恳求的眼神看向堂妹。堂妹欲言又止,但最终还是退了出去,不一会儿,他听到汽车发动的声音。

晚饭被送了进来,但他一口也没动。从早上接到电话到现在,他粒米未进也滴水未沾。心里的感觉把肉体的感觉压制得死死的,他只感觉到心里的疼痛,丝毫感觉不到口渴与饥饿。

月亮升了起来,亮堂堂的,透过窗口照在女儿脸上,仿佛给女儿蒙了一层薄纱。他似乎感觉到女儿的眼睛动了,他心跳加速,仿佛相信月光中有让人起死回生的魔力。随即,一种夹杂着无奈的痛苦感再度吞噬了他。女儿再也不会睁开眼了,他必须接受这个显而易见的事实。

再睁开眼时,月光的银白已经被初升的日光的金黄所代替。竟然一夜无梦,入睡前他曾如此期待着能在梦里再次见到小艾。他坐起身,用右手抹了抹脸上混杂在一起的口水与泪水。左手里,还死死地攥着女儿的遗书。他小心翼翼地抚平,昨天在院子里的时候被揉皱了,还缺了一个角。他一遍又一遍地看着女儿最后的那几句话,痛苦而又悔恨。但有一瞬间,他意识到了什么,他停止了悲痛,理智此刻占了上风。不一会儿,他猛地站起身来,浑身颤抖。他冲出门去,冲着被阳光照耀的院子大喊:

"小艾不是自杀的!"

三

离山越近,雾似乎也越发大了起来,能见度很低,前挡玻璃上一会儿便蒙上一层水汽,雨刮时不时就得开启。张霖凭着记忆小心翼翼地开着,在镇派出所两年多了,这条路也不过才走过三次。天才刚亮,况且这条路原本就人烟稀少,不用太担心会对向会有来车或来人,但两侧的深沟却马虎不得,尤其是在过弯道的时候。后背上的冷汗打湿了衣服,他斜了斜眼,副驾驶上的何家全正紧闭双眼,紧皱眉头,不知道是睡着了,还是因为宿醉而痛苦。但愿是后者,他心想。

昨晚有个老乡杀了条狗炖了,死活要请所里的兄弟们,美其名曰为何副所长,也就是副驾驶上的何家全接风。何家全都来了近半年了,接哪门子的风啊。何家全在酒桌上充分发挥了拍马屁的才能,硬是以给自己接风的名义,把王所给喝开心了,还连累了其他兄弟也喝多了。没醉的,唯独张霖一个。或许这也是王所派他来的原因之一。但说实话,跟何家全共事,张霖心里一百个不愿意。何家全原本是市局里的人,因故来到谷水镇派出所,虽说是个副所长,但实际上相当于被贬。至于原因,也有不同的版本。有的说是贪污受贿,有的说是生活作风问题,还有的说,是拍马屁拍在了马蹄子上。依张霖看,这些个理由何家全全都占了。相处半年多了,本事没怎么见着,架子倒不小。张霖还年轻,还没学会曲意逢迎,就像昨晚,何家全半是劝让半是命令,也没能让张霖喝下几杯。何家全对他有意见,张霖心里清楚,但他跟何大所长之间的梁子,怕是早在这之前就结下了。不过,他原本就没打算一直在这待着,他原本想要去市刑警队的,来镇派出所,纯粹是无奈的选择。

凭着记忆,他知道他们此行的目的就要到了。路边一个模糊的身影从浓重的雾里透出来,似乎在冲他招手。他在那人身边停下车,何家全也适时地睁开眼。

"是小张呀。"

他把窗玻璃完全摇下,刘家村村主任那张略黑的国字脸便靠了上来,笑容带起了眼角的皱纹。

"村主任。"他笑着跟对方打招呼。

"这位是?"

"哦,这是我们何副所长。何所,这是刘家村村主任。"

何家全面无表情地点了点头,开门下车,他也跟着下了车。村主任从车头绕过去,从口袋里摸出包玉溪,抽出一根递给何家全。何家全摆了摆手拒绝了。村主任又绕回来,把烟递给张霖,他接过来点上,深深地吸了一口。

"村主任,听说你们村出了命案。怎么回事?"他问。

"嗨。真是害你们跑一趟，我本来想给王所打个电话，甭让你们来了。"

"到底怎么回事？"何家全皱着眉，不耐烦地问。

"何所长，我们村刘来强家闺女自杀了，本来都要拉到殡仪馆火化了。但今天早上天还没亮，刘来强突然魔障了，说他闺女不是自杀的，是被人害的。不顾别人劝，硬是打了110。这不，害你们跑一趟。真是对不住了。"村主任脸上写满歉意。

"那到底是不是自杀啊？"他觉得莫名其妙。

"当然是自杀。上吊。遗书都有，还能有假？"

山里的雾似乎要大一些，他留意到一个身影从远处走来，脚步有些异常，似乎左腿有残疾。随着距离他们越来越近，脚步也快了起来，几乎是拖着一条腿跑到他们身旁。

"呀。警察终于来了。我有情况要汇报！"来人几乎是喊着说道。

村主任回头看了看，阴下脸来，走上前去把他拦住。

"你来干什么？"

"来强家闺女不是被人害了嘛。我有线索要汇报！"

这个男人五十岁左右的年纪，顶着乱蓬蓬的头发，满脸油光，眼皮肿胀，但眼神炽热，抑制不住的兴奋从双眼之中透出来。

"滚蛋！来强疯了，你也跟着疯？赶紧滚。"

"可是……"

"可是什么可是？哪都有你事儿。你还嫌给村子里添的麻烦不够？滚滚滚。"村主任推搡着男人，男人脚步踉跄地后退几步，欲言又止，眼神中的光亮瞬间消失，转身，无奈地离开了，消失在雾中。

"何所长、小张，别听他瞎掰掰。我们村出了名的赖皮，大家躲都躲不及。"村主任转过身，换了一副笑脸说道。

"先去现场看看吧。"何家全一脸的不耐烦，打开车门坐上去。

村主任也跟着上了车,在村主任的指引下,他们来到了村头的一户人家门口,把车停在一棵歪脖子枣树下面。

太阳出来了,雾气渐渐散去,在残存的薄雾之中,他看到乌泱泱的人围在大门口,里面有几个十几岁的半大小子,兴奋地看着。

"你怎么也来了?"

村主任在一个十几岁的男孩子面前站住脚,冷着脸问。他认识这个男孩,是村主任的儿子。

"来看看嘛。"男孩笑着回答,看到张霖后,跟他打了个招呼,"张哥你来啦。"

张霖笑着点了点头。

"赶紧回家!"村主任命令道。

人群自然而然地给书记以及警察组成的队伍让开一条通道,他们穿过人群,走进了院子。

一个男人正蹲在院子中央抽烟,看到他们走进来后赶忙起身迎了上来。

"警察同志,你们终于来了!你们一定得抓住害我女儿的凶手,她才十三岁啊!一定得帮帮我!"男人带着哭腔语无伦次地说,伸手想要抓张霖的胳膊。他向后退了一步,村主任赶忙把男人隔开了。

"来强,冷静点。"

"冷静?怎么冷静?我闺女是被人杀的!"

村主任回过头,无奈地冲他们笑了笑。

"尸体在哪?"何家全问。

"在东屋。"村主任说着,向东侧的房间走去,他们跟在身后。院子里其他的人都站着没动,张霖注意到其中有一个熟人,是镇中学的老师,打过几次交道,他冲对方微微点了点头,算是打招呼。对方没有回应,似乎正沉浸在思绪之中,没有注意到他。

一走进房间他就打了个寒战。房间装了空调，温度想必打得极低。光线昏暗，勉强能看出床上躺着的人的形状。灯突然亮起，床上的人清晰地出现在眼前。一个漂亮的小姑娘，这是他的第一印象。头发披散开，但梳得整整齐齐，穿着一身水蓝色的连衣裙，裙摆刚刚遮住膝盖，光着脚，脖子上围着一条紫色的纱巾。

"怎么死的？"何家全的语气跟这个房间的温度一样冰冷。

"上吊。"村主任说。

"不，不是上吊！"男人激动地反驳。

"来强！"村主任呵斥。

"有什么证据？"他问道。

男人从口袋里掏出一张纸，递给张霖。他看了看，内容不长，字体清秀。看过之后他把纸递给何家全。

"这算哪门子证据？"何家全皱着眉问。

"警察同志，这，"男人又激动起来，"这不是我女儿写的！"

"你怎么知道这不是你女儿写的？这不是你女儿的字迹吗？"

"看、看上去像是我女儿的字迹，但不是我女儿写的！"男人说着快步走到何家全跟前，手在那张纸上指着，"您看这个地方，还有这个地方。"

何家全皱着眉，满脸疑惑。

张霖从何家全手里把纸拿过来，男人又重复了同样的动作跟同样的话。他跟何家全同样疑惑。

"我女儿，从上小学语文就很好。上三年级的时候就能很准确地使用'的地得'了，我记得有一次她很骄傲地跟我说，老师夸她了，写作文，整个班里就她一个人都用对了。"说到这里，男人又哽咽了起来。

"我们出去说吧。"村主任说道。

一行人迫不及待地从冷窖般的房间里退出。站在太阳底下后，他长长地呼了口气。

"仅凭这个就判断是他杀，太武断了吧？"他说。

"我从一开始就不相信我女儿会自杀。她性格开朗，怎么会想不开？"男人决绝地说道。

"来强，你一年才在家几天？跟你闺女在一起的日子又有几天？"村主任忍不住开口说。男人沉默了，脸上写满了自责。村主任接着说："再说了，这个年纪的孩子，有什么话都憋在心里，根本不跟大人说。我家那小子，我倒是天天能见到他，可照样说不了几句话。"

男人长久地沉默，大家仿佛配合一般不再开口，希望男人能在这片沉默之中回心转意，不再固执坚持。但那种决绝的表情在半支烟的时间之后又回来了。

"我是不怎么在家。都是我爸妈带，但是你问问我妈……"说到这男人顿了顿，"问问我爸。我女儿最近有什么异常吗？"

男人说完扭头看向院子的一个角落，一个六十岁左右的男人正沉默地蹲在那里，低着头，一支烟夹在手中。似乎察觉到了众人的目光转向了他，抬头看了看，但他只是抬手揉了揉眼睛，然后又低下了头。

何家全又有些不耐烦起来，向后撤了撤身子，从口袋里掏出中华，点上，深深地吸了一口。张霖知道，再这么僵持下去没有任何意义。

"我能再去看看尸……"说到这儿，他停了停，"看看女孩儿吗？"

女孩儿的父亲点了点头，张霖一个人走进了那个冰冷的房间。

这不是他第一次面对死人，也不是第一次面对如此年轻的尸体。

他见过更年轻的,似乎每年暑假,起码在他来之后的两个暑假里,镇上都会有儿童溺水身亡。比起那些肿胀甚至腐烂的尸体,此刻眼前的场景,要好得多。女孩儿很漂亮,张霖感到惋惜,他深吸一口气,弯下身,动作轻柔地解开女孩儿脖子上的纱巾,手指接触到女孩儿的皮肤时,他觉得似乎比房间的温度都要冰冷。女孩儿白皙的脖颈上,两道勒痕赫然入目,仿佛两条邪恶的毒蛇。他皱了皱眉。尽管开了灯,但光线还不够亮,他掏出手机,打开手电筒。在光线的照耀下,看得出两条勒痕一深一浅。另外,在脖子的上方,靠近下颌的地方,几条抓痕清晰可见。他有种不祥的预感。他又看了看女孩的指甲,似乎被修剪过,看不出什么。他站起身,收起手机,抱臂沉思。片刻之后,他再次拿出手机,打开手电筒,从头开始,又仔细看了一遍。除了脖子上的痕迹之外,双脚脚后跟处有不同程度的擦伤。他叹了口气,走出房间。

何家全正皱着眉听村主任讲着什么。张霖走过去,低声说:

"何所……"

正要继续说,他扭头看了看村主任。村主任识趣地走开。

"何所。我觉得,可能真不是自杀那么简单。"

何家全不可思议地看了张霖一眼,似乎完全没想到张霖会这么说。

"你发现什么了?"

"脖子上有两天勒痕,一深一浅,我怀疑,是被人勒死之后伪装成自杀。还有……"

张霖把自己的猜测说了说,何家全眉头越皱越紧。

"你又不是搞刑侦的,你说的这些,靠得住吗?"

张霖哑然。

"我们镇可是市治安模范镇。要真定性为命案,知道会给我们带来什么影响吗？"

张霖心底突然升起一阵怒火。一条人命面前，这个何家全先想到的竟然是影响？！

"我当然没法判断是他杀。但至少得上报上去，由专业人士来判断。"他在专业人士四个字上加强了语气。

何家全快步走进存放着女孩儿尸体的房间，不到两分钟便走了出来，掏出一根烟点上，一直到吸完都没再说一句话。随后他把烟头扔到地上，狠狠地踩灭，掏出手机。

"王所。"电话接通的那一瞬间，何家全立马换了一副语气，在满脸的褶子上堆出笑容。随后压低了声音，往没人的地方走了去。

电话打了足足有两支烟的工夫。挂掉电话之后，他终于走了回来，换上苦大仇深的表情，宣布圣谕般字正腔圆地说道：

"这件事，我们得上报市局。"

院子里的人面面相觑，而在大门外围观的人群依然不肯散去。

"何所长，"村主任的脸上流露出不安的神情，"这，这真是他杀啊？"

"什么真是他杀？我女儿本来就不是自杀！"刘来强激动起来。

"何所长，这可不是小事儿。你们可不要受他影响啊？"村主任指着刘来强说道。

何家全皱起眉，又有些不耐烦，抬起双手，手掌朝下压，示意对方安静。

"我可没说是他杀，我们也只是怀疑。所以我们必须得上报市里。"

这时何家全的手机又响了，从他的表情就可以看得出，是王所的电话。何家全几乎没有说话，认真聆听着电话那头的指示。挂断电话后，他指了指放置尸体的房间："今天市里的法医抽不出人手，要明天才能到。因此，接下来要做的，第一，先把尸体运到镇殡仪馆。这里不是保存尸体的地方，起码在法医来之前，尸体得保存完好。第二，保护好现场，不能再遭到进一步破坏。村主任，这两件事就交给你安排了。说到现场，"说到这他转身指了指围在大门的人群，"首先得让这些人各回各家。"

"好好好。"村主任忙不迭地答应下来，随后走向大门口，"走走走，没活干了吗都？"

张霖突然对何家全有些刮目相看，半年多来，似乎第一次看到何家全办正事。他突然想到，一个人的工作能力跟品格并不一定成正比。他走到何家全面前，低声道：

"何所，我们是不是可以先调查起来？"

"调查？调查什么？"

"现场啊。"

"我说小张啊，是不是他杀都还没确定下来。调查什么？再者说，这是我们的工作吗？你有这能力吗？这是刑警队的活儿，懂吗？你是什么？一个派出所警员而已。说得好听叫调查，说得难听，是破坏现场！在结论出来前，不要擅自行动！"何家全说完要转身，转到一半又转回来，"最后这句，可是王所的原话！"

村主任费了好大的劲才让大门口围观的乡亲们散去，大家极不情愿地离去，但还是有好事者在不远处若即若离。随后联系殡仪馆派车把尸体拉走，又把院子里的人，连同院子的主人也都统统赶出去之后，村主任把铁大门锁上，钥匙收进口袋。一切妥当后，时间不过才中午十一点半。

雾气早已被太阳驱散得一干二净。张霖站在那棵曾悬挂着一个女孩儿的歪脖子枣树下吸烟，心里想着那个死去的女孩儿。他没专业学过刑侦，但各类专业书籍看过不少，依他的判断，女孩儿他杀的可能性在百分之九十以上。他从警以来，还没有碰到过一起真正的命案，他有些不合时宜地兴奋起来。他抬起头打量了下四周，确认自己明显表露在脸上的兴奋，没有被别人看到。

何家全正站在不远处的另一片树荫下，皱着眉吸烟，眼睛望向地面。村主任走到他面前。

"何所长，按照你的指示都安排好了。"

"都好了？"何家全抬头看了看村主任。

"都好了。"

何家全没再言语，掏出手机向一边走开，张霖从他的表情上判断他应该是给王所打电话。

电话打完后，何家全走了回来，冲张霖招招手："王所说在法医尸检定性之前先不要有行动，让我们先撤回去。"

"何所长，吃过午饭再走吧。"村主任挽留道。

何家全摆了摆手，往车停的方向走去。村主任紧步追了上去。

"饭菜我都已经让老婆准备好了，都是些家常便饭。"

"几点了？"何家全问。

"十二点多了，时间不早了。"

"被你这么一说还真有点饿了，走吧。"

一进村主任家大门，就闻到一股肉香味，张霖忍不住抽了抽鼻子。昨晚才吃过大鱼大肉，今天他原本只想吃点清淡的，但闻到这味道依然食指大动。走进正屋，偌大的圆桌上摆了大大小小的盆子跟盘子，圆桌正中的位置还空着。村主任让何家全坐了上座，招呼着张霖随便坐。张霖一屁股在离何家全最远的位置上坐下。

村主任的老婆这时候从侧屋走了进来，小心翼翼地地捧着一个不小的砂锅走了进来。张霖半年多前见过村主任老婆一次，但这次看上去竟老了许多，一副无精打采的样子。砂锅放置在圆桌最中间的位置上后,她掀开锅盖,浓重的香味夹着热气扑鼻而来。

"自家养的鸡,味道绝对好。"村主任说完扭头吩咐老婆道:"酒。"

不一会儿,村主任老婆拿了一瓶谷水大曲过来放到桌上。村主任斜了老婆一眼:"怎么拿这酒?把闺女孝敬我的我那瓶好酒拿出来。"

村主任老婆站着没动,阴郁地看着村主任。

"没事没事,这酒就挺好的。"张霖为了缓和气氛,伸手将那瓶谷水大曲拿了过来,拆开外包装盒,正要拧开瓶盖时,被村主任一把抢了过去。

"不行不行,今天可不能让你们喝这么便宜的酒。"村主任说着把酒瓶塞回纸盒,然后伸手递给老婆,命令道,"快,换酒!"

村主任老婆不情愿地转身回了里屋,两分钟后将一个瓶子咚地放到饭桌上。张霖望去,一瓶茅台酒。

"你!"村主任涨红了脸,"这瓶是开过的。不是说让你拿闺女拿来的那瓶吗?!"

"没找着!家里除了那瓶谷水大曲,就只有这个了!"村主任老婆冷冷地说了一句后转身走了出去。

村主任讪讪地看了看何家全:"她最近晚上老是失眠,睡不好觉,情绪不好。您别介意。我去换瓶酒。"

"这酒就行!开吃吧!"

"何所长,这酒开过,我喝了一半了都。"

"大中午的,而且我这还属于工作时间,只能小酌,凑合凑合就行了。"何家全盯着书记手里的茅台说道。

张霖在村主任脸上看到一丝不舍,愣了片刻之后,像是终于下了一个艰难的决定似的,拧开瓶盖。酒香四溢,张霖又忍不住抽了抽鼻子，但村主任要给他斟酒时，他阻止了。

"我还要开车，不能喝。"

"少喝一点没问题啦。"村主任劝道。

"不行不行。"张霖实在是忌惮那些山路。

村主任没再劝，似乎很乐意接受张霖不喝这一事实。何家全早已迫不及待地下筷子了。

"对了，刘威呢？"张霖问村主任。

刘威是刘家村的村支书，所谓的大学生村官。这样的大学生村官谷水镇下属的这些村子有几个。张霖一直希望这样的村官能多一些，一来年轻人有想法有干劲，二来容易沟通，从派出所的工作开展来说，有大学生村官在的村子，明显要好于其他村子。刘威今年三十二岁，谷水镇本地人，在刘家村做村官刚两年，他跟张霖一样喜欢看电影，两个人因此熟络起来。

"去省里了，搞什么封闭式培训，我年纪大了，年轻人的东西，我搞不懂。"村主任冷冷地说。

刘威跟村主任不和，张霖早有耳闻。

没人再说话，沉默地吃着，村主任为了调动氛围，主动讲起了死去女孩家里的情况。

"要说来强命也真是苦啊，上学的时候成绩好，好不容易考了个大学，那会儿也是很风光，但毕业后却找不到什么好工作。最后还是干了装修，靠力气吃饭。好歹在城里算是立住了脚，娶了老婆，生了小艾，可是好日子没过两年，老婆得病死了。孩子没人带，扔给爹娘，好不容易拉扯这么大了，结果竟然……那闺女，跟我家那小子一般大。唉……"

张霖没说话，何家全也只是顾着吃，不时抿一口杯里的酒。张霖觉得气氛压抑，借口上厕所去了院子里。

抽了两根烟，又磨蹭了好一会儿，张霖正打算回屋的时候，村主任的儿子刘天一从外面跑进院子，看到张霖后停下了脚。

"张哥。"刘天一熟络地打着招呼。

张霖点了点头。但刘天一来到张霖身边，欲言又止。

"张哥……小艾，真的是被人杀的吗？"

"现在还不确定。你问这干什么？"

"就打听打听。"

刘天一没再说话，沉默地站在张霖身边。过了一会儿，张霖扭头看了看他，发现他眼里噙满了泪水。

"你们关系很好？"

"我跟小艾从小就是同学。"

张霖没再说话。刘天一情绪稳定下来后，凑到张霖身边，

"张哥，来根烟。"

张霖上下看了看刘天一，问："你小子，才多大就抽烟？"

"嘿嘿。偶尔抽抽嘛。"

"不行不行，被你爸妈发现了不得骂我。"

"放心好啦，我爸喝起酒来什么都不管，我妈去城里我姐那拿药了，一时半会儿回不来。"

张霖笑了笑，其实话说回来，这个年纪的孩子偷着抽烟不是什么难以理解的事儿，他也是上初中时学会的抽烟，此刻又怎么好意思板起脸来教训别人？他抽出一根烟，递给刘天一。刘天一抽烟的姿势看上去不甚熟练，但也看得出不是第一次抽。一根烟吸毕，他冲张霖眨了眨眼，偷跑进屋里，不一会儿抱了个篮球，跟张霖无声地打了个招呼后跑了出去。张霖看着他的背影，不禁回想起自己这么大的时候，最好的青春岁月。但有个姑娘在这样的年纪里死去了，想到这里，他的心又沉了下来。

回到屋子时，他发现比起他出去那会儿，氛围已经变了许多，屋子里烟雾缭绕，两个男人脸色通红。

"何所长，您孩子……"村主任小心翼翼地问道。

"一个儿子，已经上大学了，在国外留学。儿大不由爹啊！"何家全不再是冷冰冰的语气。

"呵！厉害。"村主任竖起大拇指，"我家闺女早就嫁出去了，外孙子都一岁啦。我那小子，够呛能像您孩子一样出国，不过成绩还说得过去，就是偏科，估计是遗传，哈哈。我上学那会儿，偏科偏得更厉害，差点考上大学，要不然也不会窝在这个穷村子里。"

"老刘啊，"何家全拍了拍村主任的肩膀，"别看你们这个村子穷，可是资源丰富啊。别再守着以前的想法，靠种地吃饭，要发展旅游，这才是以后的发展趋势。"

"不愧是何所长，这眼光就是放得长远……"

张霖默默地坐着，听着两个老男人胡吹海侃，时不时地夹口菜。已经是下午，这顿饭看上去毫无要结束的迹象，他的思绪不觉又回到了那个死去的姑娘身上。那姑娘被杀的可能性极大，而这座村子又相对闭塞，那么凶手很有可能就是村里的人，但在法医给出明确结论前又不能有所行动，想到这他不免焦躁了起来。这是他面对的第一件凶杀案，如果被定性为他杀，那么处理权也将会移交市刑警队。虽然他一直想进市刑警队，但到目前为止，都还没跟刑警队的人打过交道，这或许会是个好机会！想到这，他有些兴奋了起来。同时他又想到刚才关于欲念的想法，或许自己要进刑警队的心，也是各种各样欲念的一种吧。

下午四点，这顿漫长的午餐终于以两个老男人醉倒而告终。村主任老婆不在，张霖安顿好村主任后，又艰难地搀扶着何家全上了车，回了镇里。把何家全送回家后，他去了派出所，跟王所报告，王所下了指示，让他明天一早在派出所等候市里来的法医。随后他托着疲惫的身体回到了宿舍。虽说是宿舍，但所里除了何家全之外都是本地人，何家全又独自居住，实际上也只有张霖一个人住。张霖打了盆凉水，赤裸裸地在院子里洗了个凉水澡，没有吃晚饭就上床了。

　　月色明亮，白色的月光透过窗户照进来，张霖枕着手臂横躺在床上，身体疲惫却难以入睡。今天是满月，最近一段时间月色都如今天一般，他想象着两天前的晚上，在那个山村里，在这样的月光下，一个十几岁的姑娘，被人用绳子勒住了脖子，姑娘拼命地用手抓那根勒住自己脖子的绳子，指甲在脖子上划出斑斑血迹。身子斜着，双脚脚后跟拼命地蹬地，鞋子被蹬掉了，脚后跟被磨破了，却终究抵不过那人的力气，窒息而死，然后被吊在那棵歪脖子枣树上。在这样的月色中，他的想象无比清晰，仿佛发生在眼前。而那罪恶也仿佛穿越了两天的时间，穿过了遥远的距离，从那个村子蔓延到了自己所在的这座院子里。一阵风从大敞的窗口吹进，他禁不住打了个寒战，浑身起满了鸡皮疙瘩。他拉过毯子盖在身上，侧过身，许久之后才艰难地睡去。

　　电话响起的时候，他正在梦里拼命追一个似乎罪大恶极之人，却无论如何也追赶不上。铃声把他从梦里的焦虑中解救出来，听到对方的话之后，他猛地坐起身，瞬间清醒了起来。

　　刘家村，又死了一个人。

四

　　刘来福一脚踏进月光里。

　　他妈的臭婊子，牛气什么？五年前我拿着钱回来的时候可不是这态度。他走得飞快，左腿的残疾让他看起来像是拖着一条腿在奔跑。不一会儿他便气喘吁吁，脚步慢下来，在一块被月光照得发亮的石头上坐下。才八点，就他娘的睡觉了？撵人也不能这么明显吧？好歹我也借给你们家一万块钱，我不要了，就当是在你们家吃饭的伙食费好了！他恨恨地想。

七点刚过的时候，他走进了刘来贵家。刘来贵正好给自己斟了一杯酒，刘来福就不客气地坐了下来。别说刘来贵老婆了，就连刘来贵本人都拉下脸来了。喝了没两杯酒，肚子底儿都还没垫起来，刘来贵的老婆就说明天还有事儿，得早睡。有他娘的球事儿！不行，这钱不能不要！想到这他站起来，又拖着腿快步向来的方向走了起来。一定得要，现在就得要。他回到刘来贵家大门前，抬起手还没落到门板上，他停下了，犹豫了起来。算了，好歹是没出五服的弟兄，别搞得太僵了。他叹了口气,低着头往家的方向走去。走得慢的时候，他腿上的残疾就看不太出来了。

大门没锁。自从他的钱花完了，大门就再没锁过了。推开门，看着空荡荡的院子，月光很亮，把院子里的破败景象照得清清楚楚，仿佛心里的寂寞难过也被照了出来。父母早就没了，亲兄弟也早就不住村里，媳妇儿就更没有了。说起媳妇儿，当年他拿着十五万的赔偿款刚回来的时候，媒人都快踏破了门，那时他仰仗着自己手里有钱，挑花了眼。挑着挑着，手里的钱一点点少了下去，有借出去的，有花掉的，慢慢地，再没有人给他说媒了。他想着是不是要再出去打个工？但腿瘸了，干不了重活。这个样子，只怕是看大门都没人要吧？

唉。他坐在门前的台阶上，长叹了口气。突然想起了刘来强家闺女，死了可什么都没了，自己好歹还活着。明天是不是该去找警察说说那天晚上他看到的？都是刘树水那个混账，当个村主任有什么了不起？树水树水，一肚子坏水。说我给村里添乱，我添什么乱了？妈了个×的。刘来强他爸也不是个东西，我爸还活着的时候没少受他欺负。孙女死了？活该报应！警察早晚会想起来问我，到时候，除非刘树水来求我，要不我才不说！

他站起身，进了里屋。床头放了瓶酒，他拿起来看了看，谷水大曲，啥时候放在这儿的？他晃了晃头，想不起来了。但看到酒，他肚子里的馋虫子就被勾了起来，迫不及待地拧开盖子，又跑到堂屋柜子里摸了一块咸菜。月亮真亮，灯都不用开，有酒喝，还愁个屁呀。他斜躺在床上，喝酒一口，就一口咸菜。不知不觉，眼皮沉了起来。他打了个大大的哈欠，睡吧，他想。不出两分钟，梦便纷至沓来。

他怎么也没有想到，他再也无法从这杂乱的梦里醒来了。

五

罗宋微闭双眼，右手拇指在太阳穴上轻轻揉着。紧皱的眉头让他看起来像是有什么心事，但其实不过是昨晚喝多了。昨天女儿高考成绩下来了，分数很理想，一高兴就多喝了几杯。今天是周五，明天就可以休息了。想到这他心里咯噔一下，做了二十多年的刑警，早已没有什么周末的概念，但这半年因伤临时转了内勤，竟然习惯了周末并对其有了期待。他有些搞不清楚这到底是对过去自己的背叛，还是只是一种正常的转变。有一点可以确定，自打车祸受伤后，他不再像以前那么卖命了，尤其是女儿一天天长大，他更乐于多一点时间跟女儿在一起。明天可以陪女儿逛逛街了吧？

副局长刘明走了进来。

"老罗。"

刘明跟罗宋是同龄，罗宋甚至比刘明早一年进局里，算得上是前辈。如今对方已经是副局长，而罗宋依然是个普普通通的刑警。但罗宋并不眼红，每个人追求的东西不一样。这二十多年来，他从没想过自己该如何"进步"，只是踏踏实实地做好自己本职的工作。从某种程度上说，他热爱这份工作。

"嗯？"罗宋的手从太阳穴放下。

"身体，恢复得怎么样了？"

"差不多了。"

"我看也是。最近局里人手有点紧，尤其是你们刑侦那块儿，既然身体差不多了，就回来吧。"

毕市下属的一个镇上前几天发生了起群体性事件，局里大部分人手都被抽调走了。人手不够这一点罗宋心知肚明，要在以往，自己早就借这个机会恢复工作了，但现在，他却想着，这次内勤无论如何都得做到女儿暑假过完去上大学吧？上了大学，跟女儿见面的时间就更少了。

"怎么，不愿意回来？"刘明似乎看出了罗宋的犹豫，"舒坦日子过习惯啦？"

"哪儿的话。"

"要不是人手真的不够，也想尽可能让你多休息段时间，毕竟是立下过汗马功劳的老同志。"

"这话有点过了啊，汗马功劳可不敢当。"

"是这样，谷水镇下面有个村子出了起命案。有个姑娘死了，一开始说是自杀，上吊。但姑娘父亲死活不认为女儿是自杀，接警后镇派出所的同志出了警，发现的确有些疑点，就上报了市里。今天早上，派了个法医过去——哦，对，就是你老熟人高振——刚才打电话过来说，的确是他杀。刑侦这块儿实在是没人手了，只能劳您大驾出个现场。对了,死的那个姑娘,才十三岁。"

罗宋明白,刘明最后这句话是特意说给自己听的。但即便不说这句话,他也不可能推辞不去。虽说他更希望有时间陪女儿,但孰轻孰重,他还是分得清的。

"我一个人去?"

"怎么,有顾虑?"

"主要是腿脚还不太利索,这车……"

车祸已经过去将近半年了,从身体上来讲,他早已恢复到了可以开车的程度,但心理上的那关却怎么也过不了。他试了好多次,每次脚放在油门上,都抖个不停。他从没跟任何人说过,所幸迄今为止也从没有人注意到过。刘明低头看了看罗宋的腿,看得出来有些不信任。

正在这时光头走了进来,

"宋哥,刘局。"

"那边忙完了?"刘明问。

"哪儿能忙得完,连轴转了十几个小时了,好不容易得个闲,过来取个东西,然后回家睡一会儿。"

"那正好。"

"什么正好?刘局,不会又给我安排活儿吧。"

"小任务,把你师父送到谷水镇任务就完成了。"

"刘局,让光头回去歇着吧,我打个车过去就行了。"

"宋哥,你去谷水镇干啥?"光头扭脸问罗宋。

"有案子。"

"你现在不是内勤吗?这身体还没好……"

"得得得,别啰嗦了,你师父都同意了。"

光头又看了看罗宋,知道师父决意已定。

"那成吧。宋哥，等我取个东西啊。"

没等罗宋开口，光头便走开了。罗宋站起身，活动活动身体，腿脚还多少有些僵硬，但基本已经恢复到了以前的程度。但半年多没办案了，头脑不知道有没有生疏一些。哪至于？他在心里又嘲笑自己。这时刘明的电话响了起来，接起电话寒暄几句后，刘明的表情凝重了起来，一分钟后，刘明挂了电话。而这时光头正好也走了回来。

"得。光头，跟你师父一起出现场吧。你那边我来跟张局打个招呼。出事儿的那个村子里，又死了个人。"

"他杀？"罗宋问。

"不确定，但镇派出所所长亲自来了电话，两起命案距离太近，对方不敢大意。"

"好咧。"光头的语气，听起来有些兴奋。

高振把冷柜拉出来，打开尸袋的那一瞬间，罗宋有些恍惚，有一种似曾相似的感觉。当然，这样的场景他已经见过太多次了，但眼下的这种熟悉感不是来自于过往的重复。片刻之后，他想起来了，几年前他做过一个梦，梦里的场景就跟今天一样，只不过那具尸体，是他的女儿。想到这他的胸口一下子闷了起来，他又回想起梦里的感觉。

"太可惜了。姑娘才十三岁。"高振摇着头说。

"啧啧。"光头附和着。

"有什么发现？"罗宋问。

"脖子上的勒痕很明显。一粗一细两条勒痕，细的是生前伤，粗的是死后伤。死后伤的痕迹跟伪装成上吊用的绳子对比一致。很明显的他杀。但除此之外没有什么特别的发现，脖子上有一些抓痕，怀疑是死者自己抓伤,指甲被修剪过,无法证明。但角度从上向下,推测在被绳子勒住脖子时,做过拉扯绳子的努力。双脚后跟有不同程度擦伤,推测是在挣扎的时候摩擦地面导致。"

"指甲被修剪过?"

"据说是因为一开始当做自杀处理,所以给死者擦洗过身体,修剪过指甲。也因为如此,尸体上没有大的发现。"

"死亡时间?"

"根据尸体状况推测的话,大概在四十八小时以上,也就是7月8号凌晨,只能推测大概在一点到三点之间,没办法更精确了。"

"有性侵犯的痕迹吗?"

"没有。"

听到这里,罗宋心里竟然有种松了口气的感觉。

"但是……"

高振的这个转折语让罗宋的心一下子又提了起来。

"处女膜陈旧性损伤。"

"也就是说,以前遭受过性侵吗?"

"唔……是在胁迫状态下被性侵,还是自愿发生的关系,没法判断。"

不知道为什么,罗宋觉得是遭受了性侵。与其是说直觉,倒不如说是自己感性的那一面起了作用。他一直觉自己在工作上是个冷静理性的人,此刻却……到底还是许久没办案了,他安慰自己。

"现在的孩子,都普遍早熟。"一旁的光头说道。

罗宋皱起了眉。

"听说还有一个死者?"

"嗯。不过尸体还没运过来,我想先去现场查看一下的好,就没让他们动。反复叮嘱了要保护好现场。宜早不宜迟,要不我们动身吧。"

在车上,罗宋的手指又不觉落在了眉头上。他以为头疼已经消失了,但此刻却又杀了个回马枪。越往前走,道路越是崎岖了起来,狭窄的道路,勉强容得下并排两辆车,对向有来车时,他们的车就紧紧地贴着路的一侧行驶。罗宋在副驾驶上,死死地抓住上方扶手,他看不到车下,不知道轮胎是整个都还在路上,还是有一半已经探出路外。但从他的角度,只能看到深深的沟壑。呼吸不免急促了起来,他努力控制着自己,不要被光头发现。

一直到车子进了村子,两侧不再有深沟之后,罗宋才放下心来。有个人在村头等候,罗宋只觉得他眼熟。

"嘿。何处长。"光头跟那人打招呼道。

被称作何处长的男人很不高兴地皱了皱眉。罗宋过了一会儿才想起来,是原来市局后勤处的副处长何家全,犯了什么事儿被调到乡镇,没想到是来了这里。在局里时罗宋跟他只有过点头之交,此刻也只是点点头。

"先去哪家?"何家全问。

"尸体还在的那家。"高振说。

罗宋一行人跟着何家全从村口向里走。一路上行人稀少,直到看到群聚的人,罗宋便知道到达目的地了。罗宋出生在城市里,没怎么来过农村,一直以来,他也只是听说过现如今的农村已经留不住年轻人,但没想到严重到这个程度。放眼望去,看到的有一大半是年龄六七十岁的老人,一小半是不到十岁的儿童,零零散散有几个初中生模样,至于青壮年,则几乎没有看到。

人群自觉地给他们让开了一条道路,他们来到一户人家门口。大门口拉起了警戒线,一个民警正站在门口擦汗,看到他们后严肃地敬了个礼。罗宋点头回应。

罗宋对农家院子的印象，还停留在他以往去过的农家乐的程度，他甚至想过退休后，找一个僻静的村子，度过残生。但眼前的这座院子很是破败，杂草丛生，正中央一棵粗壮的槐树，向四周拼命伸展着枝叶，撑起不小的一片阴凉。正屋门外的一侧，堆了高高的酒瓶，有啤酒也有白酒，品牌杂乱。一个身着警服的年轻警察跟一个中年男人正站在门口嘀咕。

"何所长。"

中年男人看到他们后笑着说道，罗宋感觉到那笑容里有一丝谄媚。

"这是市里来的法医跟刑警。"

何家全冷冷地介绍道，随后站到一旁，掏出烟点燃，深吸一口后，漠不关心地望向天空，然后缓缓吐出，仿佛他的任务已经完成。

一走进房间门，罗宋就闻到一股酸臭味。环顾四周，房间里几乎没有什么家具家电，倒是成箱的啤酒瓶堆积在角落里。在年轻警察的指引下，他们来到了里屋。一个男人俯卧在床上，地上呕吐物堆积，这便是进门时闻到的酸臭味道的来源。一瓶开了盖的谷水大曲放在床头，只剩瓶底不多的酒。

光头拍过照之后，高振艰难地把尸体翻转过来。转过来的那一瞬间，屋子里的众人都捂住了鼻子。死者的脸色黑青，口鼻之中全是呕吐物。年轻警察忍受不住，跑了出去，随后罗宋听到一阵呕吐的声音。

"十有八九，是醉酒后呕吐物窒息而死。"经过简单尸检后，高振说，"死亡时间大概在十个小时到十四个小时之间，也就是昨天夜里十点到凌晨两点之间。"

"有没有中毒的迹象？"罗宋问。

"看着不太像。"

"没有其他伤痕?"

"没有发现。"

"你倾向于是简单的醉酒呕吐物窒息?"

"唔……我也不敢把话说得太死,只能说看不出其他迹象。还要进一步尸检。"

房间里除了一张床,以及放在床头的一台电视机之外,几乎没有其他的东西。罗宋简单看了一遍,没有发现什么可疑的地方。

一行人走出房间,刚才的年轻警察正站在门口,看到他们后有些不好意思。

"警察同志。"中年男人开口道,"这刘来福是怎么死的啊?"

"你谁啊?"光头毫不客气地问。

"啊。不好意思,忘了自我介绍了。我是这个村的村主任。"

"不方便透露。"

"这刘来福啊,就喜欢喝酒。还老喜欢去别人家蹭酒喝,你说乡里乡亲的,他上门来了,也不好意思赶他走。但他又爱喝,还容易喝醉。说实话,很讨人厌。村里的人老说,这来福早晚有一天得喝死。"

"我觉得,可能不只是醉酒呕吐物窒息那么简单。"年轻警察突然开了口。显然他听到了他们在房间里的对话。

"哦?"罗宋饶有兴趣地向对方望去。

"首先,距离第一个死者的死,只过去了不到两天。而第一个死者明显是他杀,短时间内死两个人,这很不正常。"

"巧合嘛。跟你说,我们见过更离奇的巧合。对吧,宋哥?"光头不屑地说。

"当然,可能是巧合。但是,在昨天我们来村子调查第一个死者情况时,见过这个死者,当时他拦住我们,说有情况要跟警察汇报。"

"哦？他跟你说了什么？"光头问道。

"什么也没说。那时候我们还没到村子，还没确定第一个死者是他杀。而且当时据村主任说，这个人是村里出了名的无赖，所以就没搭理他。"

"本来就是个无赖嘛。"村主任无奈地说，仿佛要撇清责任。

罗宋一下警觉了起来。

"你是说，这第二个死者，有可能是被灭口？"

"不排除这个可能性。"

几个人不再说话，气氛变得紧张了起来。

"高振，安排车把尸体拉回局里，连同殡仪馆里那个姑娘。尽快做进一步尸检。光头，去拿个证物袋，把死者床头那瓶酒装起来，需要拿回局里做分析。你——"罗宋说着指了指年轻警察，"你叫什么名字？"

"张霖。"

"张霖，跟我去第一个死者家里。"

眼前的这座院子终于符合了罗宋对农村院落的幻想，红砖墙青瓦顶，院子也用红砖铺砌，一条碎石铺就的小径从大门延伸向各个房间的门口。院子的一角是一片菜园，远远望过去能看到还没熟透的西红柿。或许我退休后可以找一个这样的院子生活，罗宋心想。院子东侧的房屋门前的凳子上坐着一个警察，看到他们进来后起身，冲张霖点了点头。

"这个就是死者的房间。"张霖告诉罗宋。

罗宋走了进去。房间不算大，只容得下一张床跟一张写字台，墙上贴着偶像的海报跟照片，他不由得想起女儿的房间。他注意到写字台上放置的两张照片，一张是一家三口的合影，另外一张，是合影中的妈妈的单人照。

"这是在房间里发现的死者的遗书。"张霖把一张用塑料袋包裹的纸张递了过来。

罗宋皱了皱眉。

"哦。当时手头没有证物袋,就用了个塑料袋。"

听到这里罗宋抬头看了看张霖,他因为办案跟无数基层警察打过交道。不客气地讲,被警察自己所破坏的现场或证据不在少数。太多基层警察缺少证据意识,眼前的这个年轻警察能考虑到这一点,足以让罗宋刮目相看。

罗宋从塑料袋里掏出一张揉皱了的纸,展开,看着上面清秀的字体。

"死者的父亲就是凭这个发现的异常。据他说,这里面有几个地方'的地得'用的不对。"

"哦?笔迹是死者的吗?"

"我对比了死者的作业本,看上去,像是死者的笔迹。"

"也就是说,这封遗书是别人模仿的?"

"对。所以这起案子,不是简单的杀人那么简单,而是有预谋的谋杀。所以我极度怀疑另外一个死者的死,也是有预谋的。"

罗宋不由得对眼前的这个年轻警察另眼相看了起来。

"没有发现作案工具?"

"没有。只有伪装成自杀所用的绳子,勒死死者的工具没有找着。"

罗宋颔首。

"学过刑侦?"

"没……没有。"罗宋感觉到对方突然紧张了起来。

罗宋再度低头看了看手中的纸,其中的一句话让他在意了起来。

"死者是单亲家庭?"

"对。死者母亲在死者两岁左右时就因病去世了。死者父亲在N市工作,是爷爷奶奶带大的。"

罗宋的心被触动了。他再次想起了女儿,妻子失踪后,自己又忙于工作,带大女儿的同样是爷爷奶奶。

"死者是在哪被发现的?"

"大门外的枣树上。但现场早已经被破坏得没有任何勘察价值了。"

"带我去看看。"

两人走出大门,向他们来时的另一侧走去。罗宋远远地便看到了一棵歪脖子枣树,以及枣树下站着的男人。

"那个是死者的父亲。"张霖小声道。

男人正低头沉思,眉头紧皱。似乎听到了两个人的脚步声,抬起了头。看到对方眼神的一刹那,一种强烈的情感突然摄住了罗宋,他觉得自己能够理解眼前这个男人的痛苦。有时候,一个人会安慰另外一个人:我理解你的痛苦。但除非真正站在相同的立场,没有一个人能理解另外一个人所感受的痛苦。在外人眼里,只能看到一个失去女儿的父亲的痛苦。而眼前这个男人跟他有着更多的相似性,这种相似性让罗宋对对方的痛苦更加感同身受。光是在梦里,失去女儿的感觉就已经让罗宋痛苦得难以忍受,而这个男人却是真真实实地失去了女儿啊。他忍住想要给对方一个拥抱的冲动,走向对方。

对于一个常年在外的父亲,对女儿的了解可想而知。从一开始,罗宋就认定了从死者父亲身上不太可能获取到什么有用的信息。但他还是忍不住问了一个问题,

"你女儿有男朋友吗?"

"男朋友?"对方有些不可思议地睁大眼睛,"她还不到十四岁啊。"

但随即他的眼神又黯淡下来，显然，他对女儿是否有男友这事情，没有太大的自信。

罗宋没有告诉对方处女膜陈旧性损伤这件事情，他无论如何也开不了口。况且，就目前来看，也没有告诉他的必要。最终，他拍了拍对方的肩膀，不是以警察，而是以另一个父亲的身份。对方似乎对罗宋的这一举动觉得有些不可思议，但还是用感激的眼神回应了罗宋。

下午的走访，并没有发现什么有用的线索。阳光最终隐没在山的另一侧时，罗宋正坐到副驾驶上。在这将暗未暗的时刻，罗宋感到一种难以忍受的孤寂。他第一次觉得，车祸以后，自己变了。他似乎明显感觉到自己不再像以往那般冷静、理智。是车祸的缘故吗？大脑的某一部分受到了损伤？还是因为别的什么？身体还未完全康复？他无法确定。在以往，处于案件侦破阶段的他，百分之九十九的精力都会集中在案情上，不管是在吃饭还是上厕所，甚至入睡前的清醒时刻都属于案情。但此刻，他十分想念女儿，他掏出手机，打开微信，给女儿发了一个微笑的表情。

在那以后的十分钟里，他反复打开手机，查看女儿是否有回复。

"宋哥，有事儿？"光头发现了罗宋的异常，问道。

"没有。"罗宋故作镇定，但心里却有一丝不好意思。

"要不要直接送你回家休息？总觉得你身体还没恢复好。"

"不行。得开案情分析会。"

"宋哥，你对这个案子怎么看？你觉得这第二个死者会是他杀吗？"

罗宋摇了摇头。以他的经验来看，这两起案子之间必定有什么关联。但目前来看，两个死者的联系还只局限在镇派出所警员张霖所说的，第二个死者可能知道关于第一个死者的某些事情。

"但愿不是吧。"罗宋回答。同时再次看了看手机。

"第一个死者,被伪装成自杀还伪造了遗书。第二个死者,看上去也是自然死亡,如果真有他杀的证据,那说明这凶手不一般啊。"

"嗯……"罗宋无心回答光头的话,再次看向手机。女儿终于回了他的消息,一个同样的笑脸,后面跟着一个亲吻的表情。罗宋终于放下心来,心情一下子变好。

"如果第二个死者是他杀,那侦破这件案子的可能性就会变大。不存在没有漏洞的犯罪。做的越多,露出的马脚也会越多。"

话音刚落,电话响了起来,是高振。

"几个消息,先跟你说一下。首先,第二个死者的直接死因,的确是呕吐窒息。但在胃内容物里,发现有巴比妥的成分。也就是安眠药。第二,在带回来的酒里面,同样发现了巴比妥的成分,白酒加安眠药,有可能致死,所以根本死因还是这个,有人想置他于死地。哦,对了,从酒瓶上还提取到不少指纹,一部分是死者的,还有五个指纹,所有者未知。"

挂掉电话后,罗宋叹了口气。车正行驶在狭窄的山路上,白晃晃的月光照着两侧的沟壑,把原本就嶙峋的怪石照得有如鬼魅,光头把车开得飞快,他再度感到紧张,手指不自觉地又落在了太阳穴上——该死的头疼又回来了。

六

罗宋透过缭绕的烟雾,打量着会议室里的每一个人。让他感到有些诧异的是,与会的人里面,竟然没有一个是不吸烟的。他低头看了看手里的烟,车祸以后,他开始试着戒烟,在规律的内勤生活之下,戒烟似乎有了些成效,但今天他突然意识到,如果再次回归工作,那戒烟就半途而废了。

案情分析会上,罗宋把信息共享给了大家,尤其是在第二个死者的胃里及身边的酒瓶里检测出安眠药成分这一点。镇派出所的人如临大敌。三天两起命案,还都是他杀,对于一个乡镇而言,严重程度可想而知。

"我觉得有一点需要确定,两个死者的死之间有什么关联吗?"王所长问。

"从目前掌握的情况来看,只能说是有这个可能性。"罗宋回答。

"第一天去的时候,第二个死者曾经拦住我们,说有情况要汇报。"张霖说。

"哦?他说了什么?"王所长问。

"但那时候关于第一个死者的死因还未能确定,加上村主任说那人是村里出了名的赖皮,所以,他所说的要汇报的情况究竟是什么不得而知。"

"第二个死者的社会关系呢?"

"死者是个无业游民,光棍。早些年在外打零工,后来受了工伤,腿脚留下残疾,拿了十几万的赔偿金后就没再出去工作过了。村子里的地也没再种过。游手好闲,喜欢喝酒。这两年估计赔偿金花得差不多了,开始去别人家蹭饭蹭酒,从村民的反应来看,的确挺讨人厌,但还不至于起杀心。"今天下午负责走访调查的一个派出所警察说,"关于刚才小张说的,死者知道关于第一个死者的什么隐情,在走访的过程中,的确听不少村民说过,他在不同的场合提到过'警察早晚会来求我告诉他们的',但他究竟知道些什么,他绝口不提。"

"两个死者之间有什么交集?"

"一个是四十多岁的无业游民,一个是十几岁的学生,况且大部分时间都住校,没有发现也想象不到会出现什么交集。"

"不会是他看到第一个死者被杀的现场了吧？"有人说。

"不太可能。"张霖脱口而出，"如果他看到了杀人现场，不可能如此守口如瓶。我推测，他或许看到了他自认为可能跟第一个死者的死有关的某个人或某件事。"

"呵。可够绕的。"光头说。

罗宋看了张霖一眼，下午的时候，这个年轻的派出所警员就给他留下了很深的印象，是个做刑侦的好苗子。

"死者的遗书，根据笔迹鉴定结果，的确不是死者所写，是摹写。有什么想法？"罗宋故意面向张霖问道。

"死者的死亡时间是深夜，所在的村子又相对偏僻，所以我觉得凶手应该是村子里的人。凶手既然是摹写，说明他能拿到死者的作业本之类的东西，熟人的可能性很大。还有，现场应该没有发现翻墙进入的痕迹吧？这就说明有可能大门是从内侧由死者自己打开的。这一点也可以说明是熟人作案。另外，考虑到死者'的地得'不分，可能文化程度不高，起码语文水平不好。"张霖不假思索地说，听上去，他就这个问题已经思考了很长时间。

"嘿。话可不能这么说啊。我就'的地得'不分。"光头抗议。

"也没人说你文化程度高啊。"罗宋揶揄道。

"宋哥你过分了啊。"

"很好。"罗宋转向张霖，"从目前掌握的情况来看，村子的人员结构相对简单，不识字的首先可以排除在外，行动不便的老人跟年纪过小的孩子也可以排除，这样范围就能缩小很多。"

"我觉得，"张霖再度开口，"可以把范围缩小到死者的同学。毕竟，同学之间，还是最容易拿到作业本之类东西的。再者，虽然凶手的动机不明，但既然是有预谋的杀人，仇杀的可能性较大。死者社会关系相对简单，平时住校，大部分时间在学校。因此，我觉得同学的可能性还是很大的。"

"可以啊你。"光头忍不住赞叹道,"怎么样?要不要来市刑警队跟哥混?"

罗宋注意到张霖往王所长的方向望去,脸上露出害羞的神情,但还夹杂着些许骄傲。王所长头微微上扬,微笑着,似乎对手下人的表现很是满意。罗宋忍不住向何家全望去,对一个从市局下放到乡镇的人而言,看到有人谈论从乡镇上调到市里是种什么感觉?何家全的脸在烟雾之中半隐半现,面无表情,似乎事不关己。

"根据今天下午的走访,村子里跟死者在同一所中学的,有十一个,而同一级的,有五个。"张霖补充。看上去他已经在冲这个方向进行调查了。

"哦对了,"张霖再次说道,"我还研究了一下死者刘艾的QQ空间,发现了两条状态,一条是'没想到你真是这样的人!太恶心了!'第二条是:'要不要告诉他呢?纠结了好久。不能眼看着这样下去啊!'这两条都是近两个星期发的,虽然说不上跟案子有没有什么关系,但总让人有些在意。"

"关于第一个死者,可以着重往这个方向调查。"罗宋对张霖的看法表示肯定。

"第一个死者的调查方向基本确定了。但是这第二个死者,如果说跟第一个死者没有关联,该从什么地方调查起呢?"王所长站起身,在会议室里踱步,眉头紧皱。

"可以从安眠药入手。"张霖抢着说道,"看看村里有哪些人在服安眠药或是近期采购过安眠药,可以从药店查起。"说毕看向罗宋,像是答题的学生,等待着老师的夸奖。

在基本上定下接下来的调查方向,并安排了第二天的行动之后,案情分析会终于结束。回到家里时已经是夜里十二点,罗宋轻轻推开女儿房间的门,窗帘没拉,月光把房间照得犹如白昼,女儿的床上空荡荡的。他心里一惊,出了一身冷汗,随即想起来,女儿给他发了微信说今晚要住奶奶那里。他苦笑,安下心来,靠在女儿房间的门框上,点燃一根烟。一想到女儿即将上大学,以后在家的日子越来越少,他的心里就泛起一阵难以忍受的寂寥。这半年多算是这二十几年来他过得最安稳的日子,每天早早下班,回家做饭,等女儿放学回家。他甚至已经习惯了这规律的生活,但他终究还是会回到过往的生活,就像那戒掉的烟最终还是被再次点燃,他盯着手里的烟想。

案情在第二天一早就有了重大突破。就在罗宋前往谷水镇的途中,接到了田古的电话。昨天他委托田古对死者的通话记录、短信及社交媒体进行分析。

"老罗,死者死亡那天晚上,凌晨两点十分接到过一个电话,通话时间只有十秒钟。通话的号码,登记的名字叫刘林智。当天晚上的通话记录详单我稍后发给你。"

挂掉电话后,他立马拨通了王所长的电话:"王所,麻烦安排人立马查一下谷水村有没有一个叫做刘林智的人。"

"宋哥,有发现?"

罗宋点了点头,把通话记录的事情跟光头说了。光头把油门踩到底,一路左冲右突插队加塞,罗宋紧紧地抓住上方的扶手,脸色变得苍白。

到达谷水镇派出所的时候,张霖正等在门口。看到罗宋后急匆匆地走上前来:"罗警官,王所跟我说了,说要查一个叫刘林智的人?"

"对。"

"这个人正好昨天我查过了。"

"哦?"

"这个刘林智,是第一个死者刘艾的初中同学。"张霖兴奋地说。

七

罗宋看到刘林智的第一眼,就能感觉到对方在隐瞒什么。

这不是一张十几岁少年该有的脸啊,罗宋忍不住想。能展现他的青春的,或许只有脸上那几颗已经几近爆裂的青春痘了。从那张麻木的脸上能看得出来,他已经长时间缺乏与人交流。少年的眼神躲闪,与人目光接触后马上移开。

"你叫刘林智?"光头问。

"对对,他就是刘林智。"跟在一旁的村主任忙不迭地回答。

少年没有开口,眼睛盯着地面,不住地踩着脚底下的沙子。

一个六十多岁的女人从大门外冲进来,一把拉住村主任的胳膊:"树水,怎么了啊,树水?"

"三婶啊,警察来了解下情况。"

"了解情况?了解什么情况?小智可是个好孩子啊。"女人依旧拉着村主任的胳膊,仿佛做好了对方要是不相信自己孙子是好孩子就不放开的打算。

"我知道小智是个好孩子,三婶你别紧张啊,就问点事儿,又没说要怎么样。"

"哦,哦。"女人终于冷静了一点,随即换了一副笑脸,"坐,进屋坐。"

说完后女人走到大门口,把大门关上。门口早已围了许多闻讯而来的村民,眼巴巴地向里张望着。

"小艾死的那天凌晨两点多钟，你打了一个电话给小艾。是不是？"一行人进屋后，张霖问。

少年抬头看了看，张了张嘴，似乎惊讶于警察竟然知道这件事，随即又低下了头，没有开口。

"你们说了什么？"张霖追问。

依然是沉默。

"是不是你杀了那姑娘？！"光头突然喝道。

少年哆嗦了一下，但依然沉默不开口。

"警……警察同志，你说什么呢？小……小智怎么会杀人啊。"女人一开始还没有什么底气，但突然声音高了一个八度，"有什么证据啊就说小智杀了人，你们怎么能张嘴就瞎说啊。啊？！"随即她像是意识到了什么，向大门口望了望，然后闭了嘴。

罗宋打量了下房间，地板上铺着瓷砖，尽管早已被尘土遮掩得毫无光亮。家电齐全，冰箱、立式空调、得有50寸的液晶彩电，沙发看上去是皮质的，只是不知道真假。看上去像是一个富足的家庭。

"他的房间在哪？"罗宋问女人。

女人犹豫了片刻后才不情愿地指了指东边的厢房。

罗宋向少年的房间走去，大家都跟在身后。房间异常整洁，完全不像这个年纪的男孩子的房间，起码在罗宋看来，他在男孩这个年纪的时候，房间可是乱得一塌糊涂。一张单人床，被子整齐地叠放着，枕头放在被子上，还有枕巾盖在枕头上。写字台宽大，上面摆着不少的书，罗宋粗略扫了一眼，看到许多本从名字上看着像是小说的书。笔记本电脑半合，显示屏还亮着，也许在他们进来的时候少年正玩着电脑。

张霖从放在书桌上的书里面，抽出一本，翻看了一会儿，然后走过来贴着罗宋的耳边说：

"罗警官，这本是第一个死者的暑假作业本，语文的。"

罗宋知道这意味着什么。

少年在门外站着，没有进来。张霖走到门口，站在少年面前。

"凌晨两点给小艾打电话，到底是因为什么？说了什么？还有，"张霖扬了扬手里的暑假作业，"这个怎么会在你手里？"

少年抬头看了看，张了张嘴，随后又低下了头，依然沉默。

"小智，你张嘴说话啊！"一旁的村主任急了起来。又笑着跟众人解释道："这孩子，从小话就不多。"

"宋哥，要不先带到局里？"光头问。

女人听到这话，一下子站到了少年前面，张开双手，像是护崽的老母鸡。

"你们想干什么？"

"警察同志，小张，没必要这样吧？"村主任面向张霖问，随即又转向少年，"小智！"

张霖用问询的眼光看向罗宋。

罗宋看了看少年，少年依然低头沉默。他知道，眼前的这个少年，不会轻易开口。

"先带回去吧。"罗宋说。

少年并没有反抗，倒是女人呼天抢地，生拉硬拽。要不是村主任在一旁帮忙，他们或许要花费更多精力才能将少年带走。经过人群的时候，罗宋的胳膊突然被人拉住了，他扭头看去，一个六十多岁的男人，堆着一脸的笑："警察同志，是不是小智杀了小艾啊？"

罗宋没有说话，试着挣脱对方的手。但这个老人的手上却有着让罗宋意想不到的力气。

"不方便透露。松开。"

"小艾死的那天晚上，半夜两点多，我听到他们家关大门的声音。"老人说着冲着罗宋刚才走出来的方向努了努嘴，"哦，我就住他们家隔壁。"

　　"你确定？"

　　"当然啊。我一把年纪了，也不会造谣啊。那天夜里起来上茅房，正好听到关大门的声音。我还看了看表的，两点十八分。"

　　罗宋皱了皱眉，然后继续向前走去，老人识相地松开了手。

　　死者刘艾的父亲挤进来，没有开口，只是以期盼的眼神看着罗宋。罗宋看着他，摇了摇头："等有了结果，我会第一时间通知你。"

　　刘来强闪身让开，罗宋经过他身边时，又拍了拍他的肩膀。

　　一直到下午三点，少年都没有开口。连罗宋都觉得不可思议，他这些年抓过不少人，也碰到过不少的硬茬，但从没有一个人能坚持这么久一言不发，最起码，大都会反驳，会狡辩，会抵赖。光头的呵斥恐吓没有起任何作用，张霖的温柔相劝也没有起作用。他们像是在击打一块能吸收并消解所有力量的海绵，拳拳无用，让人心焦。

　　下午四点，所有人聚集在了谷水镇派出所的会议室，烟再度被点上。

　　"我觉得这个刘林智的嫌疑很大啊。"光头最先开口。

　　"的确。凌晨两点给死者打过电话，房间里又有死者的语文暑假作业。尤其是死活不开口。"有人附和道。

　　"还有，我看那孩子房间里不少推理小说、犯罪小说。"

　　"但没有一样直接证据。"罗宋泼了冷水。

　　所有人都不再说话，沉默地抽着烟。

　　"他的电脑跟手机有没有带过来？"罗宋问。

"带过来了。笔记本粗略翻了翻，没发现什么。手机还没能解锁。"光头说。

"手机呢？"

光头把手机拿过来递给罗宋。他看了看，华为，安卓系统，小刘应该能把密码破解了。但把手机送到市里等破解好，不知道要浪费多少时间，罗宋狠了狠心，决定试一试另一个办法，他在众人不解的眼神中走了出去。

他来到拘留刘林智的审讯室中，少年抬头迅速地瞥了一眼后又低下了头。罗宋走到对方面前，把手机递给他。

"解下锁。"声音冰冷而威严。

少年愣了愣，伸手在手机上划出一个图案，罗宋把那个图案记在心里。他突然觉得，眼前的这个少年并非不配合调查，他只是不善言语，或者是害怕得不知道如何表达？他站在那里，翻看了少年的手机。短信记录，被清空了。相册里，照片寥寥，以自拍照居多，但其中几张跟女生的合照一下子抓住了罗宋的眼球，那是死者刘艾！两个人看上去关系亲密。他忍不住瞥了一眼少年，刘艾很漂亮，眼前的脸上冒着青春痘的少年远算不上帅气。他又翻看了微信、QQ，聊天记录被删除得一干二净。最后他查看了通话记录，刘艾死的那天，两点零五分，有一个打给刘艾的通话记录，显示接通。从两点二十开始，以三分钟的间隔，有十通打给刘艾的电话，都显示未接通。

罗宋在回会议室的时候遇到张霖。张霖走得飞快，脚下生风，下午审讯刘林智无果，罗宋派他回村子进一步调查，着重调查刘林智跟刘艾的关系。

"有什么结果？"王所看到张霖后便问道，众人用期待的眼神望向张霖。

"我先去刘林智家里调查了一遍,没发现什么异常。他奶奶对孙子的事情,一问三不知,只是不断重复她孙子是个好孩子。然后我去问了刘林智在学校里的几个同学,从同学那听来的评价不太好。在学校里他外号叫'色情狂'。"

"色情狂?"

"对。我还特意打电话给他的班主任。总之所有人的评价都是,沉默寡言,不怎么跟人打交道。有几个同学毫不客气地叫他怪胎。色情狂的名声,据说是上初一的时候,在他课桌里发现了一本尺度很大的色情杂志。但是据刘天一说,那本杂志是别人故意放到刘林智桌洞里的,恶作剧或者栽赃。"

"刘天一是谁?"王所问。

"村主任的儿子。刘林智的同学。"

"嘿!"光头突然发出一声夹杂着一丝得意的叫声,众人向他所在的方向望去。

大家说话的那会儿,光头一直在鼓捣着刘林智的电脑。

"还是叫我给发现了。"

"发现什么了?"张霖问。

"隐秘文件夹。"

"什么隐秘文件夹?"

"我就知道一个十几岁的小伙子,电脑里面怎么会这么干净。我一个文件夹一个文件夹地看过来,终于发现了一个容量特别大的,那是个系统文件夹,按理说不应该那么大。然后我一层层地找下去,好家伙,藏了足足得有十层,但还是被我给找着了。家庭教师、侵犯、嘿,光看名字就让人脸红呀。"光头得意洋洋地说,然后把电脑转向众人,带着一丝恶作剧地表情,点开了一个文件。音量开得有些大,女人呻吟的声音一下子响彻会议室。连光头都被吓了一跳,赶紧关掉。

"足足有二十多个G啊！"

众人不语，默默地抽着烟。

"这么说，性是犯罪的动机？"王所开口道。

"但死者没有被性侵犯的痕迹啊。"张霖说。

"兴许是未遂呢。"

"这个刘林智，父母不在身边吧？"一直沉默不语的何家全开了口。

"恩。父母在外地打工，常年不在家，奶奶一个人带大的。"

"也就是，"何家全仿佛故意顿了顿，"留守儿童？"

"可以……这么说吧。"

"都十三岁了，该是留守少年了！"光头插嘴。

"留守儿童也好，留守少年也罢，这些年，留守儿童的问题可以说不小，尤其是从留守儿童成为留守少年，正是心理成熟跟生理发育的关键时期。亲情的缺失，容易造成心理的问题，再加上这些年网络的发达，不少孩子被带上了歪路，干了坏事，甚至是性质很恶劣的事情！还有刚才说的那些犯罪小说，乌七八糟，净教人怎么干坏事了！"

何家全这番话说得官气十足，但罗宋注意到王所还是认可地点了点头："没错，这些年留守少年犯罪的确成了问题。"

"我不同意。"张霖突然开口，语气听上去有些冲，"就因为他是留守少年坏事就是他做的？不错，这些年留守少年的犯罪趋势越来越明显，但大都是些偷鸡摸狗打架斗殴的事情，我们镇上，有发生过留守少年导致的命案吗？再说，留守少年独立自强的也不在少数啊！"

罗宋听出来了，眼前的这个年轻警察，曾经是留守儿童的一员。

"我们只不过是在推理！"何家全说。

"从已知的事实推论叫做推理，你这种没有事实依据的推论，根本就是臆测！"张霖丝毫不退让。

"好了好了，这不是吵架的时候嘛。"光头在一旁打圆场。

"光头，"罗宋开口，"你电脑里，有这种色情电影吗？"

"嘿，宋哥，你怎么审上我了？"

"老实回答！"

"嘿嘿。"光头有些不好意思，"当然有啦。"

"如果你是十几岁，如果你有一台电脑，还有网络，你会不会下载很多像这样的电影？"

"会……吧……"光头挠挠头。

"所以这说明不了什么，况且死者没有丝毫遭受性侵的迹象。"

罗宋注意到何家全恶狠狠地看了他一眼。

"看这个，"罗宋把刘林智的手机上跟刘艾亲吻刘林智的合影拿给众人看，"刘林智跟死者的关系比较亲密。"

"对了！在村子里问刘林智同学的时候，提到这件事，他们都是用那种开玩笑的语气，就是那种……"张霖皱着眉头，似乎在想一个合适的表达，"就是那种，不般配的两个人，被人放在一起开玩笑的那种感觉！"

"笑话癞蛤蟆想吃天鹅肉嘛！"光头道。

"看上去癞蛤蟆的确吃上了天鹅肉。"罗宋举起手里的手机。

"兴许是想吃没让吃所以起了杀心呢。"何家全说。

"如果依你这么说，冲动杀人的可能性很大。那又怎么解释凶手在事前就准备好了伪造的遗书呢？那封遗书不可能是杀完人之后写的。"张霖不依不饶地面向何家全说道。

"谁说那封遗书不可能是杀完人后写的？"何家全仿佛要为自

己挽回一点面子。

没人接话,显然是不想就这种愚蠢的问题继续说下去。

"刘林智家里,有发现安眠药吗?"罗宋突然想起来。

"没有。家里人没人吃安眠药。刘林智家里也没有发现谷水大曲,问了村里小卖店也说最近没卖给他们家酒。另外说到安眠药,我去镇卫生院里查了查,没有查到刘家村有人从卫生院拿过安眠药。药店也大概问过了,同样没有。"

罗宋赞许地点了点头,眼前的这个年轻警察,思维缜密,只需告诉他一,他便能想到三。

"但这也没法证明第一个死者就不是他杀的,或许第二个死者的死,跟第一个死者就完全没有关系呢!"

何家全依然不死心,罗宋感觉得到,他已经为了自尊而陷入了为否定而否定的地步了。

"同样没法证明人是他杀的。我们还是得想办法让刘林智开口。"王所的一句话终结了争论。

一直到晚上六点,他们都没能撬开刘林智的口。罗宋不禁怀疑对方是不是哑巴。正当他们无可奈何地时候,来了一个四十多岁的女人。村主任陪她一起来的,告诉他们她是刘林智的母亲。女人一脸的麻木,不知道是天生如此还是因为过度紧张。村主任说,她是从几百公里外打工的城市赶回来的。

所有人都筋疲力尽,对于是继续拘留刘林智,还是让他回家,几个人之间起了争执。最终让争议消失的,是他们发现刘林智尚未满十四岁,从法律上来说,他们无法继续拘留他。

那天晚上,罗宋在镇派出所里住下了。所长强烈要求罗宋去他家里住,他委婉地拒绝了。跟光头在会议室的沙发上凑合着睡了一夜。前半夜的时候,罗宋完全睡不着,刘林智那张沉默的脸不时地浮现出来。他走出去,在被月光照亮的院子里抽烟。他跟不少犯人打过交道,也见过不少种类的沉默,大多是为了逃避责任而沉默。但罗宋的直觉告诉他,这个少年不是。这个少年的沉默让他感到心疼,那是一种被某种东西——或许是恐惧,或许是其他——扼住喉咙而无法言说的沉默。他想到少年那躲避的眼神,一股怜惜的心情涌上罗宋心头。一阵风吹过,罗宋打了个寒战,突然理智起来。不,我不能被对他的可怜蒙蔽了双眼,无论如何,这个少年,隐瞒着什么!他掐掉烟,扔在地上,狠狠地踩了下去。

八

月色如纱,笼罩了房间里的一切。

刘林智睁大了双眼,盯着月色中的一片虚空。他不敢闭眼,一闭上眼,小艾的样子就浮现出来。不知道为什么,他死活想不起来最后一次见小艾时的情形,那时她穿的是什么衣服?他们说了什么?她有笑吗?但只要一想到再也见不到小艾的笑脸,再也牵不到她的手,胸口就不可抑制地憋闷起来。

让他难以忍受的,还有母亲的眼神。难道她也不相信我吗?但她好歹回来了。他以为会见到父亲,但是没有。母亲说,父亲现在正是忙的时候,请不下假来。又有什么关系?他已经将近一年没有见过父亲了,甚至连电话都没有打过一个,见与不见又有什么区别?赚钱最重要。也许父亲也会跟母亲一样,觉得他做了坏事,说不定还会打他,就像他小时候犯了错的时候一样。他算是犯了错吗?

他终究还是没有说出口,只是沉默。但在那些警察看来,沉默等同于承认。他清楚地记得他们看他时的眼神,冰冷。他像是落入狮群的羔羊，惶恐不安。他们接连不断地提问，迫切地想要寻找答案。为什么半夜两点给死者打电话？你的邻居听到你家两点大门有开关的声音，你半夜出去做了什么？但他们越是问，他越是张不开口。恐惧像一把枷锁锁住了他的喉。该说出来吗？那件事，跟小艾的死有关吗？他不知道。他还有另外一种恐惧，让他羞于启齿。别人会把他当成是变态吧？上初一那会儿的事情，他不想再经历一次了。有人把一本色情杂志放到了他的桌洞里，色情狂的名声，到现在他还背负着。电脑里的那些电影会被发现吗？他隐藏得已经够深了，但愿他们发现不了。

但是，小艾的死难道不可能跟那件事有关吗？如果跟那件事有关，难道不也与我有关吗？如果我没有在小艾到之前匆忙逃走，如果那天晚上我看到了小艾，把她送回家，她是不是就不会死了？难道真的怪我吗？他闭上眼，小艾的脸浮现了出来，然后被他的泪水所淹没。

大门开启的声音惊醒了他，已经是早上。他静静地躺着，听到母亲的声音，然后是几个男人的声音。他听出来了，是昨天的那几个警察。他的心急剧跳动了起来。今天会是什么？要像昨天一样在派出所里，在一间密不透风的房间里被审问一整天吗？

母亲推开门走进来，要在以往，母亲都会敲门，但今天一下子就推开门走了进来。

"起来吧。"母亲的声音听上去有些冰冷。

他不情愿地起身，胡乱地穿上衣服，趿拉上鞋。

"警察在外面等你。"母亲顿了顿，"该说的，就说出来吧。"

他从母亲的声音里听出一种听天由命的感觉，仿佛已经认定了儿子是杀人犯，在等待儿子将他所犯下的一切讲出来。

一老一少两个警察正站在院子里沉默地抽烟。他们是父子吗？

他不由得心想。尽管他们的面容并不相似，但为什么他们看上去那么相像？

"配合我们再去派出所一趟吧。"年轻的警察说。客气，但也冰冷。

快走出大门的时候，他听到奶奶在身后喊他的名字，他站住脚，回头看了看。奶奶急匆匆地小跑过来，焦急但是又温柔地往他手里塞了一个东西。圆圆的，热热的，一颗刚煮熟的鸡蛋。

他跟随警察上了车，时间还早，但四周还是围满了人，他不敢抬头看。经过那棵枣树时，他忍不住回头看了很久，然后再度感觉到窒息，他大口地喘息。

"没事吧你？"坐在副驾驶上的中年警察问道。

他依然沉默。

这是他第二次来到派出所，第一次是在昨天。上学的时候，他经常会从派出所门前经过，但从没想过有一天自己会进来这里。这个院子在曾经的他的眼里，神圣但又遥远。

中年警察走了进来，往桌上放了一杯豆浆一个包子。

"吃吧。"

他没有动。不是因为他不饿，而是不敢。一坐到审讯室里，恐惧感便摄住了他。我要继续这样不说话吗？他在心里问自己。

"你跟死……"说到这里，中年警察突然住了口，"你跟刘艾到底什么关系？"

"……"

"有人说她是你……女朋友。"

算是吗？我牵过她的手，我亲过她的额头。但他只是低着头，没有说出口。

"你们，"警察说到这里，突然沉默了，沉默了好一会儿才道，

"你们发生过关系吗？"

他抬起头，惊讶地看了看警察，随即迅速移开了目光，又低下头。我们当然没有，我喜欢她，但我不会对她做那种事情！他想起了那个秘密，无论如何，他用生命发过誓，答应过小艾，永远不会把那个秘密告诉别人。永远。哪怕小艾已经不在了。但小艾说得对，那个混蛋跟他爸一样，是个坏种。

"你一直像这样不说话，我猜有两种可能。第一，是你杀了她。第二，你看到了什么或者知道什么，但不肯说。"

听到后一句话的时候，他的身子抖了一抖。

"你看到了什么？你在害怕什么？"

害怕什么？害怕被人叫做色情狂，害怕被人嘲笑，被人背后指指点点。

警察叹了口气，走了出去。

他的手塞在裤兜里，兜里装的是奶奶拿给他的鸡蛋。或许是一直窝在手里的缘故，鸡蛋到现在都还是温热的。他不住地揉搓鸡蛋，想着刚才奶奶的眼神。比起母亲，起码他从奶奶的眼神没看到那种不信任。他从小跟奶奶长大，但越大，跟奶奶的话越少。奶奶不了解他心里的想法，也不可能了解。只要让他吃饱穿暖，奶奶的任务便完成了。谁会在乎他心里想什么？根本没人在乎。不，小艾在乎。想到这里，他的眼睛又湿润了起来。

长时间地沉默。静止不动。即便这间房里已经没有了人，他还是保持一个姿势动也不动。直到他觉得身体变得僵硬难耐，手里的鸡蛋终于冰凉，或许是因为鸡蛋上早已经有了裂缝，他一用力，鸡蛋碎裂，他手上沾满蛋清蛋黄，连空气中都弥漫着水煮蛋的味道。

不知道就这样过了多久，房门又打开了。但他没有抬头看。一个人坐在了他的对面。

"小智。"

他愕然，抬起头，那曾经审问他的警察所坐的位子上，如今坐着他的母亲。

母亲的表情里似乎糅杂了许多种情绪，有一些心疼，但更多的是焦急，眼神里依然透出来一些不信任。

"跟警察说了吧。不管你做了什么，不是有妈在吗？"

愤怒突然涌了上来，他把手从口袋里抽出来，把手里早已破碎的鸡蛋狠狠地摔在地上，低下头，眼睛却斜着看向上方。母亲的脸上掠过一丝惊恐。

他愤怒，是因为想起小学三年级的时候，家里少了一千块钱，母亲怀疑是他拿的，为此他还挨了父亲一顿揍。此刻的母亲就像是那个时候。为什么就不肯相信自己的儿子呢？我是从你自己身上掉下的骨肉，难道你自己都觉得我是个坏种吗？

他的怒气一下子消散了，被一种怨气所替代。他委屈地哭了起来，嘤嘤地哭，随后伏在桌子上，号啕大哭了起来。

哭完之后，他坐起身，眼神里多了些决绝。母亲伸过手来想要擦他的泪，被他一把推开。他终于开口了，大声说：

"我没有杀人！那天晚上我打电话给小艾，是为了去看村主任跟小艾的姑姑上床！"

九

"都怪我。那天晚上，要不是我打电话给小艾让她出来，她也就不会出事了。"眼前的少年终于开了口，眼神里的恐惧，被悔恨所替代了，"我一开始跟小艾说她姑姑跟村主任的事儿的时候，她怎么也不相信，还说我变态，有好几天都没理我。过了一段时间，她跟我说,下次我再看到他们干那个,就叫她去看。那天晚上,我又看到了他们在干那个,就打电话给了小艾。她说她马上过来。我等了几分钟,听到身后有动静,我一害怕就跑了。回到家后就打电话给小艾,但是怎么打她都不接……"说到这里,少年又嘤嘤地哭了起来,豆大的泪珠止不住地往下掉,屋子里的人都没有说话,默默地等着他哭完。张霖从桌上抽了两张抽纸递给他。

"你怎么知道的村主任跟她姑姑偷情?"等哭声终于消失,光头开口问道。

沉默。张霖不觉有些紧张了起来,担心少年又回到之前沉默的状态。

"晚上我总是睡不着,尤其是半夜醒了的时候,怕得不行,就跑出去,在村子里到处乱转……"

"等等,怕得跑出去?外面不是更黑吗?"光头问。

"我不是怕黑。"少年再度沉默了一会儿后说,"我一点都不怕黑,我也不相信有鬼。"

"那你怕什么?"

"我也不知道自己怕什么,只是半夜醒了后,胸口闷得喘不过气,感觉周围的墙向自己压过来,在屋子里待着只会越来越难受,我就跑出去。有一天我在村子东南角那一片的一户人家后面,隐隐约约听到有声音,那一片的人基本上都搬走了,应该没人的。我偷听了一会儿,然后翻墙进去,窗户没关,我就看到村主任跟小艾的姑姑在干那个……"

张霖突然回想起自己上小学时的几个夜晚。那时候父母在外打工常年不在,有几天爷爷在镇上医院住院,奶奶陪护,家里只有他一个人,那几个晚上给他留下了难以磨灭的记忆。他害怕,怕黑,怕鬼。但眼前的少年,怕的不是这些。他无法完全理解少年的心情,但似乎又隐约知道他在怕什么。

"从那以后,我时不时地半夜去那儿,看到了他们三四次。后来我忍不住告诉了小艾,小艾死活不信,我就拍了视频给她看。"

"视频?你拍了视频?"

少年沉默了片刻,然后默默点了点头。

"我电脑里有。"

光头把少年的电脑拿过来,打开那个隐藏的文件夹后,把电脑转向少年。少年抬起头,看到自己隐秘的文件夹被打开后,有些惊讶,又有些愤怒,随即又有些不好意思起来。

少年操纵鼠标,从数不清的文件夹中点开其中一个,然后像是指认赃物的犯人一般,低下头,再度沉默。

光头想要打开文件夹下的文件时,罗宋按住他的手,示意他不要打开。

"那天晚上你打电话给小艾就是为了让她去看那个?"罗宋问。

少年点头。

"你为什么没有等到她到?"

"我听到院子里有声音。"

"然后你害怕就跑了?"

"嗯。"

"你不是不怕鬼不怕黑吗?"

"我听到像是石头落地的声音,声音有些大,村主任跟小艾姑姑也听到了,往窗户外看,我一紧张就跑了。"

询问结束,他们又留下少年一人在审讯室了。张霖最后一个走出来,在门口时,他回头看了看,房间才粉刷过,墙壁雪白,什么都没有,甚至连"坦白从宽,抗拒从严"都没来得及写。灯光昏暗,偌大的房间只有一张桌子跟两把椅子,一把空着,一把上坐着少年,少年瘦弱的身体顶着一颗与身材不相称的头颅,头低着,深深地向下低,像是要低到土里,像是要把自己隐藏起来。没有比这更让人觉得孤单的场景了,张霖想。

"怎么样,你相信那孩子说的话吗?"会议室里,罗宋问张霖。

张霖不假思索地点了头,对少年的相信,不只是基于事实的判断,更是因为他心里感性的那一部分在起作用。他觉得少年不可能在撒谎。

"宋哥,这孩子拍的视频里面,有一段是那姑娘死亡当晚凌晨两点十二分拍摄的,长度不到一分钟。"

光头说着,将电脑屏幕转向大家,视频是从窗口拍的,得益于月光明亮,房间里的一切都看的清清楚楚。简陋的房间里,一张只铺了凉席的床上,男女正在交欢。他们各自黝黑的身体,被月光照得几近发亮。尽管只是侧脸,但张霖还是一眼就认出了刘家村的村主任,对女人的辨认倒是花了一些时间,直到在视频的最后一秒,视频里的男女向镜头所在的方向看过来,张霖看清了女人的脸。

"啊。原来是她。"

"你认识?"光头问。

"嗯。这个女的是镇中学的体育老师,叫刘来羽。在第一个死者家里的时候,也看到过她。"

"长得倒是挺不错,啧啧啧。"

"刘林智给死者打电话是两点十分,这段视频的录制时间是两点十二分,长度五十九秒,也就是说刘林智离开那里的时候是两点十三分左右。据刘林智邻居反应,两点十八分左右的时候,听到刘林智家大门开关的声音。死者的死亡时间推断是在凌晨一点到三点之间,既然两点十分还有过通话,说明那时候还活着。如果是刘林智杀了刘艾,那么是在两点十三分到两点十八分之间,或者两点十八分之后他又出去过。如果是前者,五分钟的时间,绝对来不及杀死一个人再把她挂到树上,"罗宋仿佛自言自语般说道,"但是刘林智手机的通话记录里,从两点二十开始,以三分钟左右间隔给刘艾打了十个电话,都未接通……"

"宋哥,我看了浏览器的浏览记录。这小子从两点半开始,浏览黄色网站一直到四点左右。"光头插话道。

"所以综合考虑看,这个刘林智没有作案时间咯?"罗宋问。

"嗯。"光头点头,"你觉得这个说法怎么样。死者刘艾来到偷情的地方,被两个偷情的人发现了,然后被勒死,又伪装成自杀?"

"你是说激情杀人?"罗宋问。

"是呀。"

"那你怎么解释遗书?"罗宋白了光头一眼。

"罗警官,"张霖突然想到什么,"我在推测伪造遗书的时候,曾经想过可能是死者的同学,因为接触到死者字迹的机会最多。但是不是还有其他可能?"

"你的意思是?"

"小艾的姑姑,是学校的老师,而且是体育老师。"

"体育老师怎么啦?"光头有些不解。

"作为老师,在学校肯定能接触到死者的字迹。刘来羽应该是体校毕业的,分不清'的地得'的用法应该很正常。"

"嘿。这根本说明不了什么!分不清'的地得'的人不在少数!"

"的确。不过就算不是死者的老师,作为死者的亲属,接触字迹的机会也很大。"罗宋表示赞同。

"可动机呢?"光头问。

"之前我提到过在刘艾的QQ空间发现的两条状态,一条是'没想到你真是这样的人!太恶心了!',第二条是'要不要告诉他呢?纠结了好久。不能看着她这样下去啊!'。刚才刘林智说曾经告诉刘艾她姑姑偷情的事情,我在想,这两条说说里的'她',是不是指的刘艾的姑姑呢?"张霖说。

"去问下刘林智,他告诉刘艾这件事的时间,看时间吻不吻合!"

根据确认,刘林智告诉刘艾这件事的时间,是在第一条说说的两天前。张霖做了以下推测:刘艾在知道自己的姑姑偷情之后,找她谈过。"没想到你真是这样的人"指的是刘艾从姑姑那里得到确认,但姑姑不思悔改,"不能看着她这样下去""要不要告诉他",指的或许是刘艾想要把这件事情告诉某个人。或许是她的姑父?于是刘来羽起了杀心,伪造了遗书。

但一切只是猜测,没有任何证据能证明。在跟王所汇报过之后,村主任跟刘艾姑姑刘来羽被传唤至派出所。

工作关系,张霖曾经跟刘来羽接触过几次,不管是对其外表还是直爽的性格都很有好感,也曾因对方已经结婚而深感遗憾。但此刻,在知晓了对方一些阴暗的秘密之后,面对她,他有一些不知所措。而死者刘艾的父亲也跟在身后走了进来,张霖有些意外。

"那小子招了?"刘来强迫切地问道。

"没有,我们基本可以判断不是他干的。"

"哦……"刘来强毫不掩饰自己的失望。

"你胳膊怎么了?"罗宋突然问刘来羽。

张霖往刘来羽胳膊望去,左前臂的地方,包着医用绷带。

"哦,被家里的狗抓的。"

刘来羽低头看了看后,若无其事地说道。

张霖愣了片刻,扭头望向罗宋。罗宋也正用意味深长的眼神看着他。

十

刘家村村主任走进来的时候，罗宋正跟张霖讨论他们所做出的推测。

"有什么线索了么？"村主任进门后便急迫地问。

罗宋看了一眼刘来强，考虑是否需要让他回避，村主任跟刘来羽偷情这件事，与刘艾的死有着重要的关联，但在有进一步的证据之前，或许还是不要让他知道的好。

"你们两个，跟我来。"罗宋指了指村主任跟刘来羽。

"怎么，有什么是我不能知道的吗？"刘来强疑惑地问。

罗宋一时不知该如何回答，索性不去回答，而是径直走了出去，来到隔壁的会议室。

村主任跟刘来羽跟了进来，刘来强也跟了进来。

罗宋有些无奈，他明白刘来强不会轻易罢休，如果刻意把他隔离在外，反而会更加激起他的情绪。也罢，就让他在场吧。

"你们能猜到为什么会把你们两个叫到所里来吧？"罗宋问。

"不知道啊。"村主任答道，而刘来羽则沉默不语。

"你们两个的事情，我们都知道了。"

"什么事情？"村主任一脸不解，不知道是他真没猜到，还是故意装傻。刘来羽依然沉默。

"他们俩有什么事情？"

"对啊，我们俩能有什么事情嘛。"村主任附和。但罗宋看到他眼里一闪而过的惊慌。

"我们可是有证据的啊。"光头抱着电脑走了进来，"要不要放给你们看?"

"对,我们俩是上过床。"刘来羽突然说,直直地望着罗宋,毫无惧色。

刘来强无比诧异地看了看妹妹——不知是诧异于她的偷情,还是诧异于她竟然如此大胆地承认了偷情——但随即疑惑代替了诧异。

"他们俩上床,跟小艾的死有什么关系?"

罗宋没有回答他的问题,

"那天晚上,你们俩究竟做了什么?"

"我们什么也没做啊。"村主任脸上的惊慌已经遮掩不住。

"都给你说了我们有证据!我们有视频!非得当面给你放出来你才承认吗?!"光头喝道。

"我……"村主任嗫嚅,然后低下了头。

"我们有证据证明,刘艾那天晚上出了门,出门的目的,就是为了亲眼看你们俩偷情。"罗宋望着刘来羽说,"刘艾知道你们偷情的事情吧?我想她应该找你谈过。"

"对。她找我谈过。"刘来羽的眼神依然坚定,但比起刚才,某种柔软的东西出现在她的眼睛里。

"对了。你胳膊真的是被狗抓的吗?"罗宋话锋一转。

"你什么意思?"刘来羽疑惑不解。

"刘艾脖子上有一些抓痕,推测是她在想要挣脱脖子上的绳子的时候自己抓的,所以我们想,她是不是在凶手身上也留下了同样的痕迹?"

"你什么意思?!"刘来羽语气有些凶狠。

"怪不得……"一旁的刘来强突然开口,罗宋向他望去,看到他一脸恍然大悟的神情。

"怪不得什么？"

刘来强突然激动了起来："怪不得那天你跟我说对不起，你跟别人吵了架从来不知道道歉。那天你给小艾擦身子……哦，对了，你还让我给小艾剪了指甲！"

"你说什么？她让你给小艾剪的指甲？"张霖问。

"我不是……"刘来羽脸上强硬的表情消失得无影无踪。

"是啊！是不是你害了小艾？！"刘来强死死地盯着刘来羽。

"哥……"刘来羽向刘来强走去，想要抓对方的胳膊。

刘来强见状向后退了一步。

"是不是你们俩合伙干的？"刘来强转向村主任，恶狠狠地问。

"我……没有……什么啊……"村主任语无伦次地辩解。

刘来强突然冲上前去，死死地揪住村主任的衣领。

"光头，把他弄出去！"罗宋眼看着刘来强情绪即将失控，不得已只有让他离开。

刘来强离开房间后，一时间房间内的氛围无比压抑。每个人都沉默着，等待着其他人先开口。

"你们没有什么可说的吗？关于那天晚上。"罗宋问。

"是不是因为刘艾知道了你们偷情，所以你们下了杀手？！"光头直截了当地说。

"我没有杀小艾。"刘来羽抬起头，恢复了强硬的表情，直直地盯着光头。

"我……我们没有啊……"村主任声音怯懦，眼神躲闪。

"还是那个问题，你的胳膊，真的是被狗抓的吗？"罗宋再度问刘来羽。

"你可以去镇卫生院查，我去打过狂犬疫苗。"

罗宋愣了愣，随即对张霖使了个眼神，张霖会意地走了出去。

"除了这个,你们还有其他证据吗?"刘来羽举起自己受伤的那只胳膊晃了晃,问道。

罗宋沉默不语,对于刘来羽偷情与刘艾的死直接的关系,还只局限于推测,没有任何直接证据。刘艾那天出门后,是否真的去了两人偷情的地方了?

"你们那天晚上见过刘艾吗?"

"没有。我们完事儿后就走了,小艾没来过。"刘来羽顿了顿,"我们上床,我承认。小艾知道我们偷情的事儿,跟我谈过。我也承认。但我没有杀小艾,你们这是毫无证据的猜测!你们该把时间用在有用的地方!"

"你们俩可是有重大嫌疑,调查你们就是有用的地方!"光头不甘示弱,"不管是不是你们俩杀了刘艾,但刘艾那天晚上出门是因为你们是不可否认的事实!你有没有想过,如果那天晚上刘艾没有出门,就不会死!"

刘来羽张了张嘴巴,想要说些什么,但最终还是低下了头,有一丝悔恨爬进了她的眼睛。

张霖走了进来,凑近罗宋的耳朵低声说:"刚打电话给镇卫生院,查了查,刘来羽的确去打过狂犬疫苗,时间正好是在刘艾死的那天,刘艾是凌晨死的,她是上午十点多去打的疫苗。"

"我是不是可以走了?"刘来羽带着挑衅的眼光问。

罗宋点了点头。

刘来羽转身就走,村主任则迟疑不决,欲言又止地走了出去。

"宋哥,就这么让他们走了?!"

罗宋没有说话,掏出烟点燃。

远远地,罗宋听到外面传来了男人的吼叫声:"是不是你们两个混蛋杀了小艾!"

村主任的声音含糊不清,刘来羽的声音也柔弱到几乎听不到。光头跟张霖走了出去,只剩罗宋一个人在房间里。唉,他叹了口气。到目前为止,有的都是些似是而非的线索,什么都证明不了。刘艾为什么被杀?刘来福为什么被杀?两个人的被杀之间有没有关联?这几个问题没有一个得到解答。每一条能看到终点的道路,走到跟前才发现那不过是个拐角。一切都要从头开始。外面的声音不知道在什么时候消失了,罗宋手里的烟也积起了长长的烟灰。他把烟扔到地上,用脚狠狠地捻灭。

"从动机上来讲,村主任跟刘来羽是有作案动机的。"案情分析会上,在听了他们的报告后,王所说,"但是,没有证据。"

"你说,刘来羽真的去打狂犬疫苗了吗?"光头说。

"什么意思?"

"怎么就这么巧,刘艾死的那天,她就被狗挠了?"

"你是说,她胳膊上的伤,还有可能是刘艾反抗时抓的?"从声音能听得出来,王所有些不太相信。

"对啊,"张霖露出一副恍然大悟的样子,"没被狗挠,也可以去打狂犬疫苗啊。伪造遗书、伪装自杀,这个凶手本来就有一定的反侦察能力。"

"但是有没有想过一点,"罗宋说,"凶手是将刘艾伪装成自杀,如果不是死者父亲发现异常,尸体就被火化了。死者父亲发现这一点,是在第二天,但刘来羽在刘艾死的当天就去打了疫苗。如果说凶手真是她,她胳膊上的伤也真的是刘艾留下的,那也就意味着,她早就做好了刘艾伪装自杀暴露的准备。"

"那就真的太可怕了。这个女人真的这么有心机吗?"王所不可思议地说道。

"哎,王所,你可不能小瞧了女人。这些年我们办案,可见过不少这样的女人。"

"但是，"张霖有些不甘心，"就刘艾的父亲所说，是刘来羽主动提出要给刘艾剪指甲的啊。这个举动我还是觉得很可疑。"

"那个时间，死者马上就要被火化了，给死者清理一下身体，不是什么难以理解的事情。"

"对了，死者的指甲里还能提取到什么吗？"王所问。

"刚才我已经打过电话给法医了，指甲清理得很干净，提取到东西的可能性几乎为零。"罗宋有些无奈地说。

整个房间陷入沉默，每个人都在狠命地抽着烟，仿佛真相会从烟雾里浮现出来。

"对了，我想起来一件事情。"张霖突然开口，然后转向何家全，"何所，你还记不记得那天我们在村主任家吃饭，村主任说他老婆最近老是失眠，睡不好觉？"

何家全冷着脸，有些不情愿地点了点头。

"你是说村主任家里有可能有安眠药？"罗宋问。

"对！"

"但是……我记得在去镇卫生院跟药店调查的时候，刘家村没有人拿过安眠药。"

"还是在村主任家吃饭那天，"张霖的兴奋溢于言表，为自己的发现，"我在院子里抽烟那会儿，碰到了村主任的儿子，跟他聊天的时候，他提到过：我妈去城里我姐那去拿药了。我怀疑，这个药是不是就是指的安眠药！她不是从镇上拿的药！"

"所以说，你还是觉得两起案子还是同一人所为？"王所问。

"对！我还是觉得村主任跟刘来羽最为可疑，首先两人有十足的动机：灭口；其次刘来羽胳膊上的伤出现的时间点也让人生疑，再加上村主任家里有安眠药这一点。"

"前提是得证实村主任家里的确有安眠药。你凭两句话就能推测得出？我记得你说过，没有事实依据的推测都是臆测，对吧？"何家全脸上不无得意，一副此仇终得报的表情。

罗宋注意到张霖涨红了脸，张嘴想要说什么，但最终还是闭了嘴。

"张霖，去村主任家里查一下安眠药的问题。另外，第二个死者家里酒瓶上发现的指纹，有几个不属于死者，提取村主任跟刘来羽的指纹比对。"罗宋指示道。

晚饭吃得很是仓促，过了半年的规律生活，再次回到这种食不定点的生活，胃有了小小的抗议。罗宋点起一根烟，试图用烟草来缓解胃部的疼痛。

太阳还没完全落下，月亮就已经升起来了。夜没有到来，月亮便毫无用处。罗宋毫无来由地想到，警察究竟是用来照亮夜的月亮，还是驱散夜的太阳？但太阳也好，月亮也罢，都无法阻挡夜的到来。

在太阳终于落下，月光终于开始明亮的时候，罗宋接到张霖的电话，刘来羽服农药自杀了。

十一

刘来羽的胃隐隐作痛。那痛不剧烈，温吞吞的，却长久地不肯消失。尤其是在心情不好情绪低落的时候，就更加明显了。晚上她只熬了一小锅粥，粥熬好之后放凉，又不能太凉，得小心地把握好。但即使这么一点粥，她也吃不下去。她总能想起白天堂哥的眼神。她跟堂哥吵过好几次架，但即便吵得再凶，也没见过他那样的眼神。他真的相信是我杀了小艾吗？想到这里她放下了手里的碗，也彻底放弃了要吃晚饭的心。妈的，不吃也罢。

大门口传来声音，谁来了？她心里一下子紧张起来。不会是堂哥吧？她还不知道该如何单独面对他。她站起身，把堂屋的门关上，掩身在门后，透过玻璃绷紧了身子向外看。门被推开了，她看到丈夫的身影，松了口气，也放松了身体，回到桌前坐下了。

　　堂屋的门被猛地被推开，丈夫冷着脸站在门口。她已经三个月没见他了，比起三个月前，丈夫黑了，也胖了。陌生人的感觉。他们聚少离多，每次见面，她都要花费一点时间来重新熟悉这个男人。但此刻，她知道根本不用再花费时间去熟悉了，再也没必要了。她知道他为什么回来，况且她也早已在心里做好了决定。

　　但愧疚感还是有的，毕竟，她做了对不起他的事情。这愧疚感让她脸上的表情缓和了些。

　　"吃饭了吗？"她问。

　　天黑了，灯还没有打开，但月光还是能让她看到丈夫那张冷冷的脸。那张原本就冰冷的脸涂上了白色的月光，犹如鬼魅。真的是丈夫回来了吗？有那么一瞬间她心里这么想，然后起了一身的鸡皮疙瘩。

　　她打开灯，灯光的照耀下，丈夫的脸色看上去好了些，但冰冷感没有消失。

　　"就熬了点粥。给你盛一碗？"

　　盛好粥，又切了点咸菜。但丈夫还是直挺挺地站着。

　　"在那傻站着干吗啊？"

　　她勉强在脸上挤出一个笑容，走过去，想要拉丈夫的胳膊。

　　啪。

　　她眼前瞬间一黑，晃了晃身子，终于站住了，眼前的金星却久久不散。

　　"婊子！"

丈夫的声音像是从牙缝里挤出来似的。

她抬起头，直直地盯着丈夫。这一巴掌，把她心里的愧疚感打没了。说起来，谁对不起谁还不一定呢！妈了个×的。

"我在外面打工拼命赚钱，你他妈的在家偷人？"

"赚钱？赚钱赚得连家都不要啦？你几个月回家一次？跟你一起干活的刘平，每个月至少回家一次。你们干的一样的活，他能回来你回不来？别以为我不知道。你在外面就干净吗？"

"你！"丈夫说着又抬起了手。她一把抓住丈夫的手腕，硬生生地把丈夫的手给推了回去。我他妈的也是练体育的，她心想。

丈夫憋红了脸，愤愤地把手抽了回去。

我当初怎么瞎了眼看上了他？她盯着丈夫那张越看越陌生的脸想。当初或许比现在要好看些吧？

"你少听别人瞎说。我可没对不起你！"丈夫的话，听起来有些心虚。

她冷笑不语。

"我他妈的对你不好吗？你竟然偷人！"

"好？你也好意思说对我好？几个月不回来一次，回来就只知道操我，操完提上裤子待不了多久就又滚蛋了。你把我当什么？你关心过我吗？刘树水起码知道对我嘘寒问暖，下雨没带伞的时候他帮我撑过伞，我回来得晚的时候陪我走过夜路，我生病的时候他还给我送过药。你呢？"

说到这里她心里难过起来。其实一开始，丈夫对她是好的，总想办法讨她欢心。什么时候开始变成这样了？因为我不能生吗？

"操了那么久连个屁都没生出来！"丈夫红着脸嚷。

果然。

"我说，"她冷笑道，"可能你该去检查检查。"

"你什么意思？"丈夫一脸不解。

"几个月前我怀过孕。当然，不是你的孩子。"

丈夫一下子呆住了，表情仿佛被冻僵在了脸上。

"你……"丈夫又抬起了手，但停在了空中，随后不甘心地落了下来。僵持片刻之后，丈夫蹲下身子，抱着头哭了起来。

大门又响了起来，她向外看去，村主任走了进来。她吃了一惊，赶忙走出门外，想要把她的情人赶出去。丈夫听到声音也站了起来，跟在她身后来到院子。已经来不及了。

但丈夫什么都没说，也什么都没做，只是冷冷地看着村主任。村主任也用同样冰冷的眼神回望。

"你他妈还有脸来？"

村主任没有接话，抽出一根烟点上，眼睛看向别处。

"怎么，是不是我在这儿打扰你们好事儿了？"丈夫讥笑道，"要不要我走？"

"好啊。"村主任不屑地说。

"混蛋！"丈夫握紧了拳头，但也仅限于此，他甚至没敢向前走一步。

大门又开了。堂哥踉跄地走了进来。

"哥……"

"你……你跟我说实话，是不是你……你害死了小艾？"堂哥满身酒气，"正……正好，你他妈也在，是不是你们俩合伙干……干的？！"

堂哥摇摇晃晃地走到村主任跟前，想要抓住对方的领子却扑了个空。

"就是他们俩干的！"丈夫在一旁叫到，"哦，对了，我记得之前小艾给我打过一个电话，我还没接起来她就挂了。她是想告诉我你们的事儿来着！你们就是为了灭口，把她杀了！"

堂哥扭头看了看，再次抓向村主任的领口，这次成功了。

"是！不是！你们！他妈的！干的……"

"说！是不是你们干的！"丈夫终于有了帮手，凑上前去指着村主任问。

三个男人站在月光下，仿佛几块嶙峋的石头，僵持着，没人说话。她突然感觉到前所未有的累，她远没有看上去那般强硬泼辣。我他妈也是个女人啊！她不甘地想。委屈，委屈，还是委屈。这委屈感伴随着月光洒下来，渗透进她的身体。这样活着是为了什么啊？一片乌云遮住了月亮，黑了下来。

月光再度亮起的时候，男人们注意到她手里拿了一个瓶子。

"刘全，我操你妈！"她指着丈夫大骂，随后转向堂哥，"哥！我真他妈的没有杀小艾！"

说罢，她把瓶口放到嘴边，仰起脖子，一饮而尽。

十二

张霖觉得内疚。那种负疚感时强时弱地压在心上，但一直没有消失。刘来羽喝了农药，没抢救过来。他觉得一部分的责任，在自己身上。为什么会这么想？理智地去分析，他并没有做错什么，只不过是提出了一些推测罢了。但无论如何也驱散不了他有愧于刘来羽的感觉。不过，还有另外一种声音，有人说刘来羽是畏罪自杀。但是，从现场三个男人口中听到的，刘来羽最后一句话分明说的是没有杀小艾。人之将死，其言也善。张霖心里还是相信，人不是刘来羽杀的。他闷闷不乐地抽着烟。

一个人站到他身边，他抬头看了看，罗宋正打量他，这让他有些不好意思,又低下了头。对方递过来一支烟,他续上,继续沉默地抽着。

"你昨天带回来的安眠药,市局里的专家已经分析过了,跟现场酒瓶里的成分一致。"罗宋说,"还有,酒瓶上的指纹,有两个跟村主任匹配。"

张霖依然沉默,对村主任的猜测得到了证实,我该感到高兴吗?他问自己。但为什么高兴不起来?

"这一切多亏了你。"罗宋拍了拍张霖的肩膀。张霖苦笑。

"十五年前,我碰到了一起案子,锁定了一个嫌疑人,种种证据都指向他,最后把他给送进了监狱。在监狱里,他自杀了,留下血书:不是我干的。"

张霖抬头,疑惑地看了看罗宋。

"因为案子已经结了,不可能因为犯人的一句话就重启调查,我一个人,花费了很大的力气,终于查到了另外一个人,这个人是真凶,当初一部分指向自杀的那个人的证据,是他伪造的,但伪造得很成功,骗过了所有专家的眼睛。查到他,一大半是因为运气。对自杀身亡的那个人,我也曾怀有内疚感。但错在我吗?我不过是整个调查过程中的一个环节。这么说,听起来或许有些像是逃避责任。但在我当时处理那个案子的过程中,我并没有犯过一个错,那么我还需要为他被判刑并因此而自杀负责吗?这个世界上,有坏人逃脱了惩罚,也有好人蒙受了冤屈。就是这个样子。对于我们每一个作为警察的个人来说,或许能做到的,只有竭尽全力、无愧于心。心里的不快,允许它存在,但不要背负着它,要直视它。"

张霖终于明白了罗宋的意思,心里充满了感激之情。

"况且在这个案子里,刘来羽的嫌疑,还不能完全排除。就算人不是她亲手杀的,起码也存在她是帮凶的可能。村主任现在被带到所里来了，我想让你来审他。"

张霖感到意外，吃惊地看着罗宋，但罗宋目光坚定地看着他。

"是！"张霖一扫心里的阴霾，满怀信心地说。

看到张霖坐到桌子对面，村主任笑了笑。但张霖没有回应，冷着脸打开手里的文件。村主任尴尬地收起了笑容。

"刘来福家里发现的酒瓶里，发现了安眠药的成分。这成分跟你老婆吃的安眠药成分一致。"

"吃安眠药的又不是我老婆一个人嘛。"

"你们村调查下来，吃安眠药的貌似还真的只有你老婆一个人。"

"这说明不了什么呀，不吃安眠药也不代表不会从什么地方弄到安眠药嘛。"

"那天你赶到刘来福家里之后，有没有碰过什么东西？"

"没有啊。我还嘱咐在场的人，警察来之前不要动任何东西呢。"

"哼。那酒瓶上发现了你的指纹又怎么解释！"

"啊？上面有我的指纹？怎么会！"

"已经证实了，不要再狡辩了！"

"那……那可能是我在现场的时候碰到过吧……"

"你刚才说你没动过任何东西！"

"可能……是不小心吧……那时候乱糟糟的，难免嘛……"

案情分析会上，关于村主任的嫌疑，又有了一番激烈的讨论。此刻村主任的嫌疑无疑最大，但证据依然不够直接。首先酒瓶里的安眠药可能是来自村主任家，但也只是一个可能，无法确定。至于酒瓶上的指纹，除了死者跟村主任的指纹之外，还有三个指纹无法确定，这就说明存在证物被污染了的可能。

张霖苦苦思索，对村主任的怀疑是他先提出来的，他自觉有责任要让怀疑得到证实。他回忆那几天在刘家村的经过，尤其是跟村主任相关的那些个时刻。一个想法突然冒了出来。

"酒瓶上不是还有三个指纹无法匹配上吗?"他开口说,"跟我的指纹对比一下!"

众人疑惑不解。但张霖没有做任何解释,

"等结果出来,我的猜测得到证实之后再向大家说明吧。在这之前就不浪费大家的时间了。"

"这臭小子,还挺会卖关子。"光头笑着说,"哎,宋哥,跟你挺像哎。"

"滚蛋。"罗宋笑骂道。

张霖在光头跟罗宋的带领下直奔市局刑事鉴定科,提取了指纹,等待结果的那段时间里,张霖焦躁不安:如果指纹匹配不上,那么就要又回到原点了。

"结果出来了,有两个指纹,是属于你的。"拿到结果后,罗宋指着张霖说,"接下来,你该跟我说说怎么回事了吧?"

"罗警官,"张霖兴奋地说,"那天我在村主任家吃饭的时候,村主任老婆最开始拿了一瓶谷水大曲,村主任不满意,让他老婆再去换一瓶,俩人闹得有点僵,为了缓和氛围,我把那瓶酒拿过来开了封,准备开瓶盖的时候被村主任抢了过去。后来村主任老婆拿来一瓶茅台,还说:除了那一瓶谷水大曲,就只有这个了。在现场的时候,我没有碰过任何物品,所以不可能是我在现场时留下的指纹,而留下我指纹的谷水大曲,就只有村主任家的那一瓶!所以这就可以证明,死者家里的那瓶酒是来自村主任家!"

审讯室里,张霖盯视着村主任,一言不发。

"你……你干吗这么看着我?"村主任无比紧张。

"在那个酒瓶上,发现了我的指纹。"

"跟……跟我有什么关系啊……"

"少给我装了！还记得在你家喝酒那天吧？留下我指纹的谷水大曲，只有你家里那瓶，你老婆拿出来的那瓶！"张霖看到村主任怔了怔，一脸懵懂，"话说回来，还有一个指纹没有匹配上，那个指纹应该是你老婆的吧？怎么，一定要把你老婆的指纹也匹配上你才死心吗？！"

村主任的脸上没有了表情，像是突然失了神，眼睛看着张霖，眼神却没有聚焦在任何一个点上。两分钟的沉默后，村主任低下头，叹了口气。听到这叹气声，张霖一下子绷紧了身子。

"人是我杀的。两个都是。"村主任毫无感情地说道。

张霖一下子放松了身体，背靠在椅背上，长长地舒了口气，他看向审讯室的单向玻璃窗，笑了。

据村主任交代，他从刘来羽那听说刘艾知道他们偷情的事情之后，就起了杀心。伪装成自杀是他跟刘来羽商量好的，遗书是刘来羽伪造的，本来没打算那晚动手，但因为刘艾正好看到了他们，就临时起意把刘艾勒死了。杀刘来福也是为了灭口，他以为刘来福看到了他杀人的情景。

案情得以告破，村主任被立即带往市局关押，张霖作为重要证人一同前往市里。在各种流程走完手续办理妥当后，已是晚上。罗宋主动提出要请张霖吃饭，光头作陪。

席间，张霖给自己倒了满满一杯酒，恭敬地端着，面向罗宋：

"罗警官，谢谢你！"

"谢我什么？"罗宋头也不抬地说。

"谢你早上那番话，也谢你这些天来所有的教导。没有你，这案子绝对破不了。"

"主要还是你的功劳吧。"

"不不不，罗警官，功劳绝对是你的。"

"是么？不过，不要再叫罗警官了，叫我老罗好了。"

"老……"喊到一半，张霖又硬生生地咽了回去。尽管对方这么说，但直呼老罗似乎有些不太妥当。罗哥？听着怪怪的。对了，光头不是一直喊他宋哥的嘛。"宋哥，这杯酒敬你。"说罢仰起脖子一饮而尽。

"嗨嗨嗨，宋哥是你叫的吗？"光头嚷嚷着说。

"怎么，这称呼还成你专用的了？"罗宋斜着眼睛看着光头道。

"嘿嘿。没有没有，可是局里就我一个人这么叫嘛。不过，宋哥，怎么你终于打算给我收个师弟啦？"

罗宋又斜眼看了一眼光头，没有说话。但张霖却难掩兴奋，他知道这意味着什么，或许，做一名刑警这个梦想就要实现了。

"光头哥，也敬你一杯！"

"嘿！这光头更不是你叫的了！叫雷哥！"光头正色道。

"不好意思不好意思，雷哥，敬你！"

"这还差不多。"

两人笑着碰了杯。但张霖注意到罗宋有些闷闷不乐。

"宋哥，怎么了？"

"思前想后，我总觉得有些蹊跷。"

听到罗宋这么一说，张霖一下子紧张起来。

"宋哥，有什么地方有疏漏吗？"

"疏漏倒不至于，只是觉得，这刘树水招得有些快了吧？"

张霖一愣，回想起村主任招供前那几分钟的沉默以及神情。被罗宋这么一说，似乎又有些不确定起来。他放下酒杯。

"他之前一直跟你打太极，你一提酒瓶上发现了你的指纹，他就招了。你不觉得怪吗？"

"没法再打太极了呗。"光头夹起一块肉，塞到嘴里。

"要打的话还是可以继续打下去啊,比如说:你怎么证明你在现场没碰过那个酒瓶?再者说,你不是相信刘来羽是含冤自杀的吗?可在刘树水的供述中,刘来羽是帮凶,遗书是她伪造的。如果这么说的话,刘来羽就不是她所表现出来的那么无辜。但刘来羽已经死了,随便他刘树水怎么说都没法证明了。刘树水的招供在我看来有些突兀,你提到那瓶酒只可能是来自他家的时候,他一开始表现出来的,是吃惊。那不是罪行暴露的人该有的表情,更像是意外发现了什么事情。"

张霖愣住了,罗宋的话不无道理。

"你说刘树水的儿子是刘艾的同学吧?"罗宋问。

张霖一下子愣住了。

"想想你最初做的关于杀死刘艾的人的推论,凶手可能是死者的同学。再想想,杀死刘来福的那瓶酒来自村主任家里。还有谁更符合这两个条件呢?"

光头也放下了正要夹菜的筷子,

"宋哥,你的意思是说,凶手可能是村主任的儿子?"

罗宋没有回答。

"可是他没有动机啊。"

"或许只是没发现而已。"张霖说着站起身,"我去查查看!"

"天已经晚了,你又没开车,我喝了酒也没法送你,等明天吧。事到如今,也不急在这一时半会儿,对吧宋哥?"光头扯住张霖的胳膊,向下拉着说,"明天一早我陪你去查。"

张霖看了看罗宋,对方轻轻地点了点头。张霖坐下身,端起桌上的酒,恨恨地一饮而尽。

张霖晚上在光头那儿住下了。张霖醒的时候,月亮惨白的光透过没拉窗帘的窗户照射进来,微弱无力,仿佛在徒劳地等待着被日出驱逐的命运。夜要结束了，但夜还会再来。张霖睡不着了，坐起身，迫切地等待着去调查刘天一，但光头还没有醒，他不耐烦地在房间里踱来踱去，等待着，思考着。第一缕阳光升起的时候，他想要敲响光头的房门，犹豫片刻，他放弃了，轻轻地开了大门，打了个车径直去了刘家村。

　　他砸开了村主任家的大门。村主任老婆看到他的时候，没有表现出丝毫的诧异，张霖在对方的脸上甚至看不到任何表情，只有麻木。黑眼圈比他上次见到她时更加明显了。

　　"有些东西要调查一下。"他说道。

　　村主任老婆闪开身，让他进去了。

　　"刘天一在吗？"张霖问。

　　听到这句话后，对方的脸上终于显现出了一丝的惊讶，但转瞬即逝。

　　"不在。"她冷冷地说。

　　"那刘天一的房间在哪？"

　　村主任老婆有些不情愿地指了指东侧的厢房。

　　这是个典型的青春期男孩子的房间，一股臭脚丫子味，不论写字台还是床上都乱糟糟的，墙上贴了几张少男少女偶像的海报。我期望从这里面找到什么？张霖问自己。找到某个线索，任何能够将刘天一跟刘艾关联起来的线索。在这个不大的房间里，他花费了足足有两个小时，他翻开每一本书，甚至一页页地仔细看过，翻遍每一个角落，甚至布满灰尘的床底。床底有不少的鞋子跟鞋盒，他看到其中一个黑色耐克球鞋的鞋盒似乎比其他的要干净些，他小心翼翼地拿出来。一张照片放在盒子的最上层，三个人的合照，分别是刘天一、刘艾、刘林智。刘天一站在最中间，左手搂着刘林智的脖子，右手搂住刘艾的肩膀，两个男孩子张嘴大笑着，刘艾则抿嘴微笑，似乎有些羞涩。照片上的年龄，看上去比现在要小一些，但又小不了太多。照片的下面，放着两本初中语文寒假作业，一本封皮上写着刘艾的名字，另外一本写着刘林智的名字。那种终于接近真相的感觉让张霖的手有些颤抖，他一本本地打开，在打开属于刘林智的那本时，有张纸从中滑落。他捡起，打开，随后睁大了双眼，那张纸上写着：

小艾死了，我也不活了。

随后一股寒意从心底升腾而起，因为那字体，分明是刘林智的。

十三

刘树水不知道，自己做的究竟是对还是错。他时不时地想，万一这事儿不是儿子做的呢？但如果那瓶酒真的是来自他家里，那就只有可能是儿子了。他清楚地记得，老婆曾经有一天嘟囔：我的药怎么少了？

况且，他不是完全不了解自己的儿子。第一次在儿子包里发现避孕套的时候，他十分生气，不由分说地打了他一顿。

"你他妈才多大点孩子，就玩这个？你他妈从那搞来的这东西？"

他记得儿子只是嘲讽地看了他一眼，说：

"龙生龙，凤生凤，老鼠的孩子会打洞。"

他一巴掌打下去，儿子倔强地又仰起头，再打，再仰起头，直到嘴角流血了都没有屈服，脸上的表情让他看了都害怕。儿子恨他，从那时候他才知道，儿子是真的恨他。儿子知道他跟刘来羽的事情，是我这个当爸爸的做了坏榜样吗？此刻他懊悔地想。

刘艾死的那天,儿子表现得不太正常,有些兴奋过头了的感觉。刘艾被证实是他杀之后,他不是没有怀疑过儿子,但怎么可能,他还只是个孩子啊!但儿子跟小智,还有刘艾究竟是怎么回事儿?他记得小学的时候他们三个很要好,暑假寒假都会在一起玩,从什么时候开始,几个人就不再来往了呢?他们之间发生过什么,直到小智被抓后,他才认真考虑过这件事儿。刘来福看到了什么?他去问过。那个混蛋死活不肯告诉他,说只会跟警察说。但他提了一句,我看到了一个孩子,说完后还意味声长地看了他一眼。要不是那天晚上他死了,或许我也会弄死他吧?他心想。

开门的声音打断了他的思绪。他看到派出所的小张跟市里姓罗的警察一起走了进来。

"刘树水,你最好老实交代!"小张怒气冲冲地说,他心里一沉。

"我……我不是都交代了吗?"

"交代?再给你最后一次机会,为再问你一遍:刘艾跟刘来福,是不是你杀的?"

"是……是我杀的啊。"他吞了口口水。

"好。那我就直接告诉你:你儿子因涉嫌谋杀刘艾、刘来福,以及意图谋杀刘林智已经被逮捕了!"

他张大了嘴巴,努力想说些什么,但喉咙就像是塞了一团破抹布,什么声音都发不出来。

"他……"终于一个声音发出来了。

警察们只是冷眼看着他,他感觉到自己汗出如浆。

"可……"

"可什么可?我给过你坦白的机会了。宋哥,我们走吧。"

"警……警察同志,求求你们了。"他挣扎着身子,手铐脚镣让他动弹不得,但他依然挣扎着,"抓我,抓我吧。放过我儿子。

他还只是个孩子啊！"

市里的警察停下了脚步，转过身来看着他，瞪着他。

"孩子？刘艾也他妈的是个孩子！"他看到警察握紧了拳头。

"他……"

"你他妈的闭嘴！"小张呵斥道，"宋哥，我们走吧。"

警察走后，他心里焦灼得像是有烙铁放在上面。他们抓了我儿子！这些王八蛋，我都招了，为什么还要抓我儿子！我可就这一个儿子啊！

十四

"宋哥，剩下的那个指纹，跟那小子的指纹匹配的上。那小子都招了。"光头走过来的时候，他正想着刘树水的那句话：他还只是个孩子啊。父母为了孩子，究竟能做到什么程度？说起来他不是第一次碰到这样的事情了，但他从未就此深入思考过。父母的爱，究竟是什么？这种包庇孩子罪恶的行为，能算是爱吗？如果事情发生在他身上，他是否会同样选择包庇孩子呢？

"据那小子说，他看不惯刘林智跟刘艾好，一直怀恨在心。还有，他也知道他爸跟刘来羽偷情的事情，那天晚上，他也是偷偷跟着他爸来到偷情的地点，正巧又碰到刘艾，所以就动手了。至于刘来福，由于他对外声称看到了什么，刘天一怕自己杀人的时候被人看到了，就想法儿灭了口。哦，对了，要不是刘艾是他杀的事情被发现了，这小子，还他妈打算对刘林智下手的。真他妈狠。但是……"光头突然住了口。

"但是什么？"

"那小子差一个月没满十四周岁。妈的！"光头的声音里，有愤怒，但更多的是无能无力。

这也就意味着，刘天一不用承担责任。他想起那男孩的脸，看上去清秀而无害，但罗宋一眼就看穿了那眼神里的邪恶。越是邪恶的恶魔，越披着美丽的皮囊。

罗宋拍了拍光头的肩膀，递给他一根烟，一直到抽完，俩人都没再说话。

他最后一次见到刘树水，是在市局的审讯室里，刘天一招供后，对刘树水关押的性质就变了。

"恭喜你啊。"光头揶揄道，"你的谋杀罪名被洗清了。"

刘树水只是低着头。

"还有什么想说的吗？"

"也就是说我可以回家了吗？"刘树水问。

"回家？想得美！谋杀罪是没了，这包庇罪可跑不了！"

"我……"刘树水欲言又止，"唉……"他最终只是叹了口气，听上去像是认了命。

"我儿子会怎么判？死刑吗？"一段时间沉默后，刘树水问。

光头看了眼罗宋，然后恨恨地说：

"妈的。算他命好，身份证上还没满十四岁。我说，他年龄造假了吧？实际上没那么小吧！胡子都长那么长了！"

"啊？"刘树水似乎觉得不可思议，随后反应过来，"哦,呵呵。"

那种如释重负的感觉，让他整个人都放松了下来，后背靠在椅背上。他甚至咧嘴笑了笑。

这瞬间激起了罗宋的怒火。他冲上前，揪住对方的衣领，

"你会因为包庇罪被判起码三年以上，你放心，我会让你尽可能地多坐几年。最重要的是，"他死死地盯着面前男人的眼睛，"从今往后的日子里，你不配笑，你不配享受任何天伦之乐，当你看到

你的女儿或者儿子的时候,你要时刻想到,有个父亲的女儿被你儿子残忍地杀了。你儿子是杀人犯,尽管法律制裁不了他,但他依然是个杀人犯,他一辈子都要背负这个名声。你们父子,要用这一辈子的时间来赎罪。你们不配得到幸福,永远不配!"

说完这些话,他松开了对方的衣领,转身大步走了出去。

刚走出门,他又退了回来。

"车钥匙!"他冲光头伸手。

"宋哥你要去哪?我送你。"

"车钥匙!!"他重复。

光头有些不放心地把钥匙递给他。

"宋哥你没事儿吧?"

他没有回答,走了出去,径直走向车子。脚踩到离合上的时候,他深吸一口气,点火,松离合,踩油门,车猛地冲了出去,但脚没有抖,稳稳地放在油门踏板上。他没有目的地开着,开到一处偏僻的地方,停车熄火。太阳就要落下,洒下的余晖在他看来像血一样红。他点烟,默默地抽着,刚才那番话,如果是以往的自己,会说出口吗?但会或不会,又有什么重要的呢?经历了车祸,以及半年多的休息,他自觉已经不再是以往的那个他了。这一变化是好还是坏?这个问题,就交由别人来评判吧。起码,恢复到以往的工作节奏后,做一个称职的好父亲,就不再是件容易的事情了。想到这里,他拨打了女儿的电话,"闺女,你在哪呢?"

"在家窝着看电影呢。"

"爸爸请你去吃好吃的?"

"真的?我想吃火锅!辣的要死的那种!"

"没问题。"

太阳已经完全落下了,月亮升了起来,下弦月,看起来像个微笑的嘴巴。

十五

张霖一连做了几天的噩梦。

在梦里,刘天一站在离他两三米远的地方,微笑地看着他,不知道什么原因,他在梦里清楚地知道刘天一要杀了他,只是不确定会是什么时候。让他害怕的就是这个不确定,他想逃,但是怎么也挪不动脚。

每一次他都是大汗淋漓地醒过来。

他知道自己是心里过不去这一关。

没想到他的第一次"大显身手"会是这样的结果。案子破了,凶手却没能得到应有的惩罚。从噩梦中醒来之后,恐惧会逐渐褪去,但不甘又爬上心来。两种感觉在白天跟夜里交替撕咬着他。他郁郁寡欢。

所长看出了张霖的心情低落,说给他放几天假,但他不知道放假后自己要干点什么,还不如在所里待着,有事情可忙,好歹能分散下注意力。

他刚上车,准备去镇上转一圈的时候,看到刘家村的大学生"村官"刘威从所长办公室出来。

刘威也看到了他,走过来,拉开副驾驶的门坐进来,把手里的行李包扔到后座上。

"正好我要回去,送我一趟。"刘威说。

张霖正犹豫的时候,刘威落下车窗,冲还站在门口的王所喊:"王所,我让张霖送我回去啊。"

王所扬了扬手,表示同意。

"最近有什么好电影推荐？"刘威问，"封闭培训是真封闭啊，连个电影都没得看。"

刘威跟张霖一样，是个影迷，两个人也是因为电影熟络起来，成了朋友。

张霖摇摇头。

接下来是一段时间的沉默。慢慢地，沉默之外的什么东西穿插进来。刘威想说什么，却欲言又止。张霖能感觉得到。

"其实我听到这个消息就想回来了，请假的时候，培训的老师说：你回去能干什么？我一想也是，我也帮不上什么忙。这不熬到培训结束，一结束我就回来，先奔所里来了解情况了。刚才我听王所说你可是帮了大忙啊，没看出来，你这么有能耐。"刘威笑着说。

但张霖被戳到了痛处，皱起眉来。

"一会儿到我那儿，我请你吃饭。我得好好谢谢你。"刘威说。

"谢我什么？"他冷冷地说，"谢我帮你赶走了你的老对头？"

"你这话什么意思？"刘威扭头看了看他。

张霖没再言语。

"你以为我是刘树水那个混蛋被抓了高兴？实话告诉你，就是没出这些事儿，他也该滚蛋了。刘家村西边的山沟你知道吗？就是寸草不生的那个沟。"

"那沟怎么了？"

"四年前，他收了一家化工企业的钱，让他们半夜偷偷把一些废料倒沟里了！"刘威抬高声音，"你说缺德不缺德？这次去培训，我特意找环保专家咨询了一下，说是靠自然恢复的话，估计要很长时间，要是治理的话，得花不少钱。这个刘树水又蠢又坏，就是一个'村霸'，从我来他就一直跟我对着干，我这两年一直忍着，私下里在收集他的罪证，他干下的勾当，可不止刚才说的这事儿。"

张霖没有接话，沉默地开着车。

"唉，"过了好一会儿，刘威长长叹了口气，"没想到刘天一这么狠，看上去挺清秀的一个孩子。"

张霖又想起来了那个梦，想起梦里刘天一的笑。

"不过说起来那孩子也挺可怜，我去刘树水家的时候见过几次，不知道因为什么事，被他妈骂得狗血喷头。骂得那叫一个难听，根本不像是当妈的说出来的话。不过，我好像听说刘天一不是她亲生的，是从外面抱回来的，抱回来的时候还挺大了……"

张霖一脚急刹车，轮胎摩擦地面发出刺耳的声响，安全带紧紧地勒住他的胸口。

在审讯刘树水的时候，光头说过一句玩笑话：他身份证上的年龄造假了吧？实际上没那么小吧。胡子都长那么长了！现在想来，这句话并非毫无根据。无论是外表上还是心理上，刘天一似乎都比同龄人要成熟。根据刘天一身份证上的出生年月推算，作案时的年龄是十三岁零十一个月，距离十四周岁仅有一个月。但如果真如刘威所说，那么刘天一的真实年龄，很有可能超过十四周岁了！

"你说的是真的？"张霖问刘威。

"什么是真的？"刘威解开安全带，揉了揉胸口，"差点勒死我！"

"你说刘天一抱回来的时候挺大了？"

"我也是听说啊，我又不是刘家村人，来了才几年，这种事儿我也不管。怎……怎么了？"刘威小心翼翼地问张霖。

"谁跟你说的？带我去找他！"

刘树水已经被抓，关于他的事情，村民们也不再有什么忌惮，不管是不是张霖想要知道的，统统竹筒倒豆子般说了出来，这其中难免有添油加醋的成分，张霖只能小心辨别，那些可能是真，那些明显是假。

最终了解下来的情况是：刘树水的老婆生了女儿之后，想再要个儿子，但是一直无法再生育。后来有一年他老婆去了娘家，说是怀孕回娘家保胎生孩子，差不多过了两年才回来，带回了刘天一。但据说刘天一是刘树水在外面跟其他女人的孩子，因为是儿子，刘树水才想出这个办法，带了回来。张霖回想起在村主任家时，刘天一他妈看刘天一时的眼神，他似乎明白了那眼神里的一点点阴冷。张霖似乎也透过那阴冷，隐约看到了刘天一长大过程中的遭遇，感觉到了刘天一他妈对他复杂的感情。

如果真的刘天一被抱回村子的时候年龄已经不小，那么刘天一现在的实际年龄，有可能超过了十四周岁。但是该怎么证明呢？他向村民打听刘天一真正的母亲是谁，但没有人知道。他怎么也没能想出一个好的办法。打给罗宋的电话接通，听到罗宋睡意朦胧的声音后，他才注意到时间已经过了午夜十二点。

"宋哥……实在不好意思，这么晚打扰你。"

"什么事儿？"罗宋声音听上去清醒了许多，没有生气的感觉。

张霖把情况跟宋哥说明后，罗宋沉默了好一会儿，像是在思考。

"明天我会把这个情况反馈给检察院，"宋哥说，"到时候应该会把案子退回刑警队来做补充侦查。你要做的，是向刘天一的家属要求提供出生证明。"

"出生证明？"

"对。如果刘天一真的是刘树水跟外面的女人生的，十有八九是没有出生证明的。如果没有出生证明，我们就可以以这个为理由，提出刘天一的实际年龄可能超过十四周岁，要求进一步鉴定。"

"鉴定？"

"骨龄鉴定。年龄证明上存在瑕疵，可以要求骨龄鉴定，这个是有先例的。"

果然姜还是老的辣。他向宋哥道了谢,挂了电话。

刘天一的母亲果然没能拿出出生证明,在她提供的刘天一出生的医院里,也没有查到任何能证明刘天一何时出生的资料。最终,如宋哥所料,走到了骨龄鉴定这一步。鉴定的结果是刘天一的骨龄为十五周岁零九个月,作案时的年龄已经超过十四周岁,需要负刑事责任。

事情尘埃落定之后,张霖才明白这件事对他个人而言意义有多重大,现在,可以告慰死者了。看似是无意间发现了刘天一年龄上的疑点,但也是他执着的结果。否则,这人生中第一个刑事案子,将会成为他一生中的缺憾:杀害了两个人、还有一个人为此自杀,凶手却没有受到丝毫惩罚。

这件事对张霖的另外一个重大意义,或者说是他人生的重大转折,发生在一个早上。那时他已经不再做关于刘天一的噩梦,他的生活也早已恢复了平静。在那个阳光极好的早上,他像往常一样走进谷水镇派出所,笑着跟认识的每一个人打招呼。看到王所的那个瞬间,他就知道有什么事情要发生。王所要他去所长办公室。关上所长办公室的门时,他心跳剧烈,几乎难以呼吸。他转过身,王所笑着对他说:

"城东分局刑警大队,要调你上去。"

张霖不记得王所后面说的是什么了,但他永远忘不掉那个早上,忘不掉透过窗户,照射在那张宽大办公桌上的每一寸阳光。

疯 猫

一

"真是对不住,要不是我家那小子急用钱,我也不会急着找你要。"

"嘿。怎么是对不住我,该是我跟你说谢谢的。还拖了那么久。你儿子混得挺不错的吧?生意做大了?"

"不错个屁。真混得好还能看得上我这点养老钱?怕是有去无回啊。"

"怎么能这么想呢。权当是投资了嘛。"

"投资?投资了这么多年了,没见着回报。都这把年纪了还要追加投资?"

"话可不能这么说,这回报可都在人生最后几年呢。再说,能经常见着,已经算是回报啦。"

"见着?都在一个市里,距离也不过三十公里,都俩月没来过啦。"

"孩子们忙嘛。"

"忙个屁!上上个星期六,实在是想我那孙子了,你不来,行,那就我去。结果去敲了半天门没开,后来打了电话才知道,人家一家三口在外旅游呢!"

"你也没提前打个电话问问呢?"

"老子去儿子家还得提前预约?笑话!"

"消消气,消消气。总比我那儿子好,去上海定了居也就罢了,又把我那口子弄过去伺候儿媳妇、看孩子,这一去就是三年,说句实话,还不如保姆,保姆还有个假期,这倒好,连个假期也没有。平时孩子们要上班吧?到了周末人家又要应酬又要享受生活。好不容易熬到要上幼儿园了,想想该回来了吧?结果又怀了二胎!这两地分居的日子不知道还得过多久。"

"又怀了?这次好歹生个儿子。分居也好过我这独居。"

说到这里,他的目光越过对方的肩头,看了看壁龛里妻子的遗照,心底泛起一阵凄凉。

"唉!别提这个了,现在的孩子们哪!这燕窝趁热吃了吧。"

他看了一眼桌上放着的保温桶。

"你还费心给我带这个。"

"儿子给寄来的,好歹算是有点良心。我一个人又吃不完。趁热吃了吧,好东西,别浪费了。"

"等会儿吧,晚饭吃得多了点,吃不太下。"

"对了,咱学校那个叫王威的老师,还记得不?"

"当然记得。听说得了癌症?"

"胃癌!前两天才走的。"

"人都走啦?我记得两个月前听说的时候不才刚查出来?"

"查出来的时候就是晚期了,都扩散到骨头里了,花了不少的钱,也受了不少的罪。"

他沉默了。手不自觉地摸向了胃所在的位置,最近一段时间断断续续地胃疼,算是讳疾忌医吧,一直没去医院。这年纪越大就越不敢去医院,去一次就像在鬼门关走一遭,谁知道会查出个什么毛病来。

"年轻时欠下的债哟。干咱们这行的,哪个胃没点毛病?所以说,到我们这个年纪了,就得注意养生。就从这吃的上说,不能吃硬的,不能吃冷的。"

对方的手在保温桶上轻轻地拍了拍。

他站起身,走到厨房拿了个碗跟调羹,把保温桶里的燕窝倒到碗里,用调羹舀一小口送到嘴里:温度正好,只是味道没有想象中的好。有些甜,又有些苦。真不知道这些玩意儿好在什么地方,但是,吃总比不吃好吧?

两人没再说话,对方坐着等他一口口吃完。电视里正放着关于延迟退休的新闻。

"嘿,幸亏我们退得早。要晚两年,搞不好就赶上延迟退休了。"

"有什么好的,"他把调羹放下,抹了抹嘴,"这日子过得,还不如在学校忙活着舒坦。"

"你这整个一工作狂嘛。退休的日子多舒坦,什么心都不用操,我是不想再跟那帮熊孩子打交道了。现在的孩子,比以前可是难带多了,碰不得说不得,家长也个个不省心。早些年咱刚工作的时候,老师说的话,那可是说一不二的。"

"得了吧。都什么年代了,你那旧式的父权思维早过时了。"

"想不到你还这么开明呢?"

"嘿嘿,也就是说说。看到那些调皮捣蛋的孩子,手还是痒痒。"

"哈哈,我就说吧。退了休就好好享受退休生活,找点兴趣爱好。"

"我可没你那么多爱好。"

下意识里,他在爱好两个字上加重了语气,随即又意识到不妥,瞥了一眼对方,看不出有什么反应,他松了口气。

"行了。我该回去了。"

"不再坐会儿?"

"不了,时间不早了,你也早点休息。"

"能早点休息就好了,最近不吃安眠药都睡不着了。"

"那玩意儿可不能太依赖啊。"

"没办法啊。唉……"

"那我走了啊。"

"不送了。明天再杀几盘。"

"你个臭棋篓子还没输够呢?"

"我那是让着你呢。"

"得了吧。"

对方的脚步声消失了,他关上门。尽管电视还开着,但他还是觉得房间里太安静了,他拿起遥控器,把声音调大。环顾四周,什么时候房子变得这么大了?以前总觉得房间挤,想换个大房子,但现在怎么看都觉得空旷。他叹了口气,坐在沙发上。

喵。

猫蹲到沙发边,抬起头,冲他叫了一声。他才想起来还没喂猫。他忙不迭地起身,嘴里道着歉,去找猫粮。

"对不住,对不住,看我这记性。"

把猫粮倒在盘里后,猫猛吃了几口,然后停下,抬起头望着他。跟猫的眼神接触的那一刻,他一下子想起儿子小的时候。妻子过世的时候,儿子才上小学。有一次学校里忙,又忘了跟儿子说,回到家的时候,儿子已经饿得要哭。他急匆匆地做好饭后,儿子扒了几口饭,然后气呼呼地看着他,就像现在猫看他的样子。过往的回忆让他心里一下子柔软了下来,又难过了起来。他还是亏欠儿子的。明天儿子来,会吃饭吧?一早得去菜市场买点儿子爱吃的菜。

"吃吧，"他蹲下身，摸了摸猫的头，"明天给你改善生活，咱吃鱼！"

猫又轻轻叫了一声，仿佛原谅了他，低头继续吃了起来。

他坐回到沙发上，看着电视上正放的电视剧，俊男靓女们的爱恨情仇。他换了无数个台，停在一个养生座谈节目上，一个老专家正谈论着糖尿病的防治。

一个大大的哈欠。

过了一会儿他才反应过来，刚才自己是不是打了个哈欠？他看了看时间，才九点半，这倒有点稀奇。但困意倒是真真实实地袭来了，难得这么早就困了，去睡吧。他起身，洗漱完后关了电视，躺在床上，想着明早该买什么菜。

不知不觉就陷入了睡眠之中。睡眠越来越沉，有如铅坠。

半夜传来的阵阵猫叫，他丝毫没有听到。

二

他已经好几个月没踏上这楼梯了，没什么变化，就是墙上的小广告贴得比以前更多了。他急匆匆地往上爬，没有电梯真是麻烦，这些年他是怎么忍受下来的？五层楼爬下来，他已经气喘吁吁。才不到四十岁，这身体就已经成这个样子了，他扶着墙想。家门口的对联还贴着，红色依然鲜艳，仿佛从里面还能散发出那么一点点年味儿，或者说团圆的味道。想到这他心里愧疚了起来，有些日子没见到父亲了，不知道他怎么样。

"爸。"

他轻轻地敲着门，但迟迟没有人来应，手上的力气不觉间重了起来。

"爸!"

敲门声变得急躁起来,几乎是在砸门。

开门的声音传来,但不是眼前的这扇,声音来自身后。

"哥们儿,别砸了,这边还在睡觉呢。"

他扭过头瞅了一眼,一个身穿睡衣的年轻人站在对门门口,睡眼惺忪地望着他。他不认识对方,之前倒是听父亲说过,对门刘叔去世后,他儿子把房子给租出去了,这年轻人十有八九是租客。

他又低头看看手上的表,都他妈十一点了,还睡个屁?但他没说出口,皱起眉,收了手。门重重地关上了。

这到底是去哪了?不是说好今天过来的吗?他把手伸进包,边回忆自己有没有把钥匙放进过包里,边在包里摸索着。没有。唉,真耽误事儿。他又看了看表,还有半天时间。对了,他把视线转向门框跟墙壁连接的拐角处,那块红色的砖头下面,常年放着一把钥匙。砖头还在,他弯腰,翻开砖头,钥匙也还在。

"爸。"

推开门后他喊了一声,没有任何回应。看样子老爷子是出门去了。屋子里光线昏暗,窗帘拉得死死的。一踏进门,还有一股说不清道不明的味道,像是鱼腥,又感觉不是。他用手捏了捏鼻子,径直穿过客厅走到窗前,拉开窗帘,把窗户打开。光线跟空气进来了,味道好了些,但没有彻底消失。

喵。

他听到一声猫叫,从主卧里传来。

主卧的门虚掩着,他用手指轻轻推了推门,生了锈的合页发出一阵怪响。一股浓重的腥味扑鼻而来,他捂住鼻子。主卧厚厚的窗帘也紧拉着,比客厅里要暗得多。但依稀能看到床上躺着的身影,以及站立的床尾的猫的身影。

"爸？"他不安起来。伸手打开卧室灯的开关。

他最先看到的是猫，猫遮挡住了父亲的头脸。红白相间的猫。我还从没见过红色的猫，家里的猫不是白色的吗？不知道为什么他心里突然这么想。猫看到他，弓起背，喉咙里发出咕噜声，龇着牙。怎么牙齿也是红色……他的思绪顿住了，然后感觉到全身的寒毛竖了起来，就像眼前的这只猫。

他颤抖着身子，把目光从猫身上越过去。

父亲的鼻子几乎完全不见了，左眼眼皮也已经消失，只有黑白的眼球突兀地裸露着，上嘴唇也不见了一半，露出森然的牙齿。脖颈处血肉模糊，红色的血，白色的肉。

"爸……"

这一个字都没有完全喊出口，他就控制不住自己，捂着嘴巴呕吐了起来。

三

其实张霖并没有感觉到特别的不同。当然，生活环境的变化相当大，毕竟是从乡镇到城市，哪怕这只是一座勉强算得上三线的城市。但对一个单身且宅的男人而言，又能有多大的区别？市分局刑警队跟乡镇派出所比起来，似乎也没有太大的不同，起码没有张霖想象中的那般精彩。调到刑警队已经将近三个月了，三个月间，能说得上的，也不过是处理过一次有黑社会性质的聚众斗殴，参加过一次抓捕毒贩的行动，除此之外也都是些鸡毛蒜皮的小事。张霖甚至被借调去协助过一次扫黄。有时候他觉得这里还没有谷水镇热闹。对谷水镇，他还是有一定感情的。当初罗宋要把他从谷水镇派出所调到分局刑警队的时候，他一度有些担心所长不放人，毕竟他在那起死了两个人的案子中贡献颇多。但事实证明他想多了,所长对张霖调到刑警十分支持,各种手续的办理上一路放绿灯。想来也是,一个镇子上,发生谋杀案需要动用到张霖这种"智慧"的机会能有多少?

一直到现在,回想起侦破那个案子的过程,他还激动不已。那是他第一次将理论知识运用到实践当中,而他也终于发现了自己所擅长的东西。但令他感到有些失落的是,这种机会,怕是难得再有了,即便是在市刑警队。

"哎,你觉得后勤科那个叫林佳丽的姑娘怎么样?"

耳边突然响起的声音吓了张霖一跳。

"林佳丽?谁?"

"你跟我装傻是吧?"光头用胳膊勒住张霖的脖子,微微用力。

"我真不知道是谁啊!"

"少装蒜,昨天你还跟她有说有笑的。"

"哦。你说她啊?队里有台电脑鼠标坏了,我是去找她领鼠标去呢。"

"领个鼠标开心成那样?少来了。我给你打听好了,那姑娘还单身,本地人。跟你说,"光头说到这把嘴巴凑到张霖耳边,悄声道,"以我一个十几年老刑警的经验来说,从那姑娘看你的眼神上能说明,她对你有意思。"

"哦。"

"你小子就这反应?"光头松开胳膊。

"该有什么反应啊?"

"男人该有的反应啊!应该两眼放光,反问我:'雷哥,你说的是真的吗?'"

"喊。"

"你……"光头说着往后退了一步,露出一副故作惊讶的表情,"你小子不会对女人没兴趣吧?!"

张霖白了他一眼。

"哦。我知道了。你跟宋哥妥妥地是一路人,表面上看上去波澜不兴,其实心底早已小鹿乱撞了吧?你们呐,都太装啦!"

"一大早的你又说我什么坏话呢?"光头后腰上挨了一脚,往前蹿去。

"宋哥,哪是说你坏话啊,我这是跟霖子传授人生经验呢。你看他二十五六正是年轻气盛的年纪,不谈恋爱,上了班也一脸闷闷不乐的样子,晚上窝家里不出门,照这么下去,心理该变态啦!"

"管好你自己,少操点别人的心。最不让人省心的就是你。你上次把那犯人打伤了,人家家人嚷着要告你呢。"

"告告告,老子怕他们不成?"

"得了吧,你。"

"宋哥,我看霖子是太清闲了。得给他找点活儿干干。"说着光头又搂住了张霖的脖子,"是不是等着出个命案,最好还是连环的那种,好发挥你的聪明才智?"

"哪……"

张霖刚张口,支队长走了进来,

"雷子你瞎说什么呢,谁等着出命案呢?嫌兄弟们不够忙是吧?你要没事儿,先把地扫扫,再给兄弟们一人沏一杯茶。"

"我……"

光头还没来得及辩解,有人开口:

"刘队,和平街道派出所刚来电话,说死了个人,要派个人去看看。"

"你个乌鸦嘴!"队长手指头戳着光头,恨恨地说道。

"我……"

"你什么你。既然你那么盼着出命案，就你去了！"队长说罢转向刚才接电话的人问，"什么情况，死的什么人？"

"说是一个独居的老人死在家里。"

"那也要我们刑警队去啊？！"

"据说死得很古怪。派出所的人说，"那人似乎有些不好意思似的挠了挠头，"疑似是被猫咬死的。但不敢确定。"

"被猫咬死？这还头一回听说，这猫也是成精了吧。那雷子，就你去给我们把那只猫抓回来？"

办公室里的人都笑了起来。

"队长，我……"

"闭嘴，快去！"

"霖子，跟我一起去！"光头拉起张霖。

"对了，雷子你带没带枪啊，万一那猫拒捕怎么办啊？"

张霖跟光头走到门口时，有人在后面喊道。光头回过头冲那人比了个中指。

四

进了小区门，不用人指路，张霖就知道该往哪走。人群总是被事故所吸引，就像鲨鱼被血所吸引。小区道路两侧的树荫下，散落着不少的简易桌椅，桌上放着棋局、放着茶杯，但看不到人。张霖只看到其中一张桌子两侧，有两个皱着眉对弈的六十多岁的老头，一副泰山崩于前而色不变的样子。其余的人，此刻都集中在了一栋楼前。

这小区让张霖想起三姨家所在的小区。上世纪九十年代建造的老小区,或者更早。小区里的树木看着都有了不少年岁,外墙近几年应该重新粉刷过,但还是遮挡不住破败,想都不用想,楼道里肯定贴满了小广告。或许还有更多的相似性,比如住着的,大都是些退休的老职工,年轻的面孔少之又少。

拨开人群,走进楼道,墙壁上果不其然贴满小广告。

"这什么味儿啊。"

一走上五楼,光头就皱起眉头捏着鼻子。

"你这还没进去呢,里面更过瘾。上楼的时候看没看到两个在楼道口吐的人?那是我的人。"

门口的警察看上去跟光头是老相识。

"新来的?"那人看向张霖,问光头。

"对,我们队里新来的小伙子。神探。牛着呢。"

"雷哥,你少在这儿酸我了。"说完张霖又转向刚才问话的人,"我叫张霖,刚进刑警队三个月。"

"哦。我叫林子俊,和平街道派出所的。"

两人握了握手,林子俊看上去年纪跟光头差不多大,但跟光头那横眉竖眼的模样比起来,眉目清秀得多。

"什么情况?"两人套着鞋套的时候,光头问道。

"死了个老头。这老头六十多岁,三中的老师,退了休一个人住。报案的是死者的儿子,他今天本来有事儿来他爸这里,就发现人死了。"

"我怎么听说是被猫咬死的?"

"嗨,瞎说的呗。你见过人被猫咬死吗?但这尸体的确是被猫给啃咬过。"

张霖进屋后先打量了一番。房子不大,两室一厅的格局,客厅里陈设简单,近门处是餐桌加两张餐椅,再往里是沙发、茶几跟电视柜、电视。客厅的西南角上,一个壁龛上面摆了张女人的遗照。再往里走,张霖才注意到客厅的地上有一具猫的尸体,毛几乎全被血染成红色,只有在几处地方露出原来的毛色。看来不用担心拘捕了,张霖心里苦笑。尸体在主卧,越靠近主卧,气味越浓重。除了血腥味之外,还夹杂一股说不清的怪味。

走在前面的光头突然停下脚步然后向后退了一步,张霖一下撞到光头身上。

张霖绕过光头,走进卧室。

张霖当然不是第一次见尸体,在派出所时见过被水泡烂的尸体,也见过被呕吐物窒息脸发紫发黑的尸体,但眼前的这具尸体还是超出了他的想象。尸体的脸几乎消失不见了,起码通过这张脸无法辨认出这个人生前的形象。鼻子完全没有了,眼皮耳朵各消失一个,上嘴唇没有了,脖子血肉模糊,甚至能看到外翻的气管。床几乎被血给浸透了,一侧的墙上也有血迹,地板上有猫的血脚印。张霖心里莫名地涌上一阵毛骨悚然。

"还真是被猫咬死的啊。"光头感叹。

"雷子你别在这丢人现眼了。先退出去,让技侦他们赶紧拍个照,我好看尸体。"

张霖回头看到高法医站在门口,冲他点点头后退了出去,好让其他兄弟们干活。他回到客厅,蹲下去看那只已经死了的猫。从没被血染红的地方来看,这应该是只白色的猫,猫的左耳上有一片硬币大小的黑毛。

"这猫是怎么死的?"张霖好奇地问派出所的林子俊。

"听死者的儿子说,他进主卧后,猫从主卧跑了出来,估计是想从窗户跑出去,可是窗上装了防盗护栏,护栏间距很密,猫又吃胖了肚子……"林子俊说到这的时候,光头捂住嘴干呕了两声。林子俊瞥了光头一眼:"雷子你都干了十几年刑警了,怎么还跟个刚出道的黄毛小子似的?"

"干了十几年刑警,被猫吃了的尸体也是第一次见!"

"窝囊!猫吃胖了肚子,卡在护栏中间。死者儿子估计气不过,就把猫给扯出来,在地上给摔死了。"

三个人退到楼道里,光头发了烟,各自沉默地抽着。

"这门窗都完好无损,现场也看不出打斗的痕迹,联系我们刑警队干什么?"不一会儿,光头斜着眼问林子俊。

"怎么着,不想干活?"林子俊吐了一口烟,也斜着眼看光头。

"不是,我们各司其职。为什么我们叫刑警队?我们处理的是刑事案件,一个老头死在家里被猫啃了,算不上刑事案件吧?"

"可是我嗅到了一丝刑事案件的味道啊。"

"你也是猫啊?鼻子这么灵?"

林子俊没接话,只是不屑地白了光头一眼。

"我看到一些抽屉被拉开了,似乎有翻动的痕迹。"张霖忍不住开口。

"你看你看,"林子俊用夹着烟的手指向张霖,对光头说道,"还是这位小兄弟眼力好。说实话我真替你师父愁得慌,带了你这么多年了,怎么一点长进都没有?"

"滚。也就是说,还是有可能是入室杀人咯?"

"我可什么都没说。"林子俊深吸一口烟。

"少给我装蒜。"

"死者的儿子说,本来进来是找他爸来拿钱的,但到了发现人死了,钱也不见了。就冲这点,就可疑。不过,翻动抽屉的是死者儿子。据他说,在他之前,抽屉似乎没有翻动的痕迹。"

"他老子都死了,他还有心情找钱呢?"

林子俊耸了耸肩。

"那不孝子呢?"

"楼外面吐着呢吧。"

"也就是说,如果不是儿子所说的'钱不见了',现场没有什么可疑的地方?"张霖问道。

"可以这么说吧。但尸体成了那样,不敢大意。等法医结果吧。"

张霖点了点头。没有强行入室的痕迹,也没有打斗、翻找物品的痕迹,唯一可疑的是死者被猫啃了。猫怎么会吃人呢?张霖想不通,他从口袋里摸出便携式烟灰缸,把烟灰弹进去。

"讲究!"

张霖抬起头,看到林子俊冲他竖起了大拇指。

光头则挑了挑眼皮,说:

"矫情!"

五

高法医走出来的时候,张霖正沉思,心里还有那么点兴奋。这是他第二次有这种感觉,第一次,是在发现那个看似自杀的姑娘有可能是他杀的时候。这不算是心理有问题吧?他心里一愣,为什么我总是在这样的场景下,在存在着疑点的、死了人的犯罪现场,会有一种兴奋、迫不及待、跃跃欲试的感觉?

"死亡原因,基本上能判定是失血过多。"高法医说着弹了弹身上并不存在的灰尘。

"失血过多?那是什么原因导致的失血?"光头问。

高法医耸耸肩:"说不好。"

"说不好?"

"从床南侧地板上以及墙上喷射状的血迹来看,应该是右侧颈部大动脉破裂出血。但是呢,死者的颈部,已经被猫啃噬得不成样子,所以无法判断导致动脉破裂的直接原因是什么。"

"不会真是被猫咬破了喉咙死的吧?"光头说。

三个人齐齐地斜眼看了看光头。

"问个问题,"张霖小学生一般举起手,"猫会吃人吗?"尽管他不养猫,更不了解猫的习性,但他一时半会儿还接受不了,看上去温顺可爱的猫,竟然会对人类的肉体大快朵颐。

"唔……"高法医右手摸着下巴,皱眉思索了起来,"从本质上来说,猫是食肉动物。猫的确会吃尸体,有过这样的案例,在密闭的空间内,人类死亡后尸体被猫啃噬,因为饥饿,那是生存的本能。记得之前看过一本书,国外的,讲的是犯罪现场调查的一些真实经验,里面曾经提到过'猫在主人死后不久就开始吃他们了,而狗则会等上一两天,到了实在饥饿难当的时候才会这样做'。但活人被猫咬死?没听说过。"

"有没有可能这次也是这样,老头死了之后,尸体被猫吃了?"林子俊问。

"只能说有这个可能。但如果是这样的话,那就说明,在死者被猫吃了之前,有某种原因导致他颈部大动脉出血。"

"你是说,这是凶杀案?"光头紧张了起来。

"我可什么都没说,"高法医两手一摊,"可能是被人用利器刺穿了大动脉,也有可能是死者自己干的。像你说的,被猫咬破喉咙也是有可能的嘛。"

"扯吧你就。现场又没发现利器,怎么可能是死者自己干的?"

"可能还没发现。关键是,没有明显的防卫伤,如果是他杀,那凶手倒是个狠家伙,一刀毙命。"高法医抬手做出用刀抹脖子的动作,"所以得看你们能有什么其他发现了。总之我现在可做不了判断。尸体我得拉回去,进一步尸检。"

高法医转身回了屋,到门口的时候,自言自语道:"那只猫的尸体也得拉回去。"

气氛一下变得凝重起来,没人说话,只剩烟雾缭绕。不一会儿,光头把烟扔到地上踩灭,林子俊把烟头弹到窗外,张霖则把烟塞进了便携烟灰缸里。

"干活吧,哥几个。"林子俊说。

六

首先能排除的,是死者自己割破颈部大动脉这一可能性,因为现场没有发现能够导致这一结果的器具。如此一来,就只有两个可能了,有人趁死者熟睡,走进来杀了他,一刀毙命,然后尸体遭到猫的啃噬。或者,死者在熟睡中被猫一口咬死,甚至都没来得及挣扎。从理性的角度来看,后者的可能性实在太低。张霖环视着略显局促的客厅,思索着。电视柜上放着一张照片,一个七八岁的男孩儿跟猫的合影。男孩儿笑容灿烂,猫温顺可亲,蹭着男孩儿的脸。男孩的左脸上,眼睛下方的位置,有一块硬币大小的青色胎记。猫通体雪白,只有耳朵上有一片黑毛,跟男孩儿一样,硬币大小,也一样在左侧。

门口传来声音,张霖抬头望去。林子俊跟一个四十岁左右的男人站在门口,男人似乎不愿踏进门,俩人争执着。林子俊冲张霖招了招手,示意他出去。

"这是死者的儿子。"

如果不是遭受了这样的打击,眼前的男人应该仪表堂堂。但显然此刻他已经不太在意自己的外在了，衬衣的一角从裤腰里漏出来，头发乱蓬蓬的，四处翘起。但比起悲伤，他显露出更多的，是恶心。时不时地捂住嘴巴，似要干呕。

"听说你觉得你爸是被人杀的？"张霖问。

男人点点头。

"为什么？"

"我今天来，是来拿钱的，我做生意要用钱，跟我爸说好了要从他这里拿八万块钱，昨天他打电话给我，说钱准备好了，让我今天来取。可是我到的时候我爸已经死了，"说到这男人顿了顿，捂住嘴巴，然后继续，"钱也不见了。肯定是有人进来杀了我爸，拿走了钱！"男人言之凿凿。

"结论下得有点早了吧？"光头说着，从屋里走出来。

"可是……"

"除了你口中提到的八万块钱。家里可少了什么东西？值钱的东西。"光头问。

"我不知道家里还有什么值钱的东西，但没觉得有什么东西丢了。除了钱！"

"你来的时候，门是开着还是锁着的？"

"锁着。"

"门窗没有遭到破坏的痕迹，门锁也没发现有技术开锁的痕迹。屋里翻找物品的痕迹据说还是你留下的。要是如你所说，你爸是被人杀的，那凶手就是熟人，有钥匙，还知道昨晚你爸家里有八万块钱，还知道把钱放哪了。但这么分析下来，"光头说到这里，意味深长地看着男人，"符合条件的人似乎就很显而易见。"

男人愣了愣，随即紧张起来："你……你什么意思！"

"甭管他什么意思了。既然你不想进门，那就跟我回所里待着吧。水落石出之前,你是得跟我们一起耗着了。"林子俊说。

"我下午还要签一单大生意的啊。要是签不了,我这几年的心血可就泡汤了啊。"男人抗议道。

"得了吧你,你老子都没了,还想着生意?"林子俊在男人背后推了一把,男人一个趔趄向前,无奈地走了起来。

"霖子,你怎么看?"林子俊带男人走了后,光头问张霖。

跟上次不一样,张霖心想。刚才光头那一番推论,听上去挺像那么回事儿,但他知道光头不过是在跟那男人制气,挫挫对方的锐气。那男人明显不是个孝子,但杀了自己父亲,然后报案,在张霖看来,这种可能性还没有被猫咬死大。何况,是不是他杀此刻都要先打一个问号。他有点失落,也有些挫败感。上一次起码能明确判断是他杀,剩下的,就是找出凶手。但这次甚至都还不知道是不是他杀!怎么着,他在心里问自己,难不成你会因为这不是一件凶杀案感到失望?你真是个变态呀,他又在心里骂自己。

"我也没什么想法。现场又发现不了什么。要不我们先回?"

"行吧,找个地方吃个午饭。搞不好,还是得让宋哥出马咯。"

听到这话,他心里又一阵失落。过了好一会儿,他才明白他失落的真正原因是什么。从乡镇派出所调到市分局,他迫不及待地想证明自己,证明他有能力,配得上刑警队,更配得上光头在局里兄弟们面前对他的夸赞,尽管那些夸赞在他看来有些过分。这几个月来,他一直在等一个机会。今天这个机会似乎来了,但现在又溜走了。

七

不知道为什么,罗宋总有一种马上就要退休了的感觉,尽管现在才五十岁出头,但他总觉得倦怠,提不起劲来。那场车祸对他的伤害,看来不只是身体上的。有某种东西丢失了。但也许这怪不得那场车祸,车祸不是原因,真正的原因过于庞杂而无法一下子看清。车祸只是一个契机,就像是一个开关,啪嗒,原来在身体里驱动着他的一个小马达的开关被关掉了。几个月前谷水镇的那个案子,似乎让他恢复了起来,但现在看来,不过是假象。就像是年岁太久的破车,踩一脚油门还是能加加速,但持续不了多久,排气筒总会冒着黑烟熄了火。

就算是毕市这个人口不过百万的小城,空巢老人孤独死在家中的例子也不是没有,要是把范围扩大到全省,乃至全国,一个老人死在了家里?真不是什么新鲜事儿。光头急吼吼地给他打电话,让他到和平街道派出所。当然今天死的这个老头儿,有些蹊跷,他也是听说了的。但又没有明显的证据证明是他杀,又有什么急的?再说,张霖那小子不也在吗?说实话,虽然张霖还年轻,但是个可塑之材。可是要塑成什么样呢?我这样?五十多岁还做着普通刑警又提不起劲来的老头?真不知道把他从镇派出所调过来,是对还是错。罢了,选择是他自己做的,我又操那么多心干什么?他想破案他想尝到那种破解了谜团的快感又或者是想要立功往上爬,由他去好了。他把脚搭在桌子上,电话又响了起来,他看了看,又是光头,他没接,任由它响着,继续看他的报纸。

"你在呢?"

高振走了进来,问他。

"还能去哪?"

"你那徒弟不是让你去和平街道派出所吗?"

"什么时候徒弟开始命令起师父来了?"

"嘿,你这话说的。雷子让我过来看看,顺便让我告诉你我的发现。看样子他知道你这只老馋猫看不着鱼是不会挪动屁股的。"

"有鱼我也懒得动。不饿，晒太阳舒服着呢。"

"真没兴趣？"

罗宋没搭理高振，继续看他的报纸。但潜意识里的某种东西，让他的耳朵支了起来，期待着。

"嗨，你这老小子。得了，不跟你一般见识，我也算给雷子点面子，说完我就走。这个案子，到现在我也没法判断是自杀还是他杀，直接死因是失血过多，颈部动脉破裂。但由于尸体被猫啃噬，根本无法判断动脉破裂的原因是什么。尸体我拉回来进一步尸检了，猜我发现了什么？"

什么？罗宋差一点脱口问，但他忍住了。高振没有等到期待中的互动，一副放弃了的神情，继续说：

"胃内容物里有安眠药。估计你会说一个六十多岁的老头吃安眠药没什么稀奇的。的确，床头柜里也发现了安眠药。但是呢，从血液中检测出的浓度来看，死者至少吃了五片艾司唑仑！"

罗宋发现自己不觉间已经停止了目光的移动，虽然依然装出一副看报纸的样子，他的注意力被高振的话给牢牢吸引住了。唉。他心里投了降，人总是要屈服给习惯。对于一个老刑警来说，还有什么比案情更吸引人的？没了干劲，但好奇心还在，完全经不起勾引。他放下报纸，看向高振。高振咧了咧嘴，一副得胜的表情。

"所以说你的结论是什么？"罗宋问。

高振一下子泄了气。

"没有结论……以我所掌握的这些信息，判断不了死者是自杀还是他杀。五片艾司唑仑，理论上不会致死，要是想自杀，得吃更多。不过死亡时间的推断多少会有误差，考虑到半衰期，可能他吃了更多。但你要说是他杀吧，尸体又被猫啃了，也找不到他杀的证据。

但现场丢了八万块钱又有些蹊跷……"

"丢了八万块钱？"

"是啊。死者的儿子说，他今天就是去拿钱的，但现场一分钱都没找着！"

罗宋把脚从桌子上放下，站起身，活动活动腰肢跟脖颈。算了吧，就听从自己的内心，服从习惯，干你该干且是你唯一擅长的活吧！罗宋在心里对自己说。

八

罗宋老远就听到光头的声音，不用想都知道，他又在对嫌疑人动用语言暴力了。

他来到审讯室门口，看到光头跟林子俊两个人正坐在一个四十岁左右的男人对面，男人紧张、焦躁，一会儿看下林子俊，一会儿又望向光头，嘴张张合合，想要开口又发不出声，豆大的汗珠从额头上往下滚。张霖站得远远的，一言不发。

罗宋点燃一根烟。打火机的声音让众人都望向他所在的方向。

"罗警官，您来了！"林子俊站起身，毕恭毕敬地冲罗宋打招呼。罗宋挥挥手，示意他坐下。

"宋哥你可来了。这小子嘴硬着呢！"光头说。

罗宋不说话，只是心里想：嘴硬？你倒是给他说话的机会啊。

"领导！"男人转向罗宋，似乎从两人的态度里看出了罗宋的地位，求救似的说，"我什么都没干啊！他们非要说是我害死了我爸！我爸都死了啊，我可是受害人家属啊，他们怎么能这么对我？"

男人的声音听起来委屈极了，说着还流出了眼泪。

"起开。"罗宋踢了踢光头坐着的椅子。光头起身让开。

"宋哥,我们怀疑他……"

罗宋抬手,示意光头闭嘴。在来的路上,他给张霖打过电话,大致了解了情况。感觉得出来,张霖不相信眼前的这个男人杀害了自己的父亲。

"听说你今天去你爸那里是为了拿钱?"罗宋语气温和地说。

"对对对。"男人忙不迭地点头,显然松了一口气,"我是做生意的,前段时间有一个好项目,但手头钱不够,就让我爸给凑点,昨天我爸打电话给我,说让我今天去拿钱。没想到……"

"多少钱?"

"八万。"

"现金还是卡?"

"应该是现金。两周前我就打电话跟我爸说了要用钱,那时候他跟我说,正好有一个定期存折过几天到期,等到期了取出来给我。"

"现场没找到现金?"罗宋扭头问光头。

"没。"

"存折或者卡呢?"

"这个……倒没注意。"

罗宋又面向男人,问:

"你爸有睡眠问题你知道吗?"

"啊?"男人一脸不解。

"你知不知道你爸吃安眠药?"

"不……不吃吧……"

"你确定?"

"我……不知道……"男人低下了头,有些羞愧地说。

高振都没法判断死者是自杀还是他杀,但如果是他杀,罗宋也可以判定,眼前这个男人行凶的可能性几乎为零。钱跟安眠药是关键。他站起身,招呼几个人出去,男人也要起身要往外走,被他制止了。

到了外面,罗宋开始安排:

"光头,霖子,你们俩去趟死者家里。找这几样东西:存折、卡、安眠药、病历。存折跟卡找到后,联系经侦的刘瑞生,让他帮忙联系着查一下死者的卡跟存折的取款记录,毕竟他跟银行系统最熟。霖子把病历跟安眠药带回来。"

两个人听完指示后马不停蹄地去了,罗宋又回到审讯室,坐在男人对面,抽出一根烟递过去。对方摇了摇头。

"很久没见你爸了?"罗宋边点火边问。

"好几个月了……"

"忙?"

"忙,忙……"男人声音消沉了起来。

这时候男人的电话响了起来,男人看了一眼挂掉,没一会儿又响了起来。罗宋示意对方可以接电话。

"喂。"男人的语气很不耐烦,一个女人尖细的声音从话筒里漏了出来,但听不清楚。

"没签。"

"在哪?在派出所呢!"

"狗屁!你他娘的才嫖娼被抓了!我爸死了!"男人激动了起来,"不签了,这生意老子不做了!"

说完男人挂了电话,把手机狠狠地扔在桌子上,双手捂住了脸。过了好一会儿,男人把罗宋放在桌上的烟跟打火机摸起来,抽了一根点上。

"过完年后,我就见过我爸一次,这再过两三个月,又要过年了吧?"男人叹了口气,"前段时间,有一次我爸去了我那里,我们都没在家。你知道我们干吗去了吗？旅游！好好地玩了三天三夜，我一点都没想起过我爸，哪怕我爸打电话问我在哪，挂了电话后我就又把他忘了。这次要不是我要去拿钱，可能我爸在屋里烂透了都没人知道……"

罗宋沉默地听着男人说，心里想着自己的父母。去年以前，也就是他出车祸以前，他一年到头忙得天昏地暗，见到父母的次数也屈指可数。出了车祸之后，他才有机会能多陪陪二老。眼前这个男人的懊悔，他不是体会不到。但有什么用呢？大部分人，都是在这种时候才知道后悔，不管是对父母还是爱人还是子女，只要人还在，就总觉得陪伴的缺席都是可以事后弥补的，就永远不知道后悔。

他突然觉得厌烦。这厌烦来自眼前的男人，也来自自身。他有点不想再听对方说话了，站起身，走了出去。

九

张霖佩服得五体投地。说到底，姜还是老的辣。宋哥一下子就抓住了关键的地方，其实我也可以想到的啊。他心里暗想。刘家村的那个案子让他太自满了，自己是有一些逻辑推理的能力，这点他不怀疑，但终究还只是个初出茅庐的年轻人而已，经验跟阅历都还差得远。

他找到了病历跟药，病历有厚厚的两本，每一页都写得密密麻麻，可见死者的身体状况并不是很好。但究竟写的什么，张霖无从辨识。

回到派出所的时候，法医高振已经在了，张霖注意到高振一脸的不悦。罗宋示意张霖把病历跟药给高振。高振把病历一页页翻得飞快，目光快速扫过。

"有了，患者主诉……"

"停，"罗宋打断高振，"你不还有事儿急着走吗？不用一个个念了，我只想知道这几点：死者是不是有睡眠障碍？是不是在服用安眠药？如果在服用安眠药，那跟死者体内发现的成分是否一致？医嘱的用量是多少？"

高振皱着眉继续翻看着病历，速度慢了下来，不一会儿后，他把病历啪嗒一声合上。

"死者十天前就医，有失眠症状，诊断为神经衰弱，医生开的药跟死者体内检出的成分一致，也就是那瓶艾司唑仑，"高振说着指了指桌上的白色药瓶，"医嘱上写着每日一片。"

"也就是说，死者一次性服用了五片艾司唑仑，不是医嘱？"张霖问。

"废话。哪个医生会开这么大剂量的医嘱。再说，死者至少服用了五片，可能更多。"说完高振转向罗宋，"还有其他事儿吗？没事儿我可先走了！"

"啊？"罗宋被高振的询问打断了思绪，"哦，没事儿了。你走吧，辛苦了。"

高振看了看手表，抬头匆匆离去。刚走到门口，罗宋再度开口："等等。"

"又有什么事儿？"

"猫会吃人吗？我是说昏迷了的人。"

高振愣了愣，说：

"你这么说倒是提醒我了。如果说猫袭击具有行动能力的人并致死，我会觉得是天方夜谭。但是行动能力受限或者是丧失了行动能力的人，倒不是不可能。你这么一说我倒是想起来一个国外的案例，有个八十多岁的独居老人，中风昏迷，被发现时身上布满了猫的咬痕,不过被抢救过来了,倒是没死。"

罗宋若有所思地点了点头,

"谢了。你可以走了。"

"多谢长官高抬贵手。"

高振前脚刚走,光头就进来了,看到桌上的水杯之后,也不管是谁的,端起来咕嘟嘟一口气喝下。

"经侦的刘瑞生真混蛋,硬是讹了我一顿饭!说是帮忙查,不就是打几个电话嘛!早知道就我自己查了……"

"打住!"罗宋打断光头的话,"说结果。"

"哦。我从死者家里发现了一张工商银行的存折跟毕市商业银行的卡,确认下来,近两个月内没有取款记录。"

"有没有可能死者还有其他存折或者银行卡?"张霖问。

"我让刘瑞生一并帮忙确认了死者的其他银行账户,这顿饭可不能白请了。确认就只有这两家银行的。而且,这两个账户里的余额,加起来就只有八千块钱。"

"也就是说,死者儿子所说的,他父亲从一张到期的存折里取了钱这件事儿,并不存在咯?"林子俊问。

"可能那小子撒谎。我还是觉得他有问题。"光头愤愤地说,"老子都死了,还翻箱倒柜地找钱。我看他是为了掩饰自己干下的坏事儿,故意这么说的。"

"我看你是真跟他耗上了。"林子俊笑着说,"可是,目前死者是他杀还是自杀都还不确定啊。"

思考。张霖在心里对自己说,然后闭上眼。钱是关键,受到罗宋的启发,他如此想道。现场门窗完好,如果并不存在死者儿子所说的那八万块钱,那么就没有丢失任何物品。如果是他杀,行凶的动机是什么?难以理解。死者体内的安眠药,自行服下的可能性极大。那么是自杀？可又是因为什么让一个老人服药自杀？

"我倒不觉得是他干的。"罗宋的声音打断了张霖的思考，"不过保险起见，确认下他的不在场证明吧。"

死者儿子的不在场证明倒是不难确认。据他说，昨天晚上，因为一笔生意，跟客户吃饭到晚上十点，吃完后又一起去了一家浴室，晚上在浴室过夜，没有回家，一直到早上七点。客户的证词跟浴室的监控证明了他的说法。

光头终于不再坚持死者儿子可疑的想法。几个人讨论下来，最终倾向于认为自杀的可能性最大。准确地说，是意图自杀。如果不是那只猫，几片安眠药或许还要不了他的命。在安眠药造成的昏迷之中，猫害了它的主人。又或者说帮了它的主人？至于自杀的原因，则一无所知。既然排除了死者儿子的嫌疑，那么这一切的发现，都可以告诉他了，或许从他那里，能够知晓他父亲自杀的原因。

而跟死者儿子确认过一些事项之后，也在某种程度上证实了推测。之后，他终于不再坚持父亲是死于他杀。他抚摸着父亲的病历本，长久地沉默。随后，他长长地叹了口气。

"都是我害了我爸。"

然后他捂住脸，无声地哭泣了起来。

十

随着警察的讲述，他一点点滑向懊悔的深渊。

"你是什么时候问你爸要钱的？"年纪稍大的警察问他。

"大概是在十几天前吧。"

"你父亲怎么说？"

"我问他要十万块，他想了想后说，自己只能拿出八万块来，而且还得等几天，说是定期存款，就几天到期了，提前取了利息就浪费了。我用钱也还能再等一段时间，所以就没说什么。他说到期取出来后给我打电话。"

"之前我问你，知不知道你父亲在服安眠药。你说不知道？"

他的确不知道。但他又是否知道父亲所服用的任何一种药呢？不，他一个都不知道。父亲已经六十多岁了，难道身体依然健康到不需要服用任何药吗？

"你父亲十天前因为失眠就诊，被诊断为神经衰弱。医生给开了安眠药。"

他愣了愣。十天前？也就是他打电话给父亲要钱之后吗？那也就意味着，父亲的失眠，或许是他造成的？不，就是他造成的。

"另外，你说你父亲有一笔定期即将到期。昨天跟你说钱取好了，让你去拿对吧？"

"对。"

他清楚地记得父亲的那句话，甚至于父亲说话时的语气。有一种如卸重负的感觉。而他突然意识到，那是父亲对他说的他最后一句话。准备好了，来拿吧！什么准备好了？来拿什么？

"但从你父亲银行的取款记录来看，近两个月内，都没有取过款。另外，"警察说到这里顿了顿，若有所思地看了看他，"你父亲所有银行账户的余额，加起来只有八千块。"

八千块？他张大了嘴巴。

"所以没有任何证据能证明你父亲家里曾经有过八万块钱现金。"

他突然明白父亲失眠的原因了。

"另外，你父亲昨晚服用了大剂量的安眠药。"

这句话犹如一句重锤狠狠地击中了他。

"所以我们怀疑,你父亲极有可能试图自杀。但最终的死亡原因,是因为猫……"

他抬起手,制止了警察继续说下去。没有人再说话,几双眼睛注视着他,他分别从中看到了平静、不屑、愤怒、怜悯。他看到了,懊悔的深渊已经在眼前,他即将坠落,而坠落的过程将会漫长而无止境。

他捂住脸,说:

"都是我害了我爸。"

他不知道自己哭了多久,父亲的样子在他的泪水中模糊地显现出来。不知道为什么,此刻他想到的父亲,是他还是孩子时父亲的样子。那时的父亲还年轻,父子间的关系依然算得上亲密,尽管父亲大部分时间都很严厉,但偶尔,父亲会把他举起,放在肩膀上,还会挠他的肋骨,让他笑得喘不过气来。从什么时候他们开始变得疏远?又是从什么时候开始,他将这种疏远视为理所当然?总有人说,一个男人做了父亲之后,会更加理解自己的父亲。但他没有。有了儿子之后,他把更多的精力花在了属于自己的小家庭中,对父亲的忽视,是如此自然,让他毫无察觉。

"我只管跟他要钱,从没想过他有没有钱。"他停止了哭泣,忏悔似的开始说道。年长的警察递过来一支烟,他接过,深吸一口,"其实只要想一想就知道了。我妈因为癌症死的,那时候我才上小学,但我知道为了给她治病,我爸借了不少钱。所以后来的好多年里,父亲都是在拼了命地还钱。这种事儿他当然不会告诉我,只是告诉我说不用考虑钱的事儿。我还真是听话啊,真的从来不考虑钱的事儿。想要什么,就跟他要。只要不是太过分的东西,他都会满足我。或许他也是在某种程度上弥补我没有了母亲的缺憾吧。我爸一个普通的中学老师,一个月也不过三四千块钱的工资啊。后来我买房、做生意，都问他要了不少钱。这些年来，我对他的回报，除了过年时买的酒跟一些保健品，就再也没有了。他一个人生活本来就不容易，我早就该知道他没有钱的，那样我就不会跟他要这八万块钱，他也就不会因为这事儿愁得睡不着觉，更不会因为这件事儿想不开了。"

他靠在椅背上，莫名地冲面前的警察们笑了笑。他不再在乎他们的目光里所包含的东西了。他突然理解了父亲说最后那句话时那种如释重负的感觉，父亲终于可以从儿子那无止境的索取中解脱了。

他已经在深渊里了，坠落已经开始，漫长且无止境。

十一

这顿饭吃得十分沉默。就连向来多话的光头也一反常态。

老人的死以自杀定性。张霖的心情有些沉重，儿子对父亲自杀的懊悔感染了他。或许在场的每一个人都多多少少被这种懊悔所感染，想起自己的父母。事后张霖想给父亲打个电话，但犹豫了半天，最终还是拨给了母亲，从母亲嘴里了解了父亲的现状。得知一切安好，他也就放下心来。

不到七点钟，这种沉默的晚餐就结束了。依然是光头请客，这是他们三人聚餐时的惯例。有几次张霖抢着结账，都拗不过光头。久而久之，张霖也就心安理得地吃，也不再考虑付钱的事儿了。

回去的路上，张霖从口袋里摸到那把钥匙。那是死者家里的钥匙，下午去取病历时带在身上，忘记归还。正是因为这把钥匙，他鬼使神差地来到了死者所在的小区。

不大的广场上，老人们不分男女地聚集在一起，有人跳广场舞，有的成双结对地跳交谊舞，有人拉二胡，也有人什么都不干，只是站在一旁看。在今天下午之前，看到这样的场景，他只觉得聒噪，只想快速通过。但今天他驻足,打量着老人们的表情。置身于热闹之中,他们脸上所呈现出来的,是欢笑与快乐。这样的表情能持久吗?有多少人,在散场之后,立马就变得落寞?有多少人,不愿回到孤独的家,只想置身在随便什么样的热闹之中?

"据说老张是被家里的猫给咬死的。"

张霖听到有人在谈论今天的事情,他侧耳倾听。

"猫还能咬死人啊?"

"疯了呗。"

"听说过疯狗,还真没听说过疯猫。"

"瞎说吧就,听说是吃安眠药自杀的。"

"这有什么好瞎说的?据说尸体都被啃得不成样子了。"

"真吓人。我本来还想养只猫的,看来还是算了吧。"

"你家里有儿有女的,养什么猫?"

"谁家不是有儿有女的啊。关键是这儿女不在身边啊。"

"知足吧你就,我看你家闺女来得很频繁啊。"

"俩星期一次还叫频繁?"

……

他不想再听下去,继续向出事的那栋楼走去。

走进楼道,他习惯性地清了清嗓子,但灯没有亮起。应该没有声控灯,或者说灯坏了。他打开手机的手电筒,在墙上找到灯的开关,按下,昏黄的灯亮起。他慢步走上去,不时看一眼墙上贴着的开锁通下水道的小广告,不知道为什么,此刻他觉得这些小广告异常亲切。走到四楼时,他仿佛听到了一声猫叫,从上方传来。

他停下脚步,竖起耳朵听了听,没有猫叫。他继续向上走去。来到五楼死者家的门前,他停下。我这是要干什么?他自己也疑惑不解。死者那张血肉模糊的脸一下子浮现在了脑海,他莫名害怕了起来，起了一身的鸡皮疙瘩。

喵。

猫叫声再次传来，他不再怀疑，确定这不是幻听。他向声音传来的方向望去，昏暗的灯光下，他在五楼跟六楼楼梯的拐角平台的角落处，看到一个纸箱子，猫叫声似乎是从那里传出来。他步上楼梯。

喵。

就在他即将到达楼梯拐角处时，一只猫从纸箱里伸出头，冲他叫了一声，随后整只身子从箱子里钻出。他终于看清了那只猫，即便在如此昏暗的灯光下，他也能看得出，那只猫通体白色，只有耳朵上，有一块硬币大小的黑色。

十二

初冬的风穿过客厅，挟裹着一丝腥味。张霖尽量不去想这腥味来自什么，但面对黑洞洞的屋子，依然禁不住起了一身的鸡皮疙瘩。房门的合页仿佛配合着张霖所感受到的既来自外又来自内的寒意，发出一阵古怪的声响。

有东西扫过张霖右侧的裤脚，他赶忙向相反的方向挪动身体，同时低头看去。那只猫从他右侧经过，款步走进客厅，走到卧室房门口，驻足，仿佛嗅了嗅，然后面向卧室门口的方向蹲下。屋内黑暗，窗口透进来的光亮制造出猫的剪影，猫一动不动，像一尊雕像。喵。猫轻声叫，声音既温柔，又哀伤。

张霖摸索着门口的开关。啪。灯亮起。猫扭过头来看向张霖，然后起身，向某个方向走去。张霖的视线追随着它，它走进厨房，张霖跟着走了进去，看到猫驻足在置于地面的一只碗前，低头吃着碗里的东西。猫粮？他静静地看着进食的猫。又一阵风吹过，他瞬间清醒起来。我这是在干什么?他问自己。在夜里来到案发现场?

猫吃完,转过身,抬头冲张霖轻声叫了一声,随后走过来,蜷缩在张霖的脚下。在这只猫给他带来的恐惧消失后,疑惑又逐渐在心里堆积。这只猫貌似对这个地方十分熟悉。他蹲下身,抚摸猫的身子,猫没有反应。总不能把猫留在案发现场,他把猫轻轻抱起,猫在他的臂弯里,没有丝毫的抵抗。

他敲响案发现场对面的房门,过了好一会儿房间里才响起杂沓的声音,门打开,一个跟他年纪相仿的男人出现在门口。

"找哪位?"

男人皱着眉,语气有些不耐烦,一副被打扰了的模样。

张霖表明身份后,对方的表情有所缓和。

"这猫,是你们家的吗?"张霖问。

男人看了看张霖怀里的猫,摇了摇头,

"我们家不养猫。"

"我是在楼梯拐角发现它的,"张霖说着指了指,"在那个纸箱子里。看上去像是一个猫窝。"

"哦,那个箱子啊?是对面他们家的啊……"说到这儿男人停了下来,表情大变,恐惧爬上他的脸。

"老公,怎么了?"一个女人出现在男人身后,侧了侧身,看了看张霖跟他怀里的猫。

"这猫……"同样的表情出现在女人脸上。

"这猫不是死了吗?"男人睁大了眼问张霖。

张霖心里暗笑。一股恶作剧般的心态让他没有戳破事情的真相。

"老公……"女人靠在男人身上,紧紧地搂住男人的胳膊,指甲都掐进了男人的皮肉里。

"这猫……"张霖终于开口,"不是你们对门的。"

"怎么会！我记得清清楚楚，对门家的猫，全身发白，耳朵上有一块黑。有时候会在楼梯上那个箱子里过夜！我记得清清楚楚！"男人有些歇斯底里。

"那只猫，那块黑是在左耳，这一只，"张霖说着指了指猫的耳朵，"是在右边。"

男人跟女人有些不相信地打量着猫。

"不信你们可以看看屋里的照片，正好有一张猫的。"张霖指了指身后。

男人终于松了口气，笑了笑，

"吓死我了，还以为闹鬼了呢！"

女人听到这里，颤抖了一下，指甲用力掐了掐男人。

"嘶……掐死我了你！"

"话说回来，他们家有可能有两只猫吗？我看它对这里挺熟。"

"对门家里就一只猫呀。"女人开口，"我在楼道里见过几次那个老人跟猫，就看到过一只。我还逗过那猫几次。"

说到这张霖怀里的猫叫了一声，声音温柔，像是在对女人的话做出回应。

"那，你们知不知道谁家还有这样的猫？"张霖问。

男人摇了摇头。

"楼上呢？"

"楼上两户好像空着。从来没见过有人上去。"

张霖道了谢后，门迫不及待地关上了。

该怎么处置这只猫？总不能把它带走吧？万一是有主的呢？留在这里？张霖抱着猫，走上楼梯，把猫又放回发现它的地方。张霖要离开时，猫在他身后轻轻叫了一声，仿佛在同他告别。

淅淅沥沥的雨落了下来。在雨声里，张霖做了个梦。梦里有两只白猫,耳朵上的黑色斑块一只在左一只在右,它们面对面站立着,仿佛互为镜像。突然,它们发现了张霖的存在,同时扭过头来,一只温柔地冲他叫了一声,另一只,咧开嘴,露出锋利的牙齿,咆哮着向他扑来,扑向他的喉咙。

在派出所交还钥匙的时候,张霖碰到了死者的儿子,对方面色凝重地向他点头致意。在走廊的长椅上,他看到了那个正在等待父亲的男孩。男孩看上去比照片上的年龄稍微大了一些,右脸上的那块胎记,却让张霖有些在意,有什么东西让他感觉到违和。他驻足凝思,却得不出什么结论。胎记似乎比照片上的淡了许多,或许做过治疗。但张霖更在意的,是男孩的表情。男孩独自坐在长椅上,双腿并拢,双手放在膝盖上,头低着,凝视着脚下的某个点,似乎有些不耐烦,又似乎有着若隐若现的悲哀。十岁的孩子,应该多多少少能够理解死亡的含义,起码能够明白爷爷的死意味着什么。张霖明白那种感受,奶奶在他十二岁那年去世,奶奶是他最为亲密的人,那时的他,花了好长时间才接受了再也无法见到奶奶这个事实。像是做了一个长长的噩梦,终于醒来,但梦里的感觉却不断纠缠,长久地不肯消失。男孩的表情勾起了他的思绪,他转身离去。

回到刑警队的时候,光头正添油加醋地给办公室里的其他人讲述案情。罗宋正坐在窗边的椅子上,一只脚搭在办公桌的边缘,晒着太阳读报,眉头皱着,一副厌烦的模样——不知是因为报上的内容,还是光头的聒噪。张霖也无意加入光头的故事会,坐回到位子上,打开电脑,上网浏览新闻。昨天的案子已经上了头条,《独居老人家中死亡,尸体惨遭宠物啃噬》,对于尸体被猫啃噬这一点,有大幅描述,但对独居空巢老人的问题,则只有一笔带过,仿佛早已见怪不怪,不值得占据篇幅。

新闻配图是一只白猫,当然不是死者的那一只。但猫的照片却让张霖想起昨晚在现场见到的那只,同时,在派出所看到男孩时感受到的违和感又浮上心头。有什么地方不对劲,他想着。随着思考,那种感觉越来越强烈,他总觉得那个让他感到奇怪的点就近在咫尺,却无论如何也抓不到。像是蒙了一层厚厚的雾,看得到却看不清。像是到了嘴边的话又转眼被遗忘。像是身上痒却挠不到那个发痒的点。像是猫转着圈追自己的尾巴却永远追不上。这感觉让人心焦,他愤愤地关掉那则新闻,浏览其他来转移注意力。

昨夜做了长长的梦,他在梦里挣扎,一整晚都没怎么睡好。此刻倦意袭来,让他忍不住靠在椅背上,眯起了眼。昨夜长梦的碎片,越过半日的清醒,溜进此刻的小憩之中。他又梦到那两只猫,面对面,但这个溜进来的梦却开始起了变化,猫没有扭头转向他,而是人立起来,随即变幻成了男孩。两个男孩面对面站立,脸上的胎记一个左脸,一个在右脸,有如镜像。

张霖猛地醒了。感觉到心脏在剧烈跳动,把血液快速送向全身。他甚至能感觉到全身的毛发都竖立起来,那不是出于恐惧,而是发现了真相的兴奋。他终于明白了那个让他感到违和的是什么东西!他攥紧拳头,呼吸有些急促,甚至于有种想要哭泣的冲动。

"我知道了!"

他站起身,大声叫道。

十三

"霖子你搞什么?一惊一乍的!"光头叱道。

"我知道了!"张霖又说了一句。

罗宋放下手中的报纸,看向张霖。这个新晋刑警,此刻两眼冒光,鼻翼翕张,难以掩饰的兴奋从他身上涌现出来。那种发现了真相的兴奋,罗宋不是没有感受过,但却明白今后再也不会感受到了。不是因为他将不会再发现真相,而是他再也没有那种心境。人们把岁月描述成河流,真是恰当无比,再尖锐的石头,在河水的冲刷下都会变成浑圆的鹅卵石。人也像激流中的石头,经过长时间的冲刷锋芒尽失,兴趣全无。当然,他还没有被冲刷到浑圆的地步,但锋利的边缘的确是真真切切地消失了。他心里清清楚楚。

"知道什么了啊?"光头问。办公室里的人也都看向张霖,疑惑,却又期待。

张霖却冲出了办公室,留下满屋子里的人一头雾水。

"宋哥,这霖子没事儿吧?"光头问。

"我怎么知道。"

"别再中邪了。你瞧他刚才那眼神,跟见了宝贝似的。"

或许对张霖而言,的确是发现了宝贝。他究竟发现了什么?罗宋也多少有些好奇。罢了,等他回来再说吧。他再度把腿搭上桌,拿起报纸。最近的阳光可真好啊。

光头嘟囔着走开了。

大约过了十分钟,张霖大踏步走了回来,罗宋把目光从报纸上移开,打量着张霖。张霖来到自己办公桌前,把一张照片啪的一下拍在桌上,声音极大,吸引了所有人的目光。张霖瞪大了眼睛看着那张照片,眼睛里放出异样的光彩。不一会儿,他又在桌上摸索着翻出一支笔,在自己一侧脸上画了一个叉。这下连罗宋也坐不住了,他干脆把报纸放下,跟其他人一起,静静地看着。张霖在脸上画完之后,拿起手机,竟然自拍了起来。罗宋看了看光头,两人目光相接,光头一副不解的样子,同时又有一些担忧。光头走了过去,手掌放在张霖额头上:"霖子,你没事儿吧?"

张霖没有接话,而是一把推开了光头的手。皱着眉头看着手机。然后又坐到电脑前,研究起了什么。

屋子里静悄悄地,仿佛大家都在屏息看一出戏剧,等待谜底的揭晓。这小子真魔怔了?罗宋忍不住想上前询问。

还没走到张霖跟前,只见他又拿起手机,鼓捣了一会儿,再次自拍,然后查看。片刻之后,张霖紧皱的眉头松开了,咧着嘴笑了起来。罗宋走到张霖面前的时候,他正好抬起来头,罗宋从他的眼睛里看到难以掩饰的兴奋。

"宋哥,我知道了!"

罗宋反倒皱起了眉:

"这句话你说了三遍了。到底知道什么了?"

"昨天的案子!有蹊跷!"

"霖子,你到底发现什么了?"光头问。

张霖吞了吞口水,把桌上的照片拿起来,说:

"这只猫,不是死者家的!"

"什么意思?"光头疑惑地问。

"就是字面的意思啊!"

"我是让你解释解释,为啥这猫不是死者家的!"光头也火了起来,明显对张霖的神神道道失去了耐心。

"你看这只猫,耳朵上是不是有块黑色的斑?"

"废话,我又不瞎!"

"那你看这斑在哪一侧?"

"左侧啊。"

"我在死者家里,看到过猫的照片。的确也是在左侧。"

"霖子你到底怎么了?胡言乱语什么呢?"

罗宋也大为不解。张霖到底发现了什么?他眉头皱紧,耐心等待张霖继续讲述。

"死者家里的照片,是死者孙子跟猫的合影。那孩子脸上有块胎记,照片上,胎记也在左侧。但是,我今天早上在派出所见到那孩子了!他的胎记,是在右侧!"

光头搔了搔头,往罗宋这边看来。

"宋哥,你听懂霖子说什么了吗?"

罗宋思考着,在心里总结张霖刚才的一番话。死者家里照片上,猫的斑块是在左耳,男孩的胎记也在左侧,但现实中,胎记是在右脸,也就意味着,真正的猫斑块也是在右耳。现在张霖手里照片上的猫,看上去像是从法医那边拿来的,是在左耳。

"死者家里的猫实际上是右耳有斑块,但现场发现的猫的斑块在左耳。是这样吗?"罗宋问。

"对!"张霖兴奋地答道。

"等会儿,霖子你给我解释解释,我这一下子转不过来。"

张霖把手机拿起来给光头看,

"你看我刚才自拍的两张照片,看到我脸上的这个叉没?"张霖说着指了指自己的右脸,"你看这两张照片,这张在右脸,是不是跟我一样?再看这张,看到没,这张在左脸!"

光头似懂非懂地点了点头。

"这是手机的镜像自拍模式!会让拍出来的照片,像是在镜子中看一样,是反的!死者家里的那张照片,是那男孩拿手机自拍的,手机应该开启了镜像自拍,所以照片上他的胎记跟猫的斑块都在左侧。死者死在家里,尸体被猫啃了,但啃他的猫,不是他自己的,这足以说明有问题。"

"你怎么确定不是你手里的这张照片开了镜像自拍,给照反了啊?"

一旁围观的人里,不知道是谁问道。

"这张照片是我从法医那里拿来的,他们用的都是专业相机,又不是手机!"

"专业相机也有可能有镜像模式呀。"对方不服气。

"我特地去找了猫的尸体看了,昨天高法医一块儿给拉回来了,现在还没处理掉呢!"

如果真如张霖所说,那么这里面的确有蹊跷,罗宋忍不住想。

"更为关键的是,昨晚我在现场。发现了一只猫,那只猫耳朵上也有黑色斑块,而且是在右耳!而且……"

"打住,"光头制止了张霖继续讲述,"你昨晚去现场了?"

"对啊。"

"大晚上,你去一个刚死了个老头的屋子里?"

"是……是啊……"

"去干吗?昨天不都以自杀定性结案了吗?你去干吗?你就不害怕?"

张霖一下子涨红了脸,想要说什么又说不出口。

"光头你闭嘴。霖子你继续说。"罗宋给张霖解了围。

张霖看上去松了口气,继续说道:

"我是在楼道拐角处发现那只猫的,一开始看到那只猫的耳朵,吓了我一跳,以为见鬼了,后来才反应过来。我进屋里后,那只猫跟着进去了,看上去似乎对那个房子很熟悉,还径直去了放着猫粮的地方。昨天我没太多想,今天早上看到死者孙子的时候,我就觉得有什么地方不对劲,一直到刚才我才明白过来。"

罗宋颔首。

"那你怎么看?"他问张霖。

"目前为止还没什么具体的想法。尸体被猫啃噬,原本就不多见,但好歹能解释过去。但是,如果啃噬死者的那只猫都不是他自己的,就说不过去了。所以我觉得这案子得继续查,是不是自杀都得另说!"

"万一是那只猫自己钻进来的呢?"光头问,"死者吃了安眠药自杀,昏迷之中被钻进来的猫给咬死了?"

"你记不记得死者儿子说过,刚进门的时候屋里味道太难闻,去开了窗。也就是说,门窗都是紧闭的,猫从哪里进来的?"

"你是说,有人把猫放进去?"听上去连光头自己都不相信自己说的这句话,"可是放进去做什么?难道指望放一只猫进来就能把人给咬死?你说放了只老虎进去倒还说得过去。"

围观的众人大笑。

"说不定那猫疯了,见谁咬谁呢!"张霖说。

罗宋看得出,张霖沉浸在自己的发现所带来的兴奋之中,认定了这案子的不同寻常。但有人放了一只疯了的猫到死者家里,把死者给咬死了?罗宋也觉得难以置信。但他突然有些自责起来,这个案子他竟然没有到现场去看过。现如今,虽然没有了以往的干劲,不够主动,但竟然没有去过现场这点就说不过去了。这太不专业了,他懊恼地想。

"走。"罗宋说。

"去哪儿?"光头跟张霖异口同声地问。

"去现场。"

十四

兴奋感持续了相当长的一段时间,像是有火花在张霖体内噼里啪啦地燃烧,一直到进了死者的房间才终于冷却下来。

陪同他们前来的林子俊，一路听着光头眉飞色舞地解释，时不时地向张霖投来赞许的目光。张霖心里有些自得。他觉得，自己终于开始在刑警队立住脚了。

在楼梯的拐角处，他们发现了那个作为猫窝用的纸箱，但猫不见了。或许不知跑到哪里去游荡。一定要找到那只猫，昨晚要是我把猫带回去就好了，张霖有些懊悔地想。

张霖看着罗宋站在客厅的中央，四下打量。他试图追随罗宋的目光，看自己是否能有同样的发现。他注意到，罗宋的视线在客厅的一只垃圾桶上停留了不短的时间。垃圾桶？张霖不明白。这有什么异常的地方？罗宋弯腰，凑近了垃圾桶看，又伸手扯了扯套在垃圾桶里的垃圾袋。

"光头。"罗宋招呼道，"拿一只证物袋来，把这个垃圾袋装起来带回去。"

张霖伸过头去，以为罗宋在垃圾袋里发现了什么东西，但垃圾袋里空空如也，另外，他注意到那不是一只垃圾袋，而像是购物用的塑料袋。他忍不住开口问：

"宋哥，这个垃圾袋有什么特别的？"

"死者的儿子一开始不是声称他的父亲取了钱吗？"罗宋用戴着手套的手，把垃圾袋向上提了提，"你看这是个什么袋子。"

张霖终于看清袋子上的LOGO：中国银行。这是银行用的袋子！

"绝大多数老人都很节约，"罗宋继续说道，"买菜买东西用过的塑料袋，只要没破，基本都会拿来另作他用。其中一个用途就是做垃圾袋。"

"对对对，"林子俊一旁插话，"我妈在厨房里还专门弄了一个地方，存放用过的塑料袋，拿来当垃圾袋。"

"也就是说，死者的确取过钱？装钱用的塑料袋顺手就拿来做了垃圾袋？"张霖问。

罗宋不置可否。张霖继续说："可是，我们查过，死者并没有中国银行的卡啊。"

罗宋沉吟片刻："既然你发现了出现在死者家并且啃噬了死者尸体的猫不是死者的，说明这案子有疑点。我们姑且按照最坏的情况来说，死者是被人杀害。我们从这一点来进行反向推论。我们之前的推测，是自杀。为什么自杀？是因为死者没法给儿子提供所需要的钱，死者所声称的取好了钱是撒谎。但如果不是自杀，那就说明死者的确已经准备好了钱等儿子来取。但我们已经调查过死者的银行账户及取款记录，没有发现近期有过取款。那死者的钱最有可能从哪来呢？"

"借的？"张霖说。

"对。死者没有中国银行的卡，但家里却出现了中国银行的袋子，所以很有可能跟什么人借了钱，借钱的人就是从中国银行取的钱。"

"但是，就算是死者借了钱，跟被杀有什么关系呢？"一旁的林子俊问。

"起码就有了可能的动机。死者有钱，钱不见了。说明什么？"

林子俊恍然大悟。

张霖从心里敬佩罗宋。自己于细微之处发现问题的能力，还是需要多加磨炼。如果不是罗宋提示，即便自己看到了垃圾袋上银行的标识，也未必能联想到什么。

但在死者家里，除了这只中国银行的塑料袋之外，他们没有再发现其他异常之处。

"不知道那只猫还能不能找到了。"张霖小声嘀咕。

"我觉得猫不是重点。"罗宋开口道。

"可这猫的确有古怪啊。"

"对。可找到那只猫,能证明什么呢?"罗宋反问张霖。

张霖一时语塞。对啊,找到那只猫又能怎么样呢?就算能证明那只猫属于死者,又能如何?但他又有些不死心。但如果要说那只猫跟这起案子没什么关系,他无论如何也接受不了。再说,他之所以能发现这起案子的不寻常点,多亏了那只猫。

"不属于死者的猫到了死者的房间,属于死者的猫却在外面。该怎么解释?"

"楼道里有做猫窝用的纸箱子,说明那只猫以前就有过在外过夜的情况,所以说死者的猫在外面,并不稀奇。不属于死者的猫在房间里,这点有些奇怪,或许是巧合,又或者本身就是障眼法,但猫已经死了。找到了那只在外游逛的猫,能怎么样呢?难不成它是目击证人会给录个口供什么的?"

光头笑了:"嘿,没想到宋哥你也有幽默的时候。"

但张霖没有笑,他皱紧眉头,思索着罗宋的话。有道理,但他依然想要找找看。那只猫出现在他面前,出现在他梦里,他无法忽视。

十五

罗宋心里清楚,眼前的这个年轻人并没有被他说服。他们之间有分歧,这还是第一次。这么说,像是他们已经认识多年,配合默契,心有灵犀。他认识张霖以来,也不过才四个月的时间,但那种默契感却远超相处多年的旧识,在他们一同办第一件案子的时候他就感觉到了。或许是因为他在张霖身上看到了自己年轻时的影子?想到这他又忍不住打量了一番张霖。张霖正皱眉沉思。

张霖执着于那只猫。罗宋刚才提到一个词:巧合。他不知道自己为什么会说出这样的话，某种程度上来说，这太不像他了。他从不相信什么巧合。所以那只猫势必是有什么古怪。但那只猫存在的意义是什么？又如何能证实死者是死于他杀？他始终没有想明白。没有人会用一只猫来谋杀另一个人。因此他更愿意着眼于更切实际的地方：钱。儿子来拿钱，但却没有发现钱。也没有任何取钱的迹象。更不用提死者根本没有中国银行的卡了。这些都让那个印有中国银行标识的袋子显得异常突兀。像是沙漠里出现了船，无法让人不予以注目。

"两只猫都是白色，耳朵上的黑色斑块一左一右，我极度怀疑两只猫是同胎所生。也许找到死者的猫从哪里来，就能找到另一只猫出生之后去了哪里。顺藤摸瓜，搞不好能找到什么有用的线索。"

罗宋微微点了点头，没有肯定什么，也没有否定。他看着张霖紧皱的眉，过了一会儿他说："如果一定要查猫，可以从这个角度来查。"

既然张霖执着于猫，那就让他顺着这条线查下去吧。况且能有自己的想法而不盲从，是件好事。罗宋又回想起自己年轻的时候，固执得多少头牛都拉不回来。我终究还是老了，心底那股强硬的力量，早在不知不觉间被磨损被消耗。他心想。但也不至于不剩丝毫。

"但我还是觉得钱是更好的切入点。"罗宋转向派出所的林子俊，"小林，派几个人排查一下死者的社会关系，重点找熟识的人，亲戚朋友，问下有没有人借给过死者钱。如果能证明死者的确持有几万块现金，而这钱又不翼而飞，我们才能真正把这案子看做他杀，否则一切都没有意义。"

"好嘞。"林子俊应声，行动了起来。

"霖子，既然你那么在意那只猫，就去找找看吧。"罗宋拍了拍张霖的肩膀,"让光头陪你一起。反正他也干不了别的。"

"宋哥,你这话过分了啊。虽说我称不上智勇双全,但也不至于有勇无谋!"光头梗着脖子说。

"对。我承认。你不是有勇无谋。"

"这还差不多。"

"你无勇无谋。"罗宋又补了一刀。

"宋哥你……"

"雷哥走走走,咱们去找猫。"张霖终于笑了,搂住光头的肩膀往门口走去。光头嘟囔着离开了。

罗宋站在房间的中央,再次环顾。再普通不过的住宅,岁月把墙壁撑开缝隙,蔓延到墙纸上,使其发黄。房间里只剩他一个人了,阳光似乎被乌云遮盖,光线突然暗了下来。没来由地,他难过了起来。因为什么?因为那个孤独死在这个房间里的老人?又或者是因为自己?对。他想到了自己,十年后的自己。那时,他已经退休,女儿也早已出嫁,或许会被哪个混蛋俘获芳心,嫁到很远的地方,难得回来一次。他会独居,他的房子比他此刻置身其中的房子要大得多,这也就意味着将会盛有更多的孤独。我会养只猫吗?还是狗?或者是别的什么宠物?我会孤零零地死去吗?死于脑梗?死于心脏病?又或者死于一场意外的入室偷盗所引发的凶杀?死于孤独。

这想象让他几近窒息。他从房间退出,关上门,迫不及待地点燃一根烟,深吸一口,像是溺水的人终于浮上水面。

下楼后,他看到不远处有人群聚在一处,身处人群中央的,似乎是光头跟张霖。他快步走去,拨开人群。人们围观的是一只垃圾桶,光头注意到罗宋的到来,有些茫然地看了看他,张霖则双眉紧锁,死死地盯着垃圾桶里。罗宋顺着张霖的目光,向垃圾桶里望去。他看到了一只猫,被装在纸箱之中。猫原本应该通体白色,不过已经被垃圾所玷污,但最引人注意的,是耳朵上的那一块黑色。

只不过,猫已经死了。

"像是被人拧断了脖子。"光头说。

"谁发现的?"

"喏。"光头冲人群中一个七十多岁的男人努了努嘴。

"怎么发现的?"

"有些老人不是喜欢去垃圾桶里翻找东西嘛,纸箱子啊饮料瓶之类的。今天早上就发现了,我们刚才问有没有见过一只白猫的时候,他告诉我们的。还好垃圾还没被收走。"

罗宋蹙眉沉思。

在这样的一个关头,有人弄死了这只猫,如此一来,这只猫的意义便大不一样了。看来张霖的直觉没有错,顺着猫这条线索,或许能查到些什么。想到这里,他对光头说:

"给小林打个电话,让他在调查死者熟识的人的时候,除了问有没有借钱,顺便问下知不知道死者家的那只猫,是哪来的。"

随后罗宋从人群中退出,从烟盒里抽出一支烟,张霖手里的火机适时地递了过来。

"宋哥,我想这个案子我们可以按他杀来查了。准确地说,应该是谋杀。"

十六

张霖心里有些得意,猫的发现,某种程度上证实了他对猫的猜想。猫在这起事件里面,不可能只是意外或巧合,而是必须。

他能感觉出来,罗宋也基本上认可了他所说的谋杀的想法。

他注意到罗宋抬起头来,向四周打量。

"找监控?"张霖问。

"嗯。"

"我刚也扫了一圈,这周围没看到有摄像头。小区比较老,估计监控设备方面是指望不上了。"

罗宋没有接话,而是向外走了几步,伸长了脖子四处看,随后转过头,指着某处对张霖说,

"看那里。"

张霖沿着罗宋手指的方向望去,一个枪机摄像头赫然出现在视线里,在通往垃圾桶的小路跟小区主路交界的位置附近。摄像头看上去崭新,在工作的可能性极高。

"但是,距离这里有点远吧,再说,摄像头根本就没冲着这边。"

"这个垃圾桶的位置相对偏僻,是个死路,只有一条路通过来,想来到这个垃圾桶,肯定会经过那个摄像头下面。除非他穿过草地,但是昨晚下过雨,所以走草地的可能性不高。"

张霖看着罗宋口中的草地。发黄的草稀稀拉拉地散布着,他无论如何也无法称之为草地——一片泥地而已。一条看上去应该是长时间被人们抄近道踩踏而形成的小路穿过其中。如果丢这只猫的那个人是从那片泥地走过来的话,势必会留下脚印。但目力所及之处,没有看到有脚印。

"宋哥,跟子俊打过招呼了,他们那边在撒网查死者的亲戚跟朋友呢。截止到现在,没查出谁借给过死者钱。"光头走过来说。

罗宋点头,看上去似乎并没有对这个结果感到意外。

"去查监控?"张霖问。

"走。"

"嘿，你们终于来查啦？"他们亮明警察的身份后，五十多岁的保安大叔热情地问道。

"什么意思？"

"你们不是来查丢电瓶车的事情吗？"

三个人不约而同地摇了摇头。

"还以为是查电瓶车的事情。不过这小偷也真是可恨，你们可要管管啊。从一年前就开始就有电瓶车被偷，报了警都不了了之，前段时间电瓶车集中丢了不少，才装了那几个摄像头。还是社区出的钱……"

难怪摄像头看着都那么新。张霖心想。

"我们是为了别的案子。"

"案子？"保安一下子住了口，明显紧张了起来。

"别紧张，就是先看看监控。"

"不会是老张的事儿吧？他不是被他家猫咬死的吗？这几天我看到猫都躲着走，这疯猫病不知道传不传染啊。不对，有没有疯猫病这种病啊？还是狂犬病？"

保安露出一副询问的表情看向罗宋。罗宋则扭脸看向张霖。

"师傅，让我们看下监控吧，我们……赶时间。"张霖直截了当地终结了保安滔滔不绝的谈话。

"哦哦。不好意思。查什么时间的？哪个摄像头？"

"你最后一次见那只猫是什么时间？"罗宋问张霖。

"昨晚九点多吧。"

"那就查从昨晚九点到现在的，靠近小区东门的那个垃圾桶附近的摄像头。"

查看监控是件耗费精力的事情，需要十足的耐心，还需要敏锐的目光。画面以八倍速快进，光头看了没一会儿就偷偷溜了出去。

保安也长长地打起了哈欠。只有张霖跟罗宋,专注地盯着屏幕,唯恐错过任何一个可疑的迹象。

"停!"罗宋喊道。

张霖把视频调成正常倍速,时间是凌晨四点多,天还漆黑,路灯又过于昏暗,很难看清那人的容貌。即便如此,也能从那人的行动之中看出一些不自然。那人紧紧地抱着怀里的一个纸箱子,左右打量着,然后消失在摄像头的监控范围之外。

"这人是谁?"罗宋问保安。

保安凑近了,眯着眼睛看,过了好一会儿,像是放弃了一般,说:

"太黑了,看不出来是谁。"

"小区里的人你都认识吗?"

"我在这儿干了六年了,除了新搬进来的租户,基本都认识。"

"看着不眼熟?"

"脸看不清楚,身形跟动作上看着眼熟,但想不起是谁来。"

"霖子,找一个最清楚的画面,截下图来,我们出去问问看。"

光头急匆匆地走了进来,一身的烟味。

"宋哥。我在小区里看到一个人。"

"谁?"

"胡彪。"

罗宋皱起了眉,似乎在脑海中搜索着这个名字。

"就是那个放高利贷的,你忘了前年出的那件事儿?"

罗宋的眉头松开了。

"我刚才看到他,就想到,死者没钱,又急着用钱,会不会是借了高利贷呢?"

这句话也让张霖一下子兴奋了起来。看来光头也并非宋哥说的那般无谋嘛。张霖忍不住想。

"他人呢?你没留住他?"罗宋问。

"嘿嘿。"光头咧着嘴笑了笑,大拇指指了指门外,"我当然把他给扣了下来,在门外候着呢。"

"罗警官、雷哥,我早就不做放高利贷那种事儿了。我们可是正经合法的小额信贷公司。"男人在"正经合法"四个字上加重语气,"干的都是雪中送炭的事儿。这是我的名片,雪中情小额信贷公司。你可以查查看,绝对是合法注册的。"

"得了吧你。"光头接过名片,一把给撕了,"你还真当换了身皮我就认不出来了?以前明目张胆地放高利贷,好歹正经人不会找你们,知道你们是狼,躲得远远的。合法又怎么样?合法你们就不是狼了?更坏。披上个羊皮,普通老百姓认不出来,被你们一口逮住吃了。我可不吃你们这一套。"

"雷哥,你看你这是……"

"少废话。你今天来这是干吗的?"

"工作嘛。"

"少给我假惺惺的。老实说,是来收款的还是放款的?"

"收款的。"

"姓名?"

"胡彪啊。"

"谁问你的姓名了?谁不知道你叫胡彪?胡乱彪。我问你今天来收款的人的名字!"

"雷哥,这是我们公司的机密信息,我们可是签了保密协议的。你……"

"保个屁的密!你信不信我找个由头把你给关了?我就不信你一点脏都没有。穿得再干净也遮不住你一身的臭。"

"雷哥,你这可是要挟了啊……我可要……"

"你要怎么?"光头上前揪住对方的领子,怒目瞪着对方。

"胡彪。"罗宋抓住光头的胳膊,光头松了手。"我们想要从你那里知道的信息,可能会关系到一起谋杀案。你要是配合,我们可以给你邀个功,协助警方办案。要是不配合……"罗宋省略了后面的话,任何脑袋清醒的人都能想到的话。

"刘平京。"男人叹了口气,说。

这不是死者的名字。张霖感到有些失望。

"啊!"在一旁的保安突然发出一声惊呼,所有人都转向他。"我想起来了!监控里的那个人,就是刘平京!"

十七

罗宋相当讨厌"巧合"这个说法,但却也不得不承认,的确有一些叫人有些难以理解的偶发事件。比如一个独居的老人试图自杀,在昏迷之际尸体被猫撕咬啃噬,导致死亡。听上去似乎难以置信,但也不能断言这不可能发生。但如果是一连串听上去有些不可思议的事件,而这些事件又都指向同一处时,就让人难以忽视了。此刻罗宋头脑里的警铃大作,这个叫刘平京的人以及发生在其身上的事情,触动了他用经验所构筑起的警戒线。

"这个刘平京也是奇怪。"胡彪明显放松了下来,掏出烟给屋里的人每个人发了一支,又亲自给点上后,开口说,"上周找到我,说要借八万块钱,但只借三天。一般来说像这么短期的借贷,我们都不愿意做。但他主动说给三千块钱利息,也就借给他了。今天我就是来收款的。"

"他以前找你借过钱吗?"光头问。

"借过几次,金额都不大,最多的一次两万,还款也挺及时。

否则这次也不会借给他。"

"这人什么背景?"

"这倒不清楚,好像是退休的中学老师。"

"他是三中的老师,教生物的。"一旁的保安突然开了口,"退休有几年了。另外……"保安突然犹豫了起来。

"另外什么?"

"他跟被猫咬死的张国胜是同一个学校的,好像认识很多年了,平时见他们俩关系挺好的。"保安的表情小心翼翼,看上去像是说了什么不该说的事情。

罗宋跟张霖对视片刻,都思索着这句话背后所包含的信息。

"知不知道这个刘平京找你借钱干什么?"罗宋问胡彪。

"这就不知道了。我们只管借钱,对方不说,我们也不就多问。职业操守嘛。"

"我呸。"光头啐了一口。

"那个……"保安再度开口,依然是小心翼翼的表情,轻声说,"有传言,说他赌博。"

"宋哥。这老小子绝对有问题啊。要不要给扣起来?"光头开口。

罗宋摇了摇头。这个刘平京十分可疑,这点毋庸置疑,但要把他跟张国胜的死关联起来,还得需要更多的证据。

"有没有一个叫张国胜的人找你借过钱?"罗宋问。

"这个小区的?"

"对。"

"没有,这个小区就只有刘平京一个人。"

"你们做这行的,是不是都会互通有无?能不能帮忙确认一下,有没有一个叫张国胜的人找你们这行的借过钱?"

"这个……"胡彪露出一副为难的样子。

"我们刑警队已经很客气的请求你帮忙了。不要不识好歹。"光头咬着牙冲胡彪说。

"那……行吧。"

"光头,再让经侦的刘瑞生帮忙查一下,这个张国胜有没有通过正规途径从银行贷过款。对了,"罗宋又扭头问张霖,"张国胜的儿子说他找他爸拿多少钱来着?"

"八万……跟刘平京借钱的金额一样……哦,对了。"张霖突然转向了胡彪,"你借钱给刘平京的时候,是用什么袋子装的钱?"

罗宋颔首,对张霖提出的这个问题表示满意。他注意到张霖问完之后,向他所在的方向瞥了一眼。

"中国银行。那天我从银行里取了钱出来后就直接来这儿了。"

"宋哥。"张霖喊了罗宋一声,直视着他,但没有继续说什么。罗宋明白他的意思,事实在眼前快速地堆砌成形,甚至都没有用语言来讲述的必要了。

"罗警官,雷子给我电话后我就查了那个刘平京的背景。独居,老伴在上海给儿子看孩子,好几年没回来了。因涉赌被抓过一次。跟死者张国胜同一所学校共事多年,据说两人关系很不错。对了,我们查到死者的猫是哪来的了,是一年多前,跟死者在同一所学校的老师家里的猫所生,当时生了两只,一只给了死者张国胜,另外一只,就是给了刘平京。那个老师说,两只猫耳朵上各有一块黑斑,一左一右。怎么,这个刘平京有嫌疑?"林子俊说道。

"去会会他就知道了。"罗宋说。

敲门敲了好半天,就在大家都以为家里没人的时候,屋里才响起了杂沓的脚步声。门打开,先是浓重的酒味扑鼻而来,随后一张苍老的脸在黄昏时分的光线中凸显出来。罗宋从那张脸上,从那双眼睛里看出了强烈的矛盾,他总觉得,眼前这个老人,惧怕他们的到来，但又在期待着他们的到来。

十八

　　事实被推测如下：刘平京因某事（极有可能是因为赌债），借了张国胜八万块钱。张国胜因儿子生意急用钱找刘平京讨要借款，刘平京拿不出，所以借了高利贷，还钱给张国胜后，夜里又入室把钱拿了回来。由于刘平京跟张国胜熟识，所以知道门前砖头下方常年放着的钥匙。这一推测听上去十分合理，然而，依然有太多的问题需要进一步的解答。安眠药是如何让张国胜服下的？如果是为了钱，在张国胜入睡之后把钱偷走即可，为何要杀人？或者进一步说，人真的是刘平京杀的吗？如果是，是使用何种手段？另外，猫存在的意义究竟是什么？为什么要大费周折把自己家的猫放在张国胜家里？

　　"会不会是刘平京偷钱的过程中被张国胜发现了，导致杀人？"光头问。

　　"第一，张国胜服了大剂量安眠药，醒来的可能性很小。第二，现场没有反抗的痕迹，我记得高法医说尸体上也没有发现防卫伤。"张霖说。

　　"也有可能在偷钱的过程中，张国胜醒来，看到了刘平京，但是没有力气反抗。既然被看到了，就只有灭口咯。"光头说。

　　"这倒不是没有可能。"罗宋点头说道。

　　"那猫呢？"张霖依然对猫的存在感到疑惑，"我还是不太能接受猫的存在只是一个巧合。"

　　"那就只有让那老小子开口了。"光头愤愤地说。

沉默。

张霖试着去分辨不同类型的沉默。他回想着那些在脑海中留下深刻印象的沉默。第一个浮现出来的，是谷水镇刘家村那个负有杀人嫌疑的少年，那是恐惧所导致的沉默。此刻眼前这个老人的沉默，是为了逃避？

坐在一旁的罗宋没有直接开口询问，点起一根烟，同时示意刘平京要不要来一根。对方摇头拒绝了。

"你这样不开口也不是办法。既然你不承认钱是你还给张国胜后又偷了回来，那就告诉我们，你不惜借了八万块钱的高利贷，是为了什么？"

刘平京只是撇了撇嘴。

光头走了进来，低头在罗宋耳边说了句什么。

"我们在张国胜家里发现的中国银行的袋子上，找到了你的指纹。"罗宋说。

刘平京直起身子，后背离开椅子的靠背，张了张嘴想要说什么，但最终放弃了。

"你知道，即使你不开口，但我们有证据的话，也是可以给你定罪的吧？"

"我去过他家，摸过他家的袋子，这说明不了什么吧？"刘平京终于忍不住开了口。

罗宋微微笑了笑，说：

"那好。我就再告诉你一个。你还给高利贷的钱上，发现了张国胜的指纹，几乎每一张上都有。"

刘平京张大了嘴巴，明显对这句话没有做好心理准备。

胡彪从刘平京那拿来的钱，被作为了物证。尽管胡彪一百个不愿意，但在结案之前，这钱他是拿不到了，不过他倒是可以落一个协助警方办案的好名声。这钱上的指纹,起码证明了刘平京还给胡彪的钱,是来源于张国胜。

"你假装还钱,然后又把钱给偷了回来,还杀了人。这些我们都有证据能证明,你以为你在猫上做的那点手脚我们不知道?我们不过是想知道为什么。"

张霖心里清楚,罗宋这是在虚张声势。但,万一猫真的只是个巧合,这么说不就露馅了吗?这是审问技巧吗?在这方面,他还有太多东西要学。

刘平京再度沉默,这次的沉默与刚才不同。张霖在这沉默之中感觉到了一丝犹豫,像是内心有两个阵营在激烈交战,一时分不出胜负,只好沉默。

"好好想想吧。"罗宋站起身,"说不说都在你。虽然我不能给你保证,但态度好点,在量刑的时候对你有好处。"

罗宋没有等待对方的回应,就起身离开。张霖跟光头一并跟了出来,只留下刘平京一个人在审讯室。

"你说这老小子会招吗?我们可是没有他杀人的任何直接证据。要是他死活不认就难弄了。"光头有些焦躁。

"等等看吧。"

"宋哥,你刚才说他在猫身上做的手脚,万一真的只是巧合,不就打草惊蛇了吗?"张霖问。

"我不相信巧合。如果说孤立地看猫啃噬尸体这一个巧合,我相信。但从这个案子来看,我不相信。猫肯定是有问题。从理论上说,猫只有在极度饥饿的情况下,出于生存本能才会对人感兴趣。那房间里有猫粮对吧?我记得你说,那天晚上你一个人去死者房间的时候,猫进房间后去厨房吃了猫粮。怎么,对你自己的判断没有信心了?这不是你一直坚持的吗?"

"没……"张霖嗫嚅,"只是担心……"

"放心吧。"罗宋拍了拍张霖的肩膀,"从他的反应来看,在猫的事情上,他的确很心虚。先晾他一晾,再去了解一下他的情况。"

十九

尽管房门跟窗都已经敞开了有十几分钟,但那股奇怪的味道却始终没有散尽。那味道混杂了酒味、饭菜的馊味、长时间没洗澡的人所散发出的体味,味道不再浓烈,但却若有若无地搔弄着鼻腔。

从刘平京的背景调查来看,他已经独居了至少有三年的时间,几乎是从儿媳怀孕开始,妻子就去上海了。那之后的几年里,都没有回来过。让人有些奇怪的是,据说刘平京去儿子那里的次数不多,甚至有一年的春节都是独自在家度过。

从脏乱不堪的房间里,想要发现什么有用的线索应该是不太可能的。如果刘平京是用某种凶器杀害了张国胜,那他也不太可能把凶器留在家里。倒是发现了跟死者体内发现的药物成分一致的安眠药,但从刘平京的病历上来看,他自己原本也在服用安眠药。

不过,至少有一点可以从脏乱的房间中看得出来,那就是刘平京的心里正承受着巨大的压力,或许要不了多久就会坦白,只需要再推他一把,他就会和盘托出。

罗宋打量着房间,回想起前一天在死者房间时所感受的那种窒息感。这所房子跟死者的房子有同样的户型,并且同样都住着一个独居的老人。两所房子,一个整洁但空旷,一个混乱不堪。等我老了会是哪一种?如果是眼前这样,我宁肯像另外一个那样,被人杀死在家里!罗宋恨恨地想。

他的目光停留在电视柜上摆放的一排照片上,那应该是刘平京孙子的照片,从满月照到周岁照,摆放得整整齐齐,且没有沾染灰尘。罗宋知道该如何推他一把了。

罗宋走进审讯室,开门见山地说:"你的案子,我们准备以谋杀罪的罪名移交给检察院了。证据很充足,你招不招都无所谓了。"

刘平京低着头,没有说话。

"跟你家人联系过了。你老婆正在往回赶,带着你孙子回来了。"

这当然是谎言,刘平京的老婆在听说了之后,情绪稍微有些激动,但并没有打算回来。

但刘平京听到这句话却猛地抬起了头,长大了嘴巴。

"孙子有三岁了吧?应该早就会叫爷爷了吧?"

刘平京静静地看着罗宋,长时间地凝视。一分钟后,像是突然泄了气一般,靠在椅背上,笑了。

"他从来没喊过我爷爷。一次都没有。"

"哦?"

"可能在他心里,就没有我这个爷爷吧。毕竟,见都没见过几次。"刘平京无奈地说。

"那就等着见你孙子吧。看看这次会不会喊你爷爷。"

罗宋说着站起身,转身向门口走去。他注意到一旁的张霖有些疑惑地看着他。

"都是赌博害了我啊。"

罗宋停下脚步。

"我竟然为了八万块钱把老张给杀了。"

罗宋转过身,定定地看着他。

"你相信巧合吗?"刘平京问。

"这个世界上总有那么两三个巧合吧。"罗宋说着坐下身,点燃烟,聆听对方的讲述。

"老张找我要钱的那天,我愁坏了。两年多前我从他那里借了八万块钱,还赌债,当初说了尽快还,但我那点退休工资早就都扔在赌场里了,接下来也还是控制不住自己,拿了退休金就去赌。哪来的钱还他?那会儿我还没想着要杀他。但认识这么多年了,钱也不能赖着不还,那多不成样子?所以就想着,借高利贷,把钱还给他后再想办法弄回来。我跟他说,宽限我两天时间,有个定期的存折正好几天到期。我本来是打算偷回来的,杀他的前一天,我找了个借口去他家里,我知道他家的钥匙挂在门口,就拿了块橡皮泥,打算弄个模,去配把钥匙。就是那时候,我在他家里看到了他孙子那张照片,不知道那照片是怎么拍的,照片上的猫看着像是我的,耳朵上的黑斑跟我家的一样。到那时候我也还没想着要杀他。那天晚上,我翻来覆去睡不着,心里想着,要是把钱还他了,马上又偷回来,十有八九能被猜到是我干的。我借他钱的时候,跟他说过别跟别人说我借他钱了,太丢人了。他找我要钱的时候,我还特意跟他说,你就跟你儿子说,你有个定期存折快到期了,过两天给,别说钱是借给我了,别让小一辈的看不起我。所以他儿子应该也不知道我借钱的事儿。想着想着,鬼迷心窍了一样,就想着,干脆把他杀了!反正没人知道我欠他钱,杀了就一了百了了。我琢磨了一晚上,想着怎么把他杀了还不会被发现是我干的。"说到这刘平京停了下来,"给我根烟?"他对罗宋说。

罗宋抽出一根烟递过去,给他点燃。似乎每个犯了罪的人,在供述罪行的时候,都会想要抽一根烟,哪怕是原本不抽烟的人。仿佛其中存在某种魔力。

"所以说巧合啊。第二天早上醒来,就听见猫叫个不停。饿的,前一天没喂它。打算喂的时候,被那猫一口咬住了腿。"说到这里他抬了抬脚,"左脚脚腕上,撕掉了一块皮,要是再深一点,估计要咬到动脉了。就是那一刻,我想到了方法。我是学生物的,知道猫本性上其实是肉食动物。当然,用猫杀人是不现实的。但是用猫来破坏杀人的痕迹还是可能的。我饿了猫三天,那三天我每天给它舔一点血,我的血……"

说到这,刘平京的声音沉了下来,皱起眉头。

"最后我买了盒燕窝,炖了,里面放了八片安眠药。其实那时候我犹豫着要不就用安眠药,让他看上去像是自杀,但我知道吃安眠药其实没那么容易死人,还是得按照保险的方法。半夜,我带着猫,用配好的钥匙开门进去,老张睡得死死的。杀他之前,我犹豫了半天,有那么一下,不知道是我看错了还是什么,我觉得老张睁开眼了,看到了我。开了弓就没有回头箭了。我用刀一下子刺破了他的大动脉。"刘平京吞了吞口水,继续说道,"然后把猫留在卧室里。把他的猫带走。除了送我们猫的老韩,应该没有人知道我们两个养了耳朵上的黑斑对称的两只猫。没有人注意到这个。甚至可能都没人知道我养了猫!根本没人关心我!"他突然激动了起来。

这已经足够了。罗宋想。他看着刘平京的眼里将要流出的泪水,心里感觉不到丝毫波澜。案子已结,他只是迫切地想要离开这个房间,一个字也不想再听对方多说。他站起身:"霖子,这里就交给你了。"

在张霖不解的眼神之中,他走了出去,重重地带上了门。

二十

光头说这是庆功宴,林子俊出钱。毕竟,是林子俊辖区里的案子。光头选了金钱豹。

"我还欠经侦刘瑞生一顿金钱豹。都是因为你林子俊!今天我可得吃回来。"光头面前放满了张霖叫不出名字的不同种类的海鲜。

"子俊，我没跟你说错吧？"光头搂住张霖的肩膀，冲林子俊说道，"这小子是不是神探？"

林子俊点了点头。张霖有些不好意思。

"什么神探啊。不就是发现了猫不对劲嘛。也是运气好，要是刘平京杀张国胜的当天晚上就把猫弄死了的话，也就发现不了了。那猫不知道怎么就溜出来了，感觉像是报恩一样……"张霖若有所思地说，"不对，是报仇。给主人报仇来了。"

"管它报恩还是报仇。也就是你，那天看见猫的要是换成我，这老小子早就逍遥法外了……"

"雷子，我觉得你也不是没有优点嘛。"林子俊说。

"那当然。你指的是哪个优点？"

"有自知之明啊。"

"滚！"

"其实我还是不太理解。"张霖说。

"不理解什么？"光头问。

"刘平京跟张国胜认识了二十多年了，大家都说他们是要好的朋友。怎么就会为了八万块钱杀了他？"

"霖子你还是阅历太浅。等你再干个几年刑警，这样的事儿就见怪不怪了。人急了，什么事儿都干得出来。"光头边咬着一只蟹螯边说。

"也就说是冲动咯？"

"当然。不是因为被逼急了冲动了，谁犯得着杀人？"

"雷子，不是我说你，"林子俊开口，"你这哪像一个干了这么多年的刑警说出来的话？杀人都是因为冲动？我看你最冲动。"

"得了吧你。那你说说是因为什么？"

张霖喜欢解谜，迫切地想要在谜团之中寻找"怎么做的"，但他发现，在罪案之中，还有一个他想知道的，那就是"为什么"。

刘家村那个十四岁的少年为什么要杀那个女孩？也是一时冲动吗？或许。那事后谋杀可能的目击证人呢？也是那股冲动所引发的后果吗？他很想听听罗宋的说法，但罗宋只是沉默地吃着，没有丝毫要发言的欲望。他只有主动去问：

"宋哥，你觉得呢？是为什么？"

"我觉得？"罗宋放下筷子，"我觉得，没有一起杀人，是单纯因为冲动引起的。即使看上去是一时冲动，那也不能说冲动就是原因。真正的原因是什么？我不知道。每一起杀人案，背后都有着庞杂的原因，有些我们看到了，有些可能我们看不到。这世界上的事情，只要牵扯到人性，就没法简化，没有一个像开关一样的东西，啪嗒，某个原因被打开了，罪行发生了。"

张霖点了点头，表示认同。

"比如这起案子，如果往深里究，他杀人的直接原因是钱，让他陷入钱的困境的是赌博，那让他陷入赌博的呢？那天你走了之后，我又跟他聊了很久。他很孤独。"说到这，张霖回忆起那个杀了人的老人半白的头发以及眼里的空虚，"他说他没法戒掉赌博。每次回到家里，看着空荡荡的家，就受不了，就想出去，就戒不掉赌博。"

"干吗不去他儿子那里？"光头问。

"他儿子在上海，据他说，儿子一家三口加他老婆，住在不足六十平方米的房间里，根本没他住的地方。他说，要是有人陪陪，或许他就不至于去赌博了。"

"哼。"张霖听到罗宋发出了不屑的声音，"这么多年来，我没看到过一个罪犯，不是去怪别人的。"

张霖疑惑地看着罗宋，问："你不相信他说的？"

"你指的哪一部分?他杀人的经过?我信。毕竟他不像刘家村的那个村主任,有隐瞒的必要。但你要说他为什么杀人?就不是我信不信的问题了。"

"我不明白。"

"我不在乎。"

"不在乎?"

"对。我不在乎、不关心他们说出来的,为什么要去把另外一个活生生的人置于死地。因为他们说出的,未必就是真相。就像刚才我说的,没有一个罪犯是不怪别人的。'要不是因为什么什么,我也就不会怎么怎么样。'这样的话听的少吗?就说这个刘平京。他先把杀人的原因怪罪到因缘巧合上,一个巧合引诱了他犯下罪行,又怪罪赌博引诱了他,继而怪罪孤独、没人陪伴。把责任推到别处总是最简单的,这些年,我没有见到过一个杀了人的人低下头,诚心地说:都怪我,是我的错,与他人无关。"

"但很多时候,的确是因为某些原因导致了他们杀人啊。只有找到了这个原因,才能去改正,才能避免下一个人踏上相同的道路啊。"

"真的吗?那为什么还是有人持续不断地踏上这条道路?"

罗宋看上去有些愤怒。张霖不明白,这个做了二十多年刑警的人,竟然不关心为什么人会杀人?

"霖子,你不要误解了我的意思。"罗宋似乎看穿了张霖的心事,"我并不是说解决那些问题不重要。我们要解决独居空巢老人的问题,我们要解决留守儿童的问题。我想说的有两点:人处在不得已的环境中,是很艰难,但这永远不能成为犯错的理由!还有就是,不要过分相信那些人说出来的话,人为了自保,哪怕只是为了保存那点可怜的尊严,都会扭曲事实,甚至连自己都意识不到。就说这个刘平京,今天我们去他家进一步调查的时候,他的邻居跟我说过一件事:半年多前,他见到过刘过平京拎了一袋子血,不知道是猪血还是什么血,洒在了楼道里。好像还不止一次。我那时候没有想到跟案子有什么联系。现在想来,他想用猫的食肉本性来干些什么,应该不是从最近才开始的。"

张霖惊讶不已:"你是说,他想杀张国胜,不是一时冲动,而是早有预谋?"

罗宋耸耸肩。

"可是他们两个关系那么好……"

"两个人相处了那么多年,依然保持着起码在外人看来是朋友的关系,只能说明他们之间没有出现过不得已撕破脸的矛盾,但并不代表着完全没有矛盾。相处那么多年,怎么会没有摩擦,没有过过节?当然这只是我的猜测。但我始终觉得,刘平京杀张国胜,不是临时起意。再说赌博的问题,从我们调查来看,他最早的为人知的赌博,是四年前,或许他开始赌博的时间更早。那时候他老婆还没有去上海。所以我们可以说,不是他老婆去了上海导致了他孤独从而赌博,因果关系反了。你大可以继续调查一下他的家人,是不是因为他赌博的恶习,才导致他老婆去了上海,几年都没有回来过。他没有去上海,真的只是因为没有空间吗?他的孙子为什么到三岁了还没有喊过他爷爷?"

这只是猜测。张霖心里想。但这些猜测为什么听起来那么合情合理?说到底,他还是缺少罗宋那样的洞见。或许事情的真相,真的不是那个孤独的老人所说的。但他又能怎么样呢?他突然觉得很无力。他试图要找到一切背后的那个"为什么",终究是徒劳的吗?

罗宋没有再说下去,冲张霖举了举手里的酒杯。张霖皱着眉,端起杯,恨恨地一饮而尽。

"霖子你慢点喝，"光头来打圆场，"我们今天是庆功宴。不管怎么说，我们抓到了一个坏人！而这个功劳是你的。我敬你！"光头说罢也一饮而尽。

席毕，张霖微微有些醉了。吃饭的地方离他租住的地方不远，他慢慢地向回走，脑海里不断回想着罗宋的那番话。某种感觉郁结在心难以消解。在小区门口，他买了牛奶跟面包，作为明天的早餐。通往住处的路上，要经过一片稀疏的树林，他突然听到一声猫叫。他知道，这里有一只流浪猫，但从未特别留意过。但这猫叫声让他想起了那两只仿佛互为镜像的猫，其中有一只他还抱在怀里过，温柔无比。他蹲下身子，唤起猫。一只毛色黄白相间的猫小心翼翼地现出身来。他把面包撕下一半，放在地上，耐心地等待着。猫打量了半天后，款步走过来，低头嗅闻面包，然后吃了起来。吃净后，猫抬起头，冲他温柔地叫了一声。他笑了。他从未特别注意过猫这种动物，但前几天怀抱着那只猫时的感觉还残留在记忆里。温柔，这是猫给他的印象。或许我该把这只流浪猫收养了，反正我也独自一身。他想。但犹豫之间，猫已经转身离去。他站起身。"明天见。"他对已经离去的猫说道。

他又想起那只被人用血喂养的猫，被人称作疯猫的那只猫。猫哪里会疯？发疯的，明明是人啊。

图书在版编目（CIP）数据

刑警罗宋 / 空城 著. -- 南京：江苏凤凰文艺出版社，2020.5
ISBN 978-7-5594-4453-0

Ⅰ. ①刑… Ⅱ. ①空… Ⅲ. ①中篇小说－小说集－中国－当代 Ⅳ. ① I247.5

中国版本图书馆 CIP 数据核字 (2020) 第 004844 号

刑警罗宋

空城 著

出 版 人	张在健
责任编辑	王 青
特约编辑	胡 泊
筹划出版	后浪出版公司
出版统筹	吴兴元
营销推广	ONEBOOK
装帧制造	墨白空间·杨 阳
出版发行	江苏凤凰文艺出版社
	南京市中央路 165 号，邮编：210009
网 址	http://www.jswenyi.com
印 刷	北京天宇万达印刷有限公司
开 本	889 毫米 ×1194 毫米 1/32
印 张	11.5
字 数	265 千字
版 次	2020 年 5 月第 1 版 2020 年 5 月第 1 次印刷
书 号	ISBN 978-7-5594-4453-0
定 价	45.00 元

后浪出版咨询(北京)有限责任公司 常年法律顾问：北京大成律师事务所
周天晖 copyright@hinabook.com

未经许可，不得以任何方式复制或抄袭本书部分或全部内容
版权所有，侵权必究

本书若有质量问题，请与本公司图书销售中心联系调换。电话：010-64010019